सफलता के लिए 13 सर्वश्रेष्ठ आदतें

सफलता के लिए 13 सर्वश्रेष्ठ आदतें

अपार पैसा, स्वास्थ्य और खुशियाँ कैसे पाएँ

नेपोलियन हिल

प्रभात प्रकाशन

प्रकाशक

प्रभात प्रकाशन प्रा. लि.

4/19 आसफ अली रोड, नई दिल्ली–110002

फोन : 011–23289777 • हेल्पलाइन नं. : 7827007777

इ–मेल : prabhatbooks@gmail.com ❖ वेब ठिकाना : www.prabhatbooks.com

संस्करण

2026

अनुवाद

आनंद कुमार राय

पेपरबैक मूल्य

चार सौ रुपए

मुद्रक

नरुला प्रिंटर्स, दिल्ली

SAFALTA KE LIYE 13 SARVASHRESHTHA AADATEN

by Napoleon Hill

Published by **PRABHAT PRAKASHAN PVT. LTD.**

4/19 Asaf Ali Road, New Delhi-110002

ISBN 978-93-5322-836-1

₹ 400.00 (PB)

प्रस्तावना

दक्षिण-पूर्व वर्जीनिया के पर्वतीय इलाके के निवासी, पत्रिका के एक युवा संवाददाता, नेपोलियन हिल को अमेरिकी स्टील कारोबारी एंड्रयू कार्नेगी का इंटरव्यू करने की जिम्मेदारी सौंपी गई थी। श्री कार्नेगी युवा नेपोलियन की बुद्धिमत्ता व महत्त्वाकांक्षा से प्रभावित हुए और तीन दिन के इंटरव्यू के बाद श्री कार्नेगी ने उनसे पूछा कि क्या वे अपने जीवन के बीस वर्ष, बिना वेतन, अमेरिका की प्रमुख हस्तियों की ओर से सफलता के विकसित और लागू किए गए सिद्धांतों पर शोध करने और इस प्रकार की अब तक की पहली पुस्तक को लिखने में लगाएँगे। कुछ सोच-विचार, लेकिन किसी असमंजस के बिना, नेपोलियन ने हाँ कह दिया और श्री कार्नेगी को भरोसा दिलाया कि वे न केवल उस काम की शुरुआत करेंगे, बल्कि उसे पूरा भी करेंगे।

उन्होंने उस कार्य को पूरा भी किया और 1908 में लिये गए उस इंटरव्यू के बीस साल बाद नेपोलियन हिल ने अपनी पहली पुस्तक प्रकाशित की, जिसका नाम था, 'लॉ ऑफ सक्सेस'। इसके बाद 1937 में प्रकाशित हुई, 'थिंक एंड ग्रो रिच', जो सफलता के विषय पर अब तक की सबसे अधिक बिकनेवाली पुस्तक साबित हुई। नेपोलियन ने आनेवाले दशकों में अन्य कई प्रेरक पुस्तकों का प्रकाशन कराया और पूरे अमेरिका में घूम-घूमकर व्याख्यान दिए। 1950 के दशक में वह अर्ध-सेवानिवृत्त जीवन जीने लगे थे और तब बीमा के क्षेत्र में शिकागो के शक्तिशाली उद्योगपति डब्ल्यू. क्लीमेंट स्टोन ने हिल से, जो अब 'डॉ. हिल' बन चुके थे, कई रेडियो और टेलीविजन लैक्चर प्रोग्राम प्रस्तुत करने की अपील की। चूँकि वे सफलता के अपने सिद्धांतों की शिक्षा हमेशा ही नए-नए लोगों को देना चाहते थे, इस वजह से उन्होंने इस अपील को स्वीकार कर लिया और अमेरिका भर में ऐसे कई प्रोग्राम आयोजित किए।

डॉ. हिल और उनकी पत्नी ने 1962 में 'नेपोलियन हिल फाउंडेशन' की स्थापना की। इसके पीछे उनकी इच्छा थी कि डॉ. हिल की मृत्यु के बाद भी यह उनके सिद्धांतों की शिक्षा देता रहे। 1970 में उनकी मृत्यु हो गई, पर वह फाउंडेशन आज भी पूरी दुनिया में अनेक भाषाओं में उनके सिद्धांतों का प्रसार कर रहा है। 1997 से ही मैं उस फाउंडेशन का ट्रस्टी और साल 2000 से इसका कार्यकारी निदेशक रहा हूँ।

कुछ साल पहले मुझे डॉ. हिल के रेडियो और टेलीविजन लैक्चर कार्यक्रमों के धूल खाते कई टेप और लिखित कॉपियाँ मिलीं, जिन्हें फाउंडेशन के अभिलेखागार के कोने में रख दिया गया था। उनका कभी प्रकाशन भी नहीं हुआ था। फाउंडेशन के ट्रस्टी उन्हें फिर से दुनिया के सामने लाए जाने की बात सुनकर ही रोमांचित हो उठे थे। इस प्रकार 'नेपोलियन हिल इज ऑन द एयर' सीरीज की पुस्तकों का जन्म हुआ। आपके हाथों में इस वक्त जो पुस्तक है, वह भी उसी कड़ी का हिस्सा है। यह मिसौरी के पेरिस में वर्ष 1952 में प्रस्तुत साप्ताहिक रेडिया कार्यक्रमों का दस्तावेजी रूप है।

ऐसा कैसे संभव हुआ कि नेपोलियन हिल मिसौरी के छोटे से शहर पेरिस में रेडियो साक्षात्कारों की शृंखला प्रस्तुत कर सके? इसका उत्तर उनकी ओर से विकसित किए गए सफलता के सत्रह सिद्धांतों में से एक में छिपा है—वह सिद्धांत यह है कि प्रत्येक विपरीत परिस्थिति में उतने ही बड़े लाभ का बीज दबा होता है। डॉ. हिल ने मिसीसिपी नदी के किनारे बसे मिसौरी राज्य के एक बड़े शहर सेंट लुइस में एक सेमिनार आयोजित किया था, जो घाटे का सौदा साबित हुआ। उसके प्रचार में जितना पैसा खर्च हुआ, उसके मुकाबले उसमें शामिल होनेवालों से मिली फीस काफी कम थी। फिर भी डॉ. हिल के एक पुराने प्रशंसक बिल रॉबिंसन, जो मिसौरी के पेरिस के एक कारोबारी थे, वे वहाँ मौजूद थे, और उन्होंने प्रभावित होकर डॉ. हिल को पेरिस में व्याख्यानों की शृंखला प्रस्तुत करने का न्योता दिया।

उस समय पेरिस महज 1400 लोगों की आबादीवाला शहर था। यह साल्ट रिवर के दो छोरवाले केंद्रीय इलाके, ग्रामीण उत्तर-पूर्व मिसौरी में स्थित है। सेंट लुइस इसके करीब बसा सबसे बड़ा शहर है, जो लगभग 135 मील की दूरी पर है। युवा अच्छे रोजगार के अवसर की तलाश में पेरिस को छोड़कर बड़े-बड़े शहरों का रुख कर रहे थे। रॉबिंसन को खाली होते शहर की चिंता सता रही थी। उन्होंने अगले कुछ हफ्तों तक व्याख्यानों की शृंखला को सुनने के लिए शहर के लगभग

100 लोगों को जुटाया। उनका प्रसारण स्थानीय रेडियो पर किया जाता था तथा डॉ. हिल को 10,000 डॉलर मिलते थे। पेरिस में शंका जाहिर करनेवालों की भी कमी नहीं थी, जिन्हें लगता था कि ये लैक्चर किसी मेडिसिन शो से ज्यादा नहीं होंगे, लेकिन डॉ. हिल ने जल्दी ही अपने दमदार संदेशों से उनका दिल जीत लिया।

इन प्रेरक प्रसारणों के बाद पेरिस के कई नागरिकों ने चर्चा के छोटे-छोटे समूह बना लिये। एक स्थानीय पादरी डॉ. हिल की शिक्षा के आधार पर उपदेशों की सीरीज पेश करने लगा। इन व्याख्यानों का ही असर था कि इस छोटे से शहर में कई नए-नए कारोबार शुरू हो गए। किसी के मुताबिक करीब दस कारोबार शुरू हो गए। प्रसारणों के एक साल बाद डॉ. हिल ने कहा कि पेरिस के एक बुजुर्ग नागरिक ने उन्हें बताया, "इस समुदाय ने बीते पचास साल में इस जैसा कुछ भी नहीं देखा था, जो इतने सारे लोगों पर इतना गहरा प्रभाव दिखा सके, जितना कि मेरे दर्शन की शिक्षा ने दिखाया है।"

उस छोटे से समुदाय के बीच डॉ. हिल के व्याख्यानों ने जिस प्रकार के बदलाव को संभव बनाया था, उस पर आधारित एक फिल्म बनी, जिसका नाम था—'ए न्यू साउंड इन पेरिस'। इसे लाखों लोगों ने देखा और डॉ. हिल की ओर से दी गई सफलता के सिद्धांतों की शिक्षा के प्रसार में सहायता की। दुर्भाग्य से यह सबकुछ इतिहास में खो गया।

नेपोलियन हिल को पेरिस से गहरा लगाव था। यह भरा-पूरा छोटा सा अमेरिकी शहर था। मार्क ट्वेन का जन्म इसी के पास, मिसौरी राज्य के फ्लोरिडा में हुआ था और उनकी पुस्तकों में मध्य-पश्चिमी संस्कृति की ईमानदारी, संकल्प और कठिन परिश्रम की झलक मिलती है। अमेरिका के चहेते कलाकार नॉमन रॉकवेल ने 1946 में पेरिस में चहल-पहल भरे स्थानीय अखबार के दफ्तर की प्रसिद्ध तसवीर बनाई थी, जो 'सेटरडे ईवनिंग पोस्ट' में छपी थी। अपनी तीन शाखाओंवाली अल्हड़ अंदाज में बहती साल्ट नदी इस इलाके की खूबसूरती बढ़ाती है और आखिर में विशालकाय मिसीसिपी में मिल जाती है। उसकी एक शाखा मिसौरी पर बने चंद ढके हुए पुलों में से एक के नीचे से गुजरती है।

एक बार नेपोलियन हिल ने कहा था, "बेलगाम रास्ता सारी नदियों और कुछ लोगों को धूर्त बना देता है।" नेपोलियन हिल का यह वाक्य साल्ट नदी की सही व्याख्या है। सौभाग्य से किन्हीं कारणों से और उनमें नेपोलियन हिल के प्रयासों का भी योगदान है, इस प्रकार की बात पेरिस के स्त्री-पुरुषों के लिए नहीं कही

जाती है, जो उस रास्ते पर चलने से बचते हैं और अपने-अपने परिवारों तथा अपने समुदाय को सफल एवं प्रसन्न बनाने के लिए कड़ी मेहनत करते हैं।

आप जब इन रेडियो व्याख्यानों की पहली और एकमात्र प्रकाशित पुस्तक को पढ़ेंगे, तो आपको कुछ ऐसे लोग मिलेंगे, जिन्होंने बेलगाम रास्ते को अपनाया, लेकिन डॉ. हिल आपको दिखाएँगे कि इस रास्ते को उनके सफलता के सिद्धांतों के उपयोग से किस प्रकार दरकिनार किया जा सकता है।

उनके व्याख्यान सफलता के सत्रह सिद्धांतों में से कुछ एक पर केंद्रित थे। कुछ ऐसे, जो डॉ. हिल के मुताबिक पेरिस के लोगों के लिए विशेष रूप से सहायक थे। पहले दो का संबंध उद्देश्य की निश्चितता से था, जिसे हिल के कई प्रशंसक सफलता के नियमों में सबसे महत्त्वपूर्ण मानते हैं। अगले दो का ध्यान सटीक सोच-विचार के महत्त्व पर था। अगले दो ने बताया कि किस प्रकार व्यावहारिक विश्वास सफलता प्राप्त करने के लिए अनिवार्य है। इसके बाद के दो का संबंध विफलता के कारणों से था और यह भी कि दृढता और निश्चितता से उन्हें कैसे दूर किया जाए। नौवें ने दिखाया कि किस प्रकार आत्मानुशासन सफलता के लिए आवश्यक है। इसके बाद के दो सफलता प्राप्त करने के लिए आकर्षक व्यक्तित्व के महत्त्व को बताते हैं। आखिरी दो लौकिक प्रवृत्ति बल से संबंधित हैं, जो सफलता के उन सत्रह सिद्धांतों का एकमात्र सिद्धांत है, जिसे लेकर डॉ. हिल दावा करते हैं कि उनसे पहले इसकी खोज किसी ने भी नहीं की थी।

उद्‌देश्य की निश्चितता के विषय पर अपने व्याख्यानों में डॉ. हिल ने बताया कि प्रकृति के नियम किस प्रकार उद्‌देश्य की निश्चितता और योजना को दरशाते हैं। उन्होंने उन नौ मौलिक मंशाओं को विस्तार से बताया, जो लोगों को अपनी योजनाओं को आगे बढ़ाने और अपने उद्‌देश्यों को प्राप्त करने के लिए कदम उठाने की प्रेरणा देते हैं। सटीक सोच-विचार पर व्याख्यानों में डॉ. हिल ने अनुमानकारी तर्क के बीच के अंतर को समझाया और बताया कि किस प्रकार महत्त्वपूर्ण तथ्यों को अनावश्यक बातों से अलग किया जाए। उन्होंने विस्तार से बताया कि दूसरों के विचारों और कथनों को इस सीधे सवाल से चुनौती दी जानी चाहिए कि "तुम कैसे जानते हो ?" उन्होंने कहा कि झूठ के साथ चेतावनी का संकेत भी मिलता है। उन्होंने सटीक सोच-विचार के शत्रुओं को गिनाया, जिनमें संभवत: सबसे महत्त्वपूर्ण होती हैं भावनाएँ और यह निषकर्ष निकाला कि "सटीक सोच-विचार क्रूर सोच-विचार होता है।"

व्यावहारिक विश्वास पर अपने व्याख्यान में डॉ. हिल ने बताया कि अपने निश्चित प्रमुख उद्देश्य, मास्टरमाइंड समूहों तथा विपरीत परिस्थिति से सबक लेने के सिद्धांत का उपयोग करते हुए इसे किस प्रकार विकसित किया जा सकता है। उन्होंने ऐसे कई उद्योगपतियों और आविष्कारकों के उदाहरण दिए, जिन्होंने व्यावहारिक विश्वास का उपयोग मानवता की भलाई के लिए किया।

अपने तरीके में बदलाव करते हुए उन्होंने अपने अगले दो प्रोग्राम विफलता के कारणों पर आयोजित किए। उन्होंने बड़े कारणों को गिनाया और इसके ठोस उदाहरण दिए कि दृढता और निश्चितता के साथ उनसे कैसे निपटा जाए। उन्हें अपने अनेक श्रोताओं को, जिनमें से कई की किस्मत उनका साथ नहीं दे रही थी, यह समझाने का प्रयास किया कि उन्हें विफलता के कारणों से हार मानने की जरूरत नहीं है। आत्मानुशासन पर अपने लैक्चर में डॉ. हिल ने अपने जीवन की उन तेरह मुश्किलों के बारे में बताया, जिन्हें वह आत्मानुशासन से दूर कर सके। खुलकर बात करते हुए उन्होंने बजट तथा समय के उपयोग को लेकर आत्मानुशासन के महत्त्व को बताया।

डॉ. हिल ने पच्चीस प्रमुख कारक गिनाए, जिनका योगदान आकर्षक व्यक्तित्व के निर्माण में होता है। उन्होंने अपने श्रोताओं से कहा कि वे इस सूची को लें और उन कारकों की कसौटी पर खुद को रखकर देखें कि वे कहाँ खड़े हैं। उन्होंने स्वीकार किया कि स्वयं वे भी हमेशा इन पैमानों पर खरे नहीं उतरते। उन्होंने उन लोगों के उदाहरण दिए, जो खरे उतरे और उन पंद्रह बातों को भी गिनाया, जिन्हें करने से वैसे लोगों को बचना चाहिए, जो अपना व्यक्तित्व आकर्षक बनाना चाहते हैं।

आखिरी के दो व्याख्यान लौकिक प्रवृत्ति बल पर थे और उनमें बताया गया कि कैसे डॉ. हिल ने इस अवधारणा की खोज उस वक्त की, जब वे अपनी लिखी पुस्तक 'थिंक एंड ग्रो रिच' को उसके लिखे जाने के डेढ़ साल बाद पहली बार पढ़ रहे थे। लौकिक प्रवृत्ति बल वह नियम है, जिससे व्यक्ति को उसके प्रमुख उद्देश्य को लागू करने की आदत पड़ जाती है। डॉ. हिल ऐसे कई रास्ते सुझाते हैं, जिनसे कोई भी व्यक्ति इस सिद्धांत का उपयोग कर अपने लक्ष्यों और उद्देश्यों को प्राप्त कर सकता है।

मुझे विश्वास है कि आप इन रेडियो कार्यक्रमों को जानकारी से भरपूर पाएँगे और वे आपको सफलता तथा प्रसन्नता प्राप्त करने का रास्ता दिखाएँगे। यह डॉ.

हिल की इच्छा थी कि पेरिस के लोगों को वे अपने सिद्धातों के उपयोग की शिक्षा दें और प्रेरित करें, ताकि वे मुश्किलों को दूर कर सकें, बेलगाम रास्ते से बचें, सीधे और तंग रास्ते पर भी चलें तथा अपने जीवन को बदलने के लिए कड़ी मेहनत करें। मैं जानता हूँ कि यह पेरिस के लोगों के लिए कारगर साबित हुआ और मुझे भरोसा है कि यह आपके लिए भी कारगर होगा।

—डॉन ग्रीन

निदेशक, नेपोलियन हिल फाउंडेशन

अनुक्रम

1

उद्देश्य की निश्चितता

गुड ईवनिंग लेडीज एंड जेंटलमैन! आज की शाम हम यहाँ मिसौरी के पेरिस में अपने रेडियो कार्यक्रमों की शृंखला की शुरुआत कर रहे हैं, जिसमें मैं सफलता के उन सिद्धांतों के बारे में बताऊँगा, जो मैंने चालीस वर्षों से भी अधिक समय के दौरान सीखे और विकसित किए हैं। मुझे आपके शहर में आकर खुशी हुई और मुझे आशा है कि मैं जो कुछ आपसे कहने जा रहा हूँ, उसका लाभ आपको मिलेगा।

मैं जिस पहले सिद्धांत के विषय में बतानेवाला हूँ, उसका संबंध 'उद्देश्य की निश्चितता' से है। उद्देश्य की निश्चितता सुनने में बहुत बड़ा या कोई कमाल का विषय नहीं लगता, लेकिन देवियो और सज्जनो, उन सारी उपलब्धियों की शुरुआत इसी से होती है, जिनके बारे में आप दूसरों को बता सकते हैं। आपको जहाँ कहीं भी कोई सफल होता मिलेगा, आप पाएँगे कि उस व्यक्ति ने उन चीजों के लिए उद्देश्यों की निश्चितता के सिद्धांत को अपनाया है, जिन्हें वह करता है और उस सिद्धांत का पालन वह सदैव करता है। यही कारण है कि मैंने इन प्रसारणों में इसे पहला स्थान दिया है और इस कारण ही अपने दूसरे प्रसारण में भी इसकी चर्चा करूँगा।

अब मैं आपको आपके प्रमुख उद्देश्य के संबंध में पूरी तरह से निश्चित रहने के महत्त्व के बारे में एक उदाहरण दूँगा। कुछ वर्ष पूर्व, प्रथम विश्वयुद्ध की समाप्ति के तुरंत बाद, मैंने अपनी तिजोरी को खोला और उसमें से अपने लिखे प्रमुख निश्चित उद्देश्य को निकाला। मैंने जिस पैराग्राफ में अपनी संभावित आय को उस वर्ष, यानी 1919 में लिखा था, उसे देखा तो पाया कि लिखा था, "प्रति वर्ष 10,000 डालर।" मैंने अपनी पेंसिल उठाई और उस संख्या को '100,000' बना दिया और फिर से उस लिखित शपथ को वापस तिजोरी में रख दिया। मुझे लगा

कि मुझे अपना लक्ष्य ऊँचा रखना चाहिए और मुझे नहीं लगता कि तीन हफ्ते से भी अधिक का समय बीता होगा, जब टेक्सास से एक व्यक्ति मेरे ऑफिस में आया और उसने मुझसे कहा कि यदि मैं टेक्सास आऊँ और हर महीने के तीन हफ्ते उसके लिए बिक्री के दस्तावेजों को लिखने में बिताऊँ तो वह मुझे प्रतिवर्ष 100,000 डॉलर देगा। उसने जो अनुबंध बनाया, उसे मैंने स्वीकार कर लिया। उस पर दस्तखत किए, वहाँ गया और आखिरकार उसके लिए लगभग 10 मिलियन डॉलर जुटाए।

जल्दी ही मैंने देखा कि वह उन पैसों का दुरुपयोग कर रहा था और मैंने उसे FBI के हवाले कर दिया तथा शिकागो लौट आया। हाँ, मैंने उस समय तक का अपना पूरा वेतन भी गँवा दिया। उसके बाद मैंने एक बार फिर अपनी तिजोरी को खोला और अपने निश्चित प्रमुख उद्देश्य को निकाला, जिसे मैंने लिखा था और उसे ध्यान से पढ़ा। उसमें लिखा था—"वर्ष 1919 के दौरान मैं 100,000 डॉलर कमाऊँगा।"

उसने जो अनुबंध बनाया था, मैं कहना चाहूँगा कि वह बड़ा चालाकी भरा था। इसमें स्पष्ट किया गया था कि जब तक मैं पूरे साल वहाँ नहीं ठहरूँगा, तब तक मुझे मेरा पूरा वेतन नहीं मिलेगा। जल्दी ही मैंने देखा कि वह उन पैसों का दुरुपयोग कर रहा था और मैंने उसे FBI के हवाले कर दिया तथा शिकागो लौट आया। हाँ, मैंने उस समय तक का अपना पूरा वेतन भी गँवा दिया। उसके बाद मैंने एक बार फिर अपनी तिजोरी को खोला और अपने निश्चित प्रमुख उद्देश्य को निकाला, जिसे मैंने लिखा था और उसे ध्यान से पढ़ा। उसमें लिखा था—"वर्ष 1919 के दौरान मैं 100,000 डॉलर कमाऊँगा।"

मैंने जैसे ही पढ़ा, वैसे ही समझ गया कि इस कथन में क्या चूक हुई थी। मैं सोच रहा हूँ कि इससे पहले कि मैं आपको बताऊँ, आप मुझे बताएँ कि वह चूक क्या थी? इसमें कहीं कोई शक नहीं कि मैंने 100,000 डॉलर नहीं कमाए, लेकिन इसमें भी शक नहीं कि अगर मैं 10 मिलियन डॉलर की पूँजी जुटाने में किसी की मदद करूँ तो वह मुझे खुशी-खुशी 100,000 डॉलर नहीं दे देता। इसलिए मैं कहूँगा कि मैंने उसे कमाया, लेकिन मुझे वह मिला नहीं। अब मैं आपको बताना चाहूँगा कि मुझे वह मिला क्यों नहीं।

मुझे वह इसलिए नहीं मिला, क्योंकि मैंने अपने कथन में दो महत्त्वपूर्ण शब्दों को लिखा ही नहीं था। मैंने आपको जो कथन दिया है, उसे फिर से पढ़िए और यह

देखिए कि आप उन दो महत्त्वपूर्ण शब्दों को बता पाते हैं या नहीं। मैं उस कथन को फिर से दोहराता हूँ। "वर्ष 1919 के दौरान मैं 100,000 डॉलर कमाऊँगा।" अब बताइए, यह निश्चित है या नहीं? आपको लगता है कि यह निश्चित है? नहीं, दो शब्द लिखे ही नहीं गए थे। मुझे यह लिखना चाहिए था, "वर्ष 1919 के दौरान मैं 100,000 डॉलर कमाऊँगा और प्राप्त करूँगा।"

क्या आपको लगता है कि अगर मैंने उस तरीके से लिखा होता तो उस धूर्त आदमी पर कोई फर्क पड़ता, जो शुरुआत से ही मुझे धोखा देने का इरादा रखता था? क्या आपको लगता है कि मैं जिस पैसे को प्राप्त करनेवाला था, उसमें कोई फर्क पड़ता, मैं आपसे कहूँगा कि इससे फर्क पड़ता और मैं आपको बताता हूँ, क्यों? यदि मैंने इस बात पर जोर दिया होता कि मैं जिस पैसे को कमाऊँगा, उसे प्राप्त करूँगा, तो मैं उस अनुबंध को, जिसे उसने बनाया, उसे अपने वकील के पास ले जाता और हम उसे काफी ध्यान से पढ़ते और मेरे वकील ने एक पैराग्राफ बताया होता, जिसमें यह लिखा होता कि मुझे वह पैसा हर महीने मिलेगा; क्योंकि मैंने उसे कमाया है। यही फर्क पड़ने वाला था।

अनुबंध और ऐसे ही विभिन्न प्रकार के समझौतों तथा दूसरे लोगों के साथ तरह-तरह के संबंधों में शामिल होनेवाले अधिकांश लोग इस तरह काम को अनिश्चितता के साथ करते हैं। इनमें कई दिमाग शामिल होने चाहिए। ऐसा इस कारण, क्योंकि एक व्यक्ति एक चीज को एक तरीके से समझता है, जबकि दूसरा उसे एकदम अलग नजरिए से देखता है।

अनुबंध और ऐसे ही विभिन्न प्रकार के समझौतों तथा दूसरे लोगों के साथ तरह-तरह के संबंधों में शामिल होनेवाले अधिकांश लोग इस तरह काम को अनिश्चितता के साथ करते हैं। इनमें कई दिमाग शामिल होने चाहिए। ऐसा इस कारण, क्योंकि एक व्यक्ति एक चीज को एक तरीके से समझता है, जबकि दूसरा उसे एकदम अलग नजरिए से देखता है।

हमें अनुबंधों की आवश्यकता होती है, क्योंकि दुर्भाग्य से कुछ लोग धोखेबाज होते हैं, जिन पर भरोसा नहीं किया जा सकता, या फिर वे सम्मानजनक रास्ते की बजाय आसान रास्ता चुन लेते हैं। खुली छूटवाले रास्ते पर चलने से सारी नदियाँ और कुछ लोग धूर्त हो जाते हैं। टेक्सास वाले इस आदमी के साथ निश्चित रूप से ऐसी ही बात थी।

उद्‌देश्य की निश्चितता के महत्त्व को लेकर मैं आपको एक और उदाहरण देना चाहूँगा। लगभग चौदह साल पहले यहीं पेरिस के रहनेवाले बिल रॉबिंसन ने मेरी किताब 'थिंक एंड ग्रो रिच' की एक प्रति खरीदी। उन्होंने उसे पढ़ा और इससे प्रभावित हुए। जब वे उसे पढ़ रहे थे, तब उन्होंने खुद से कहा, "किसी-न-किसी दिन मैं इस आदमी हिल से मिलूँगा। मैं उससे कहूँगा कि वे यहाँ पेरिस आएँ, और हमारे लोगों के सामने अपने विचार रखें।"

> ***सामान्य रूप से, कोई भी महान् नेता जब अपने नीचे के व्यक्ति से कुछ करने को कहता है तो वह उससे न केवल यह कहता है कि उसे क्या करना है, बल्कि उसे यह भी बताता है कि उसे ऐसा क्यों करना है और उससे भी महत्त्वपूर्ण यह कि उसे बताता है कि उसे इसे कैसे करना है तथा सबसे महत्त्वपूर्ण यह है कि वह सुनिश्चित करता है कि उसने जो कहा, उस व्यक्ति ने कर दिया। वह 'न' नहीं सुनना चाहता है।***

अब देखिए, देवियो और सज्जनो, 'किसी-न-किसी दिन' निश्चित नहीं है। चौदह साल बीत गए। वे बिस्तर पर लेटकर सेंट लुइस का एक अखबार पढ़ रहे थे, जिसमें उन्होंने मेरा एक विज्ञापन देखा। उसमें यह बताया गया था कि सेंट लुइस में मेरी एक वार्त्ता है। इस बार उन्होंने एक और बयान दिया। वे बिस्तर से उठ खड़े हुए और कहा, "मैं सेंट लुइस जा रहा हूँ, उस व्यक्ति से मिलूँगा और मैं तुरंत उसे यहाँ लेकर आऊँगा।" इसमें कुछ हद तक निश्चितता थी। वे यहाँ आए और मैं भी अब यहाँ हूँ।

वे इसे चौदह साल पहले कर चुके होते, बशर्ते जब उस पुस्तक को पढ़ने के बाद उन्होंने कहा होता, "मुझे यह संदेश अच्छा लगा, मुझे वह लेखक अच्छा लगा। मैं एक महीने के भीतर उसे यहाँ लेकर आऊँगा।" यदि उन्होंने अपने इरादों को एक निश्चित समय में बाँधा होता तो आप निश्चित रूप से जान लीजिए कि मैं बरसों पहले ही यहाँ आ गया होता।

उद्‌देश्य की निश्चितता। मैंने गौर किया है कि जो लोग सफल हैं, जैसे मि. एंड्रयू कार्नेगी, हेनरी जे. कैसर, हेनरी फोर्ड और थॉमस ए. एडिसन, सभी उद्‌देश्य की निश्चितता के साथ काम करते हैं। सामान्य रूप से, कोई भी महान् नेता जब अपने नीचे के व्यक्ति से कुछ करने को कहता है तो वह उससे न केवल यह कहता है कि उसे क्या करना है, बल्कि उसे यह भी बताता है कि उसे ऐसा क्यों करना है और उससे भी महत्त्वपूर्ण यह कि उसे बताता है कि उसे इसे कैसे करना है तथा सबसे महत्त्वपूर्ण यह है कि

वह सुनिश्चित करता है कि उसने जो कहा, उस व्यक्ति ने कर दिया। वह 'न' नहीं सुनना चाहता है।

एक महान् नेता में ऐसा ही गुण होता है। वह ऐसा व्यक्ति होता है, जो जानता है कि उसे क्या चाहिए और उस जानकारी को उन लोगों को देता है, जो उसके अधीनस्थ हैं और उन बातों को समझते हुए उससे प्रभावित हो सकें।

युद्ध के दौरान मिस्टर कैसर युद्ध से संबंधित विभिन्न प्रकार के कार्यों, उन सैन्य सामग्रियों के निर्माण में व्यस्त थे, जिनकी सरकार को सख्त जरूरत थी। जरूरत के समय अपने कारखाने तक कच्चा माल आ जाए, वे इसे सुनिश्चित करना चाहते थे। जैसे कि यदि उन्हें एक बड़ी मात्रा में विशेष प्रकार के इस्पात की जरूरत है, तो वे न केवल यूनाइटेड स्टेट्स स्टील कॉरपोरेशन को विशेष प्रकार का इस्पात भिजवाने का ऑर्डर देते थे, बल्कि यह भी कहते थे कि उन्हें वह इस्पात एक निश्चित तारीख पर चाहिए, साथ ही इसे तय समय पर मँगवाने के लिए वे उस इस्पात संयंत्र तक कुछ लोगों को इस निर्देश के साथ भेजते थे कि अगर किसी भी रेल अधिकारी ने इस्पात से भरे डिब्बे को किसी भी कारण से रोकने की जुर्रत की तो उन लोगों को उसे चेतावनी देनी है कि वे ऐसा न करें और करें तो वे खाली हाथ कारखाने तक लौटकर न आएँ। अगर ऐसा किया तो उनकी नौकरी सलामत नहीं रहेगी।

यह भी एकदम निश्चित था। इसका नतीजा यह हुआ कि मि. कैसर ने जहाजों के निर्माण में ऐसा रिकॉर्ड बनाया कि वे दुनिया भर में मशहूर हो गए। इससे पहले उन्होंने कभी जहाजों का निर्माण नहीं किया था, लेकिन वे निश्चितता के सिद्धांत को समझते थे। संयोगवश, यदि आप मि. कैसर के बारे में कुछ भी जानते हैं तो आप जानते होंगे कि आज की तारीख में यह उनकी एक असाधारण योग्यता है। यदि वे सफल व्यक्ति हैं तो उनकी सफलता का यह भी एक कारण है। वे जानते थे कि उन्हें क्या करना है, वे उसे करने की योजना बनाते थे और अपनी योजनाओं को लेकर वे एकदम निश्चित रहते थे।

यदि आप मि. कैसर के बारे में कुछ भी जानते हैं तो आप जानते होंगे कि आज की तारीख में यह उनकी एक असाधारण योग्यता है। यदि वे सफल व्यक्ति हैं तो उनकी सफलता का यह भी एक कारण है। वे जानते थे कि उन्हें क्या करना है, वे उसे करने की योजना बनाते थे और अपनी योजनाओं को लेकर वे एकदम निश्चित रहते थे।

यह जो "क्या करना है, कब करना है, कहाँ करना है, क्यों करना है, और कैसे करना है?" को मैं अपना WWWWH फॉर्मूला कहता हूँ। आप सभी श्रोतागण के लिए भी यह कोई बुरा आइडिया नहीं होगा कि आप अपने सीने पर या अपनी ड्रेस पर इस WWWWH को एक बैज की तरह पहनें। ज्यादातर लोग, जो इस तरह के बैज को देखते हैं, वे समझ नहीं पाते कि इसका मतलब क्या है, लेकिन आप समझ जाएँगे। इससे आप जब भी किसी व्यक्ति को कुछ करने के लिए कहेंगे तो आप उसके विषय में निश्चित रहेंगे। आपको उसे बताना चाहिए कि क्या करना है, कब करना है, कहाँ करना है, क्यों करना है, कैसे करना है और फिर आपको उसके पीछे लगे रहना है तथा देखना है कि वह उस काम को कर दे।

अब मैं आपको बताता हूँ कि एक सफल और एक असफल व्यक्ति के बीच क्या अंतर होता है। आप किसी भी असफल व्यक्ति को ले लीजिए और सामान्य रूप से देखिए कि जब वह निर्देश देता है या अपनी इच्छाओं को व्यक्त करता है, तो वह उसे काफी ढुलमुल, ढीले, अनिश्चित तरीके से करता है और उसका नतीजा भी एकदम वैसा ही होता है।

एक ऐसा सिद्धांत, जो सड़कों पर घूमते सामान्य लोगों को मेरे जैसे सफल लोगों के द्वारा हासिल उस ज्ञान की जानकारी देगा, जो हमारे जीवन भर के अनुभव के रूप में है और जिन्हें हमने गलती करने के बाद सीखा है। मैं चाहता हूँ कि सरल शब्दों में एक सिद्धांत तैयार किया जाए, जिसे सफल लोगों ने सीखा है और उन सभी का लाभ सामान्य लोगों को मिले। इस विषय में मैं तुमसे एक प्रश्न पूछना चाहता हूँ।

एंड्रयू कार्नेगी ने जब मुझे आज से करीब चवालीस साल पहले व्यक्तिगत उपलब्धि की दुनिया के पहले व्यावहारिक सिद्धांत का लेखक बनने का काम सौंपा था, तो मुझे मि. कार्नेगी के घर पर तीन दिन और रात के लिए रखा गया था। वे पूरे ध्यान से मेरा अध्ययन कर रहे थे और मैं बिल्कुल भी नहीं जानता था कि मुझ पर नजर रखी जा रही है। मुझे उसका मकसद भी पता नहीं था। यह बात मुझे बरसों बाद पता चली कि किसी भी दूसरी बात से ज्यादा वे जानना चाहते थे कि मेरे भीतर उन चीजों को लेकर निश्चित रहने का गुण है या नहीं, जिन्हें मैं करने का निश्चय करता था।

तीसरा दिन समाप्त होने से पहले उन्होंने मुझे अपनी लाइब्रेरी में बुलाया और कहा, "हम तीन दिनों से यहाँ एक सिद्धांत के बारे में बात कर रहे थे, जिसकी

जरूरत मुझे लगता है कि इस दुनिया को है। एक ऐसा सिद्धांत, जो सड़कों पर घूमते सामान्य लोगों को मेरे जैसे सफल लोगों के द्वारा हासिल उस ज्ञान की जानकारी देगा, जो हमारे जीवन भर के अनुभव के रूप में है और जिन्हें हमने गलती करने के बाद सीखा है। मैं चाहता हूँ कि सरल शब्दों में एक सिद्धांत तैयार किया जाए, जिसे सफल लोगों ने सीखा है और उन सभी का लाभ सामान्य लोगों को मिले। इस विषय में मैं तुमसे एक प्रश्न पूछना चाहता हूँ।"

फिर उन्होंने मेरे सामने उस प्रश्न को रखा। उन्होंने कहा, "यदि मैं तुम्हें इस सिद्धांत का लेखक बनने के लिए रखूँ, इस देश के असाधारण लोगों से तुम्हारा परिचय करवाऊँ, जो तुम्हारा सहयोग करें और ये ऐसे लोग हैं, जिन्हें सफलता में महारत प्राप्त है, तो क्या तुम अपने जीवन के बीस वर्ष शोध करने पर समर्पित करने, इस काम को करने के दौरान अपनी आजीविका स्वयं अर्जित करने के लिए तैयार हो, जिसमें मेरी तरफ से तुम्हें कोई आर्थिक मदद नहीं मिलेगी—'हाँ' या 'न'?" मुझे लगता है, मैं कुछ देर तक बेचैन रहा। ऐसा लगा जैसे घंटे भर तक सोचता रहा। आखिरकार मि. कार्नेगी ने कहा, "तो ठीक है," और फिर उन्होंने मुझसे एक और प्रश्न पूछना चाहा। मैं बीच में ही बोल पड़ा। मैंने कहा, "हाँ, मि. कार्नेगी, मैं न केवल आपके इस काम को स्वीकार करता हूँ, बल्कि आप आश्वस्त रह सकते हैं कि मैं इसे पूरा भी करूँगा।" उन्होंने कहा, "मैं तुमसे इसी बात की उम्मीद करता था।" उन्होंने यह भी कहा, "मैं चाहता था कि तुम जब यह कहो तो कुछ ऐसा ही हाव-भाव तुम्हारे चेहरे पर हो और मैं तुम्हारी आवाज में जिस स्वर को सुनना चाहता था, वही मुझे सुनाई पड़ा।"

उन्होंने यह काम मुझे सौंपने का मन उसी समय और वहीं बना लिया, जबकि यह जिम्मेदारी ऐसे कई लोगों को नहीं सौंपी गई, जिनमें से कुछ कॉलेज के प्रोफेसर थे। उन्होंने बताया कि जब उन लोगों के सामने उन्होंने इस सवाल को रखा, तो जवाब देने में उन लोगों ने तीन घंटे से लेकर तीन साल तक लगा दिए और कुछ ने तो जवाब दिया ही नहीं। वे किसी ऐसे व्यक्ति की तलाश में थे, जो निश्चित हो, जो सारी बातें सामने मौजूद रहने पर मन बना सके, यह कह सके कि इस काम को वह करेगा या नहीं करेगा।

मैंने जब 'गोल्डन रूल मैगजीन' की शुरुआत की, जो 1918 के युद्धविराम दिवस पर शुरू हुआ तो मेरे पास उसके लिए पूँजी नहीं थी। पूरे युद्ध के दौरान मैं अमेरिका के राष्ट्रपति के साथ जुड़ा था। मैं जिस स्कूल का अध्यक्ष और मालिक था, वह युद्ध के कारण पूरी तरह से नष्ट हो गया था, लेकिन मैं एक 'गोल्डन रूल

मैगजीन' प्रकाशित करना चाहता था। यह विचार मेरे मन में कई वर्षों से था। मुझे लगा कि वह वक्त आ गया है, जब लोगों को उस तरह की पत्रिका पसंद आएगी।

मुझे शुरुआत के लिए बस 100,000 डॉलर की जरूरत थी। यदि मैं किसी बैंक में कर्ज लेने जाता तो इस बात की संभावना थी कि वे गुप्त रूप से कोई बटन दबा देते, दो-चार मुस्टंडे मुझे दबोच लेते और फिर पुलिस के हवाले कर देते; क्योंकि वे यह सोचते कि मैं पागल हो गया हूँ।

मैंने जब 'गोल्डन रूल मैगजीन' की शुरुआत की, जो 1918 के युद्धविराम दिवस पर शुरू हुआ तो मेरे पास उसके लिए पूँजी नहीं थी। पूरे युद्ध के दौरान मैं अमेरिका के राष्ट्रपति के साथ जुड़ा था। मैं जिस स्कूल का अध्यक्ष और मालिक था, वह युद्ध के कारण पूरी तरह से नष्ट हो गया था, लेकिन मैं एक 'गोल्डन रूल मैगजीन' प्रकाशित करना चाहता था। यह विचार मेरे मन में कई वर्षों से था।

मैं निजी स्रोतों से 100,000 डॉलर का कर्ज नहीं ले सकता था, क्योंकि मेरे पास गिरवी रखने के लिए कुछ नहीं था। इसलिए मैंने उस पैसे का या उसकी जगह किसी वैकल्पिक चीज का इंतजाम करने के लिए एक प्लान तैयार किया और महज तीन दिनों में पैसा मेरे हाथ में आ गया। इससे पहले कि मैंने उस व्यक्ति से संपर्क किया, जिसे मैंने इस 100,000 डॉलर देने का अवसर दिया, मैं अपने टाइपराइटर पर बैठा और उस पहले संपादकीय को लिखा, जिसे मैं उस पत्रिका के पहले पन्ने पर प्रकाशित करना चाहता था, मानो मेरे हाथ में पैसा आ ही गया हो। मैंने संपादकीय का समापन यह कहते हुए किया कि "मुझे इस पत्रिका को शुरू करने के लिए कम-से-कम 100,000 डॉलर की जरूरत पड़ेगी। मैं नहीं जानता कि यह पैसा कहाँ से आएगा, लेकिन मैं एक बात अच्छी तरह जानता हूँ कि मैं 'गोल्डन रूल मैगजीन' को इसी साल प्रकाशित और वितरित करूँगा।" यह निश्चित है।

मैं इस संपादकीय को लेकर शिकागो के दौलतमंद प्रकाशक मि. जॉर्ज बी. विलियम्स के पास गया। उन्होंने मुझे लंच पर शिकागो के एथलेटिक क्लब में बुलाया, जिसकी मैंने इजाजत दे दी। मैंने उन्हें उस लंच के लिए 3.85 डॉलर खर्च करने दिया, जिस लंच को न मैंने खाया, न छुआ। इस दौरान मैं बातें कर रहा था, उन्हें इस पत्रिका के बारे में बता रहा था और जब मुझे लगा कि मैंने उन्हें सारी बातें बता दी हैं, जिन्हें वे जानना चाहते थे, तो मैंने इस संपादकीय को निकाला और उनकी तरफ बढ़ा दिया। उन्होंने जब आखिरी लाइन पढ़ी, जिसमें मैंने

लिखा था कि मैं नहीं जानता कि यह पैसा कहाँ से आएगा, तो उन्होंने जो कहा, वह यह था। उन्होंने कहा, "मुझे तुम्हारी सोच अच्छी लगी, तुम अच्छे लगे। मैं तुम्हें काफी समय से पसंद करता हूँ और मुझे लगता है कि तुम इस काम को कर सकते हो। तुम अपनी कॉपी ले आओ, मैं पत्रिका को प्रिंट करूँगा, हम उसे न्यूजस्टैंड पर रखेंगे और बेच लेंगे तथा जब वह बिक जाएगी, तो पहले मैं अपना पैसा लूँगा और अगर कुछ बचा तो तुम ले सकते हो।"

इस तरह, देवियो और सज्जनो, 'गोल्डन रूल मैगजीन' की शुरुआत हुई और पहले छह महीने में उसने 500,000 सर्कुलेशन के आँकड़े को छू लिया। सारे खर्चे निकालकर पहले साल उसने कुल 3,150 डॉलर का मुनाफा कमाया।

बाद में मैं जब बरनार्ड मैकफेडन की पत्रिका के लिए संपादकीय लिख रहा था, तब मैंने उन्हें इस बारे में बताया। उन्होंने कहा, "हिल, मैं तुम्हें लंबे समय से जानता हूँ और तुम्हारी योग्यता का काफी सम्मान करता हूँ, लेकिन तुम्हारे आँकड़ों के साथ कुछ गड़बड़ है। तुम जब स्कूल में पढ़ते होंगे, तब तुम्हारा गणित अच्छा नहीं होगा; क्योंकि मुझे पता चला कि बिना किसी भरोसे के एक राष्ट्रीय पत्रिका शुरू करने के लिए तुम्हें कम-से-कम एक मिलियन डॉलर की जरूरत थी, और उसके बाद भी इस बात की आशंका थी कि इसे खर्च करने के बाद तुम उससे हाथ धो बैठोगे।"

वैसे मुझे जब मुझे पता चला कि मैंने वह कर दिया था, जिसे किया नहीं जा सकता था तो लगा जैसे मेरी जान निकल जाएगी। यह तो अच्छा हुआ कि शुरुआत करने से पहले मुझे यह बात मालूम नहीं थी। देवियो और सज्जनो, ऐसे कई लोग हैं, जो किसी चीज को करना चाहते हैं; लेकिन इस डर से शुरू ही नहीं करते कि वे उसे आगे नहीं ले जा सकेंगे या वे शुरू करने से पहले सारी परिस्थितियों के एकदम अनुकूल हो जाने का इंतजार करते हैं।

> *"मुझे तुम्हारी सोच अच्छी लगी, तुम अच्छे लगे। मैं तुम्हें काफी समय से पसंद करता हूँ और मुझे लगता है कि तुम इस काम को कर सकते हो। तुम अपनी कॉपी ले आओ, मैं पत्रिका को प्रिंट करूँगा, हम उसे न्यूजस्टैंड पर रखेंगे और बेच लेंगे तथा जब वह बिक जाएगी, तो पहले मैं अपना पैसा लूँगा और अगर कुछ बचा तो तुम ले सकते हो।"*

क्या आप जानते हैं कि आप जिस काम को करना चाहते हैं, उसकी शुरुआत

से पहले आप अगर सारी परिस्थितियों के एकदम अनुकूल हो जाने का इंतजार करते हैं तो बरसों तक आप उसकी शुरुआत नहीं कर पाएँगे; क्योंकि परिस्थितियाँ कभी पूरी तरह अनुकूल नहीं होतीं। अगर आप किसी काम को हर हाल में करना चाहते हैं तो उससे जुड़ी सारी जानकारी जुटाएँ, सारे उपलब्ध साधनों को जुटा लें और उस समय की जैसी भी परिस्थिति है, उसी में उसकी शुरुआत कर दें। यह थोड़ा विचित्र लग सकता है, लेकिन इस बात की संभावना है कि आप जब उपलब्ध साधनों का इस्तेमाल कर रहे होते हैं, तब कभी-कभी आश्चर्यजनक रूप से आपकी मदद के लिए बेहतर साधन रख दिए जाते हैं।

> ***क्या आप जानते हैं कि आप जिस काम को करना चाहते हैं, उसकी शुरुआत से पहले आप अगर सारी परिस्थितियों के एकदम अनुकूल हो जाने का इंतजार करते हैं तो बरसों तक आप उसकी शुरुआत नहीं कर पाएँगे; क्योंकि परिस्थितियाँ कभी पूरी तरह अनुकूल नहीं होतीं। अगर आप किसी काम को हर हाल में करना चाहते हैं तो उससे जुड़ी सारी जानकारी जुटाएँ, सारे उपलब्ध साधनों को जुटा लें और उस समय की जैसी भी परिस्थिति है, उसी में उसकी शुरुआत कर दें।***

मैं सोच रहा हूँ कि मेरे रेडियो के आप जैसे श्रोता क्या यह जानने की दिलचस्पी नहीं रखते होंगे कि अगले पाँच वर्षों के लिए मेरे उद्देश्य की निश्चितता क्या है, क्या आप उसे जानना चाहेंगे? मैं आपको उसके बारे में बताने जा रहा हूँ, क्योंकि आपको मुझे कुछ करते हुए देखने का अवसर मिलेगा। आप इस ऐलान को सुननेवाले हैं। आप कदम-दर-कदम देखनेवाले हैं कि मैं इसे कैसे आगे बढ़ाऊँगा।

मैं एक बार फिर से पूरे समय के लिए काम करनेवाला हूँ, जिसमें मैं अभी अपने जीवन के फुरसत भरे पलों को समाप्त करूँगा और फिर से किताबें लिखना और व्याख्या देना शुरू करूँगा। मेरे इस प्रकार के फैसले के कई कारण हैं। सबसे पहले व्यक्तिगत रूप से कहूँ तो मुझे जीवन भर के लिए जितने पैसे की जरूरत है, उतने पैसे मेरे पास हैं। हम जिस प्रकार की जीवनशैली को अपनाते हैं, उसके लिए पर्याप्त पैसे हैं। सारा अतिरिक्त पैसा दुनिया भर में इस सिद्धांत के प्रचार-प्रसार के लिए खर्च किया जाएगा। मैं चाहता हूँ कि यह सिद्धांत इस धरती की सभी प्रमुख भाषाओं में प्रकाशित किया जाए और मैं इसे सुनिश्चित करूँगा कि यह काम पूरा हो।

पेरिस जैसे शहर में आकर ही मुझे इस सिद्धांत के बारे में ऐसी बातों का पता चला, जिन्हें मैं पहले नहीं जानता था और इससे मुझे एक नई उम्मीद तथा नया हौसला मिला है। इसने मुझे उद्देश्य की निश्चितता पर एक नया दृष्टिकोण दिया है और वह यह है कि आबादी के सबसे जमीनी स्तर के लोग जो इस तरह के छोटे शहरों में रहते हैं, इस तरह के सिद्धांत को अपने जीवन के आईने में उतारने के लिए बेसब्र हैं, क्योंकि वैसे भी, यह व्यक्तिगत अर्थव्यवस्था का सिद्धांत है। इसे इस प्रकार से तैयार किया गया है कि व्यक्ति अपने वित्तीय मामलों को संतुलित कर सके। यह एक ठोस सिद्धांत है, क्योंकि इसे दुनिया के सबसे तेज दिमागवाले व्यक्तियों ने परखा है और यह ऐसा सिद्धांत है, जो व्यक्तिगत वित्त और सांसारिक वस्तुओं से संबंधित है।

हम हताशा के युग में, भय के युग में, चिंता के युग में जी रहे हैं। यह लगभग असंभव है कि ऐसे श्रोता और ऐसा कोई व्यक्ति मिले, जिसे किसी-न-किसी तरह की व्यक्तिगत समस्या न हो और वह जानता हो कि उसे उस समय किस प्रकार दूर किया जा सके। सफलता के इस सिद्धांत का इरादा व्यक्तिगत समस्याओं को दूर करना है।

हम हताशा के युग में, भय के युग में, चिंता के युग में जी रहे हैं। यह लगभग असंभव है कि ऐसे श्रोता और ऐसा कोई व्यक्ति मिले, जिसे किसी–न–किसी तरह की व्यक्तिगत समस्या न हो और वह जानता हो कि उसे उस समय किस प्रकार दूर किया जा सके। सफलता के इस सिद्धांत का इरादा व्यक्तिगत समस्याओं को दूर करना है। चाहे आप इसका एहसास करें या नहीं, लेकिन आपमें से जो भी इस प्रसारण को सुन रहा है, वह रोशनी को बिखेरेगा, खुशियाँ बिखेरेगा और हौसलों को विस्तार देगा। आपका आत्मविश्वास बढ़ेगा और आप उन लोगों में और अधिक आत्मविश्वास पैदा करेंगे, जो आपके संपर्क में आएँगे। आपमें भी उद्देश्य की निश्चितता होगी और शुरुआत के एक बिंदु के रूप में आपके पास अपने सुधार का एक उद्देश्य होगा।

देवियो और सज्जनो, आज की शाम के लिए बस इतना ही। अगली बार मेरे साथ जुड़िए, जब हम इस सबसे महत्त्वपूर्ण सिद्धांत 'उद्देश्य की निश्चितता' पर चर्चा को आगे बढ़ाएँगे।

□

2

अपने निश्चित उद्देश्य में महारत

देवियो और सज्जनो, एक बार फिर से आपका स्वागत है। आज की शाम मैं बताऊँगा कि उद्देश्य की निश्चितता का यह सिद्धांत कितना महत्त्वपूर्ण है और सफलता प्राप्त करने के लिए आप इसे कैसे लागू कर सकते हैं।

देवियो और सज्जनो, आप यह जानना चाहते होंगे कि क्यों मैं इस सिद्धांत और उन सभी सिद्धांतों के संबंध में अपने कथनों को लेकर इतना सकारात्मक हूँ, जिनकी चर्चा मैं आगे आनेवाले प्रसारणों में करनेवाला हूँ। मैं चाहता हूँ कि आप यह जान लें कि यहाँ जिन सिद्धांतों का अध्ययन आप करनेवाले हैं, उन्हें प्रकृति के नियमों ने एक नहीं, दो–दो बार जाँच लिया है।

आप जब किसी सिद्धांत के पुख्ता होने की पुष्टि स्वयं प्रकृति से कर लेते हैं, तो आप कभी गलत नहीं हो सकते। मैं अब आपको यह बताने जा रहा हूँ कि प्रकृति किस हद तक इस सबक, यानी उद्देश्य की निश्चितता के उपयोग में सहायता करती है, जिस पर आज की शाम हम चर्चा कर रहे हैं। उद्देश्य की निश्चितता का यह सिद्धांत विश्वव्यापी रूप से लागू होता है और इसका सबसे बड़ा प्रदर्शन हम इससे देख सकते हैं कि प्रकृति इसे किस प्रकार में लागू करती है।

सबसे पहले इसे ब्रह्मांड की सुव्यवस्था तथा प्रकृति के सारे नियमों के बीच आपसी संबंध में देखा जाता है। क्या यह अपने आप में अद्भुत नहीं है कि हम मिट्टी की जिस छोटी सी गेंद पर रहते हैं, वह 365 दिनों में सूर्य का चक्कर पूरी तरह से लगा लेती है और उसके साथ ही अन्य सभी ग्रहों तथा सूर्य से उचित दूरी बनाए रखती है, क्या यह देखना अद्भुत नहीं कि यह सब इतना व्यवस्थित है ? शाम को जब सूरज अस्त होता है, हम यह जानकर सोने चले जाते हैं कि अगली सुबह यह फिर से पूरब में निकलेगा। अब तक मैंने जो भी समझा और सुना है, आज तक कभी ऐसा नहीं हुआ कि सूरज अस्त होने के बाद कभी सुबह में उगा न हो। मैं

जानता हूँ कि यहाँ मिसौरी में जब बादल छा जाते हैं, तब अकसर आप इसे देख नहीं पाते, लेकिन यह आसमान में उसी रूप में रहता है, जैसा सामान्य दिनों में होता है।

इन चीजों की सुव्यवस्था बिना संदेह यह साबित करती है कि एक पहला सिद्धांत या इन सारी चीजों के पीछे एक कारण होता है, जिसके मुताबिक प्रकृति इस योजना को लागू करने में एकदम निश्चित रहती है। यह कोई नहीं जानता कि कितने करोड़ों, अरबों या खरबों वर्षों से यह पुरानी धरती एक निश्चित योजना के अनुसार घूम रही है, लेकिन हम इतना जानते हैं कि इसके विषय में कुछ है, जो निश्चित है और प्रकृति उस निश्चितता के साथ किसी को भी दखलंदाजी नहीं करने देती, चाहे वह कैसी भी ताकत क्यों न हो।

यह कोई नहीं जानता कि कितने करोड़ों, अरबों या खरबों वर्षों से यह पुरानी धरती एक निश्चित योजना के अनुसार घूम रही है, लेकिन हम इतना जानते हैं कि इसके विषय में कुछ है, जो निश्चित है और प्रकृति उस निश्चितता के साथ किसी को भी दखलंदाजी नहीं करने देती, चाहे वह कैसी भी ताकत क्यों न हो।

हाँ, और हम प्रकृति की इसी निश्चितता को उन सभी तारों और ग्रहों की निश्चित स्थिति के रूप में और एक-दूसरे से उनके अपरिवर्तनीय संबंध के रूप में देखते हैं। देवियो और सज्जनो, उनका संबंध इतना निश्चित है कि खगोलशास्त्री सैकड़ों वर्ष पहले ही यह अनुमान लगा लेते हैं कि एक निश्चित समय में किन्हीं भी दो तारों या ग्रहों के बीच संबंध क्या होगा। यदि प्रकृति किसी निश्चित योजना के बिना इस परिचालन को लागू करती तो आप ऐसा नहीं कर सकते थे।

और फिर आप इसे गुरुत्वाकर्षण के नियम के लागू होने में देखते हैं, जहाँ कहीं भी कभी कोई रुकावट नहीं आती, चाहे कुछ भी क्यों न हो जाए। क्या आपने कभी सुना है कि गुरुत्वाकर्षण का नियम रुक गया, या बिना किसी दुष्प्रभाव के किसी ने इसे रोक दिया? यह सदैव रहता है, यह निश्चित होता है, किसी भी परिस्थिति में इसमें अंतर नहीं आता। आप इसके साथ अपने आपको ढाल लेते हैं और यह आपके लिए सहायक हो जाता है, लेकिन आपने इसके साथ खुद को नहीं ढाला तो यह काफी विनाशकारी हो सकता है।

इस धरती पर बसा जीवन इस प्रकार से संतुलित है कि कोई भी एक प्रजाति हावी नहीं हो सकती है, उसमें भी आप इसे देख सकते हैं। क्या आप जानते हैं कि यदि प्रकृति में कीड़ों, पक्षियों तथा मनुष्य से कम महत्त्व रखनेवाले अनेक प्रकार

के छोटे-छोटे जीवों को संतुलित रखने की निश्चित योजना नहीं होती तो मानव जाति बारह महीने भी नहीं टिक पाती? कभी-कभी वह टिड्डों का प्रकोप ला देती है, जो काफी नुकसान पहुँचाते हैं, लेकिन कुछ ही देर में, पक्षियों, समुद्री पक्षियों या किसी अन्य का झुंड आता है और उन टिड्डों को अपना भोजन बना लेता है, जिससे कि एकदम सही संतुलन बना रहे।

कुछ समय पहले, कुछ लोग यहाँ संभवत: इंग्लैंड से मैना जैसे पक्षियों को लेकर आए थे, ताकि कुछ कीट-पतंगों को समाप्त किया जा सके; क्योंकि मैना उन्हें चट करना पसंद करती है, लेकिन प्रकृति को अपने मामले में इस तरह असंतुलन पैदा करना पसंद नहीं आया, इसलिए उसने मैना की संख्या को दिन दूनी, रात चौगुनी की रफ्तार से बढ़ा दिया और अब वे बहुत बड़ी परेशानी बन गई हैं। अगर मैं चाहता तो 'परेशानी' शब्द के आगे विशेषण लगा सकता था। आप जब प्रकृति द्वारा संपूर्ण संतुलन के साथ छेड़छाड़ करने लगते हैं, तब आप मुश्किल में पड़ जाते हैं; क्योंकि सारी चीजों को संतुलित रखने की उसकी अपनी ही योजना होती है, जिसके पीछे उसका अपना ही इरादा होता है। मनुष्य को इससे सबक लेना चाहिए।

आप जब प्रकृति द्वारा संपूर्ण संतुलन के साथ छेड़छाड़ करने लगते हैं, तब आप मुश्किल में पड़ जाते हैं; क्योंकि सारी चीजों को संतुलित रखने की उसकी अपनी ही योजना होती है, जिसके पीछे उसका अपना ही इरादा होता है। मनुष्य को इससे सबक लेना चाहिए।

फिर आप इसे उत्पत्ति की प्रक्रिया में देखते हैं, जिसके सुचारु रूप से चलने के कारण सभी का अस्तित्व बना हुआ है, चाहे सजीव हो या निर्जीव और उस प्रकार की वस्तु अपनी ही प्रकृति की होती है, जैसी कि उससे पहलेवाली थी। क्या यह बात दिलचस्प नहीं है, क्या आपने कभी सुना है कि किसी किसान ने गेहूँ बोया हो और यह देखकर हैरान रह गया कि उसकी बजाय मक्का पैदा हो गई? नहीं न! प्रकृति का अपना निश्चित तरीका है, जिसके कारण कोई भी चीज, जो प्रजनन करती है, वह अपने पूर्वजों से मिलती-जुलती चीज को ही पैदा करती है। अन्य सभी की तरह यही बात मनुष्यों पर भी लागू होती है। इन नियमों को लागू करने में प्रकृति अपनी निश्चितता को लेकर कभी फेरबंदल नहीं करती।

और इसे तत्त्व या ऊर्जा की रचना करने या उसे नष्ट करने या फिर दोनों की मात्रा में परिवर्तन की असंभव स्थिति में देखा जा सकता है। क्या यह अपने आप

में आश्चर्यजनक नहीं है कि आप ऊर्जा या तत्त्व को नष्ट नहीं कर सकते? आप दोनों की मात्रा को बढ़ा या घटा नहीं सकते। आप उन्हें एक दशा से दूसरी दशा में ले जा सकते हैं, लेकिन उनकी मात्रा से छेड़छाड़ नहीं कर सकते। आप जब ऊर्जा की एक निश्चित मात्रा का उपयोग कर लेते हैं, तो प्रकृति के पास उसे फिर से भरने और अपने भंडार को उससे संतुलित करने का अपना ही तरीका होता है। उदाहरण के लिए, वह आपको बिजली के इस्तेमाल की समाप्ति का सामना नहीं करने देती। कुछ समय पहले किसी ने मुझसे कहा था, "कुछ ही दिनों में सारी बिजली की खपत हो जाएगी, फिर उसके बाद क्या होगा? इससे तो सर्वनाश हो जाएगा, है कि नहीं?" देवियो और सज्जनो, चिंता मत कीजिए, ऐसा कुछ भी नहीं होने जा रहा है।

प्रकृति ने पूरे ब्रह्मांड में सबकुछ संतुलित कर रखा है और उसकी योजना निश्चित है, उसके नियम तय हैं। वह अपना फैसला नहीं बदलती और किसी दिन ऐसा नहीं करती कि सूरज उग आए और अगले दिन वह उसे उगने ही न दे। वह लापरवाह नहीं हो जाती कि धरती किसी अन्य उपग्रह के करीब चली जाए और टकरा जाए।

प्रकृति ने पूरे ब्रह्मांड में सबकुछ संतुलित कर रखा है और उसकी योजना निश्चित है, उसके नियम तय हैं। वह अपना फैसला नहीं बदलती और किसी दिन ऐसा नहीं करती कि सूरज उग आए और अगले दिन वह उसे उगने ही न दे। वह लापरवाह नहीं हो जाती कि धरती किसी अन्य उपग्रह के करीब चली जाए और टकरा जाए।

लगभग हर साल हम अखबारों में पथभ्रष्ट और खेदजनक लोगों के समूह की ओर से पैदा की गई उत्तेजना को पढ़ते हैं, जो यह अनुमान लगाते हैं कि यह दुनिया खत्म होनेवाली है। सामान्य रूप से वे सारी अच्छी-अच्छी सांसारिक चीजों को त्याग देते हैं। दूसरे लोगों को अपने आपको ठगने का मौका देते हैं, मकानों और पेड़ों पर चढ़ जाते हैं, भगवान् ही जाने कि वे कहाँ जाने लगते हैं। यह सब इस कारण, क्योंकि दुनिया खत्म होनेवाली होती है। मैंने अपने जीवन में, ज्यादा नहीं तो कम-से-कम छह बार ऐसा होते देखा है और जो पुरानी दुनिया है, वह साथ-साथ चलती रहती है, मानो मैंने उसे पहली बार देखा हो। मुझे लगता है कि यह इसी तरह लंबे समय तक चलती रहेगी।

यदि आप निश्चितता को अच्छी तरह समझना चाहते हैं, तो आपको प्रकृति

पर हर लिहाज से गौर करना चाहिए कि वह क्या करती है और आपको सबकुछ समझ आ जाएगा। आपको मनुष्य के दिमाग की अद्‌भुत प्रणाली को गहराई से देखना चाहिए, जिसे इतने निश्चित ढंग से बनाया गया है कि प्रत्येक व्यक्ति जीवन में अपनी ही पसंद की परिस्थितियों में अपने आपको सामने ला सकता है। वह इस बात को तय कर सकता है कि व्यक्ति के रूप में वह किस स्थान पर रहेगा और कई प्रकार से इस धरती पर अपनी किस्मत को तय कर सकता है। यही एकमात्र ऐसी चीज है, जिस पर किसी व्यक्ति का पूर्ण नियंत्रण होता है।

क्या यह बात अद्‌भुत नहीं कि प्रकृति ने प्रत्येक मनुष्य को निश्चित रूप से यह अधिकार दिया है कि वह इस धरती पर अपनी किस्मत तय करे, अपने दिमाग का इस्तेमाल करे, वह अपने पसंद की गतिविधियों में शामिल रहे?

क्या यह बात अद्‌भुत नहीं कि प्रकृति ने प्रत्येक मनुष्य को निश्चित रूप से यह अधिकार दिया है कि वह इस धरती पर अपनी किस्मत तय करे, अपने दिमाग का इस्तेमाल करे, वह अपने पसंद की गतिविधियों में शामिल रहे? आप झट से कहेंगे, "वैसे यह बात आज रूस पर लागू नहीं होती और एक समय पर जर्मनी में भी लागू नहीं होती थी और इस वक्त जैसे हालात हैं, हम उसी में रहे, तो यहाँ अमेरिका में भी यह हमारे ऊपर लागू नहीं हो पाएगा। हम इतने आजाद नहीं रह जाएँगे कि जो मन करे, उसे कर सकें, जब चाहें, तभी काम करें, जिस व्यवसाय को करना चाहें, उसे ही करें।"

लेकिन देवियो और सज्जनो, मैं आपको पाँच या छह हजार वर्ष पीछे ले जाना चाहूँगा और आपका ध्यान इस बात की ओर दिलाना चाहूँगा कि हर एक मनुष्य, जिसने प्रकृति के विधान को बदलना चाहा है, उसे दुःख ही मिला है। जो लोग क्रेमलिन में और दुनिया के दूसरे हिस्से में बैठे हैं तथा मनुष्य से व्यक्ति के भीतर मौजूद नियंत्रण की इस महान् पहल को छीनना चाहते हैं, उन्हें भी दुःख ही मिलने वाला है। यहाँ बस टाइमिंग की बात है। कभी-कभी हमें लगता है कि समय कुछ ज्यादा ही सख्त है। इस समय भी ऐसा ही लग रहा है, लेकिन अगर मेरी जानकारी सही है तो प्रकृति के पास पर्याप्त समय है। जोसेफ स्टालिन और दूसरे लोगों को दंड देने के लिए वह लंबे समय तक इंतजार कर सकती है, लेकिन दंड तो उन्हें वह देकर रहेगी। यह निश्चित है। वह कभी उसे लोगों की स्वतंत्रता छीनने नहीं देगी, क्योंकि इस

संसार की सृष्टि करनेवाले ने सुनिश्चित किया है कि यह स्वतंत्रता प्रत्येक मनुष्य को मिले—निश्चितता और ऐसी असंभव स्थिति, जिसमें एक सेकंड के लिए भी प्रकृति के नियमों को बदला न जा सके।

अब यह निश्चित रूप से कहा जा सकता है कि उद्देश्य निश्चित होता है। आपने कभी ऐसा नहीं सुना होगा कि प्रकृति के किसी भी नियम से छेड़छाड़ की जाए या उसका प्रयास किया जाए और दुःख न हो, क्योंकि कभी-कभी तो यह दंड तुरंत मिल जाता है। आप गुरुत्वाकर्षण के नियम को विफल करने का प्रयास कर सकते हैं, निश्चित रूप से कर सकते हैं, बशर्ते कोई नीचे आपके लिए जाल फैलाए न खड़ा हो या कोई लपकने को तैयार न हो, आपको बहुत तकलीफ होगी, भले ही आपको इसका पता न हो।

निश्चित रूप से आप प्रकृति के नियमों के विरुद्ध जाने का प्रयास कर सकते हैं। आप उन सबकी अवहेलना कर सकते हैं, लेकिन आप ऐसा करेंगे तो आपको उसकी कीमत चुकानी पड़ेगी। प्रकृति अपने सभी नियमों के उल्लंघन के लिए निश्चित दंड देती है और उनके पालन के लिए निश्चित पुरस्कार भी देती है। इससे कोई बच नहीं सकता।

निश्चित रूप से आप प्रकृति के नियमों के विरुद्ध जाने का प्रयास कर सकते हैं। आप उन सबकी अवहेलना कर सकते हैं, लेकिन आप ऐसा करेंगे तो आपको उसकी कीमत चुकानी पड़ेगी। प्रकृति अपने सभी नियमों के उल्लंघन के लिए निश्चित दंड देती है और उनके पालन के लिए निश्चित पुरस्कार भी देती है। इससे कोई बच नहीं सकता। इससे फर्क नहीं पड़ेगा कि आपका धर्म क्या है, बिल्कुल भी फर्क नहीं पड़ेगा। आपको इस नतीजे पर पहुँचना ही पड़ेगा कि धरती पर मनुष्यों के संबंध में प्रकृति के निश्चित नियम हैं और वह उन लोगों को बहुत बड़े इनाम देती है, जो यह जान लेते हैं कि उसके नियम क्या हैं तथा उनके अनुसार खुद को ढाल लेते हैं, जबकि जो ऐसा नहीं करते, उन्हें भयंकर दंड मिलता है।

यह सफलता के सिद्धांत की अनेक जिम्मेदारियों और विशेषाधिकारों में से एक है, जिनका पता मैंने लोगों को प्रकृति के तौर-तरीकों के अनुसार लोगों का मार्गदर्शन व्यावहारिक, समझने योग्य तरीके से करने के लिए लगाया है, साथ ही उन तरीकों और साधनों का पता भी लगाया है, जिनसे व्यक्ति जीवन में उन नियमों को अपना सकता है।

देवियो और सज्जनो! अब मैं आपको कुछ महत्त्वपूर्ण बातें बताना चाहता हूँ, जिनका उपयोग उद्देश्य की निश्चितता को लागू करने में किया जाता है। पहला यह है कि सभी व्यक्तिगत उपलब्धियों की शुरुआत एक निश्चित उद्देश्य को प्राप्त करने की निश्चित योजना को अपनाने और उपयुक्त काररवाई से होती है। यहाँ तीन महत्त्वपूर्ण शब्द याद रखने योग्य हैं, जिन्हें आपको याद रखना है। एक उद्देश्य जरूर होना चाहिए, एक योजना होनी ही चाहिए और काररवाई अवश्य होनी चाहिए—उद्देश्य, योजना, काररवाई। यह कह देना काफी नहीं, "खैर, किसी-न-किसी दिन मैं लकड़ी के इस कारोबार को करनेवाला हूँ।" किसी-न-किसी दिन। किसी-न-किसी दिन कभी नहीं आता, लेकिन आपने अगर कहा, "अगले हफ्ते की शुरुआत के साथ ही मैं सामान का स्टॉक मँगवानेवाला हूँ और मिसौरी के पेरिस में लकड़ी का कारोबार करूँगा," और आपके पास यदि इसे करने के लिए पूँजी है, तो यह निश्चित है।

सारी व्यक्तिगत उपलब्धियाँ किसी मंशा या मंशाओं के मेल का परिणाम होती हैं। होश सँभालने की उम्र से लेकर मृत्यु तक के बीच आप जो कुछ भी करते हैं, किसी मंशा का परिणाम होता है। कोई भी किसी मंशा के बिना कुछ भी नहीं करता है। केवल नौ प्रकार की बुनियादी मंशा होती है।

दूसरा कारक यह है कि सारी व्यक्तिगत उपलब्धियाँ किसी मंशा या मंशाओं के मेल का परिणाम होती हैं। होश सँभालने की उम्र से लेकर मृत्यु तक के बीच आप जो कुछ भी करते हैं, किसी मंशा का परिणाम होता है। कोई भी किसी मंशा के बिना कुछ भी नहीं करता है। केवल नौ प्रकार की बुनियादी मंशा होती है।

मैं अब जो भी करनेवाला हूँ, उसका उद्देश्य आपको यह समझाना है कि यही नौ बुनियादी मंशा सफलता की ए.बी.सी. होती हैं। आप जब तक किसी व्यक्ति के दिमाग में किसी मंशा को या अनेक प्रकार की मंशा को नहीं डालते, तब तक किसी भी परिस्थिति में उससे उम्मीद नहीं कर सकते कि वह वही करेगा। मैं भी किसी भी परिस्थिति में तब तक किसी से यह उम्मीद नहीं करूँगा कि वह वही करेगा, जब तक कि मैं उस व्यक्ति के दिमाग में कोई मंशा न डाल दूँ और उस आग्रह से उसे पूरी तरह संतुष्ट न कर दूँ। यदि आप ऐसा करेंगे, तो कभी गलत साबित नहीं हो सकते।

ये हैं नौ मौलिक इरादे, जिनमें से कुछ को मिला-जुलाकर सभी व्यक्ति कुछ हासिल करते हैं—

पहला है—प्रेम की भावना। आप यह जानकर हैरान रह जाएँगे कि किस प्रकार अनेक मानवीय संबंध बनते हैं, कैसे कितने ही लोग अपनी तकदीर बनाते हैं और कैसे कई लोगों की किस्मत बिगड़ जाती है तथा कैसे प्रेम की इस भावना के कारण इस दुनिया में कितनी सारी चीजें होती हैं। यह सबसे बड़ी मंशा और सबसे बड़ी भावना है और इसके साथ ही सबसे खतरनाक भी है, विशेष रूप से उनके लिए, जो सबकुछ किस्मत के भरोसे छोड़ देते हैं और कहते हैं, "मेरा दिमाग काम नहीं कर रहा है।" मैं ऐसा करनेवाले लोगों को जानता हूँ।

इन नौ मौलिक मंशाओं में से दूसरा है—सेक्स की उमंग, जो सृजन की वह बड़ी शक्ति है, जिसका उपयोग प्रकृति सारी जीवित चीजों की संख्या को बढ़ाने के लिए करती है।

तीसरी है भौतिक संपत्ति की इच्छा। यह एक प्रकार से जन्मजात गुण होता है। यह एक असाधारण मंशा है, जो व्यक्ति को बहुत बड़े काम की शुरुआत की प्रेरणा देती है। आज तक मैंने कभी किसी ऐसे व्यक्ति के बारे में नहीं सुना, जिसने कानूनी तौर पर पैसे कमाने का अवसर ठुकराया हो और दुर्भाग्य से, कभी-कभी वे दूसरे तरीके को अपनाने के लिए भी तैयार रहते हैं।

तीसरी है भौतिक संपत्ति की इच्छा। यह एक प्रकार से जन्मजात गुण होता है। यह एक असाधारण मंशा है, जो व्यक्ति को बहुत बड़े काम की शुरुआत की प्रेरणा देती है। आज तक मैंने कभी किसी ऐसे व्यक्ति के बारे में नहीं सुना, जिसने कानूनी तौर पर पैसे कमाने का अवसर ठुकराया हो और दुर्भाग्य से, कभी-कभी वे दूसरे तरीके को अपनाने के लिए भी तैयार रहते हैं।

इन नौ बुनियादी मंशाओं में से चौथी मंशा आत्मरक्षा की इच्छा है। यह एक जन्मजात मंशा है। आत्मरक्षा की इस मंशा के साथ आप कभी-कभी ऐसे काम कर जाते हैं, जो लगभग इनसानों के बस से बाहर की बात होती है। मैं बीते चालीस वर्षों से गाड़ी चला रहा हूँ और तब से लेकर कई बार ऐसा हुआ है, जब मैंने ड्राइविंग का ऐसा कारनामा कर दिया है, जिन्हें मेरे पास पर्याप्त समय होता तो मैं जानबूझकर नहीं कर सकता था। कहने का मतलब यह है कि इस तरह के मामले लगभग आपात स्थिति जैसे होते हैं, जब मेरे अंदर की कोई चीज पहिए पर सवार हो जाती है, कार को सड़क से बाहर ले जाती है और फिर से उसे वापस ले आती है। मेरे साथ कुछ

ऐसा ही दूसरी बार हुआ था, जब मैं यहाँ पेरिस आया था। मेरी कार सड़क पर लगभग पूरी तरह पलट गई और पलटने के बाद फिर से सीधी होकर दोबारा सड़क पर चलने लगी। मुझे लगता है कि कार चाहती थी कि मैं अपने काम को पूरा करने के लिए यहाँ आऊँ। इस तरह मैं एक बार फिर यहाँ आ सका। आत्मरक्षा की इच्छा एक जबरदस्त मंशा है।

छठी मंशा व्यक्तिगत अभिव्यक्ति और पहचान है—व्यक्तिगत अभिव्यक्ति और पहचान। मैं आज तक ऐसे किसी व्यक्ति से नहीं मिला, जो इनमें से एक या दोनों न चाहता हो—पहला, कुछ बोलने की इच्छा—किस बारे में? अरे, कुछ भी, और दूसरा, पुस्तक लेखन किस विषय पर? अरे, किसी भी विषय पर। व्यक्तिगत अभिव्यक्ति की इच्छा एक जन्मजात इच्छा होती है और एक बड़ी मंशा, जो पुरुषों और महिलाओं को दूरगामी कार्यों में शामिल करती है।

पाँचवीं बुनियादी मंशा शरीर और मन की स्वतंत्रता की इच्छा है। ईश्वर ने आपको न केवल स्वतंत्रता का अधिकार दिया है, अपने मन को नियंत्रित करने का जन्मजात अधिकार, बल्कि उसने आपके दिमाग में स्वतंत्रता की इस इच्छा को भी बिठा दिया है। अमेरिका में आज हम अगर किसी चीज को सबसे मूल्यवान मानते हैं, तो वह है, हम जो हैं, उसे होने का विशेषाधिकार, हम जो कहना चाहते हैं, उसके कहने का, जो चाहें, उसे करने का अधिकार। बेशक, हम हमेशा वह नहीं कर सकते, जो कहना चाहते हैं, लेकिन हम उसके आस-पास की चीज तो कर ही सकते हैं। स्वतंत्रता, अमेरिका में हमें भरपूर स्वतंत्रता मिली है, जितनी इस धरती के किसी अन्य देश में नहीं है। यह ऐसी कई चीजों को करने के पीछे की हमारी मंशा है, जिन्हें हम उस स्वतंत्रता की रक्षा के लिए करते हैं।

छठी मंशा व्यक्तिगत अभिव्यक्ति और पहचान है—व्यक्तिगत अभिव्यक्ति और पहचान। मैं आज तक ऐसे किसी व्यक्ति से नहीं मिला, जो इनमें से एक या दोनों न चाहता हो—पहला, कुछ बोलने की इच्छा—किस बारे में? अरे, कुछ भी, और दूसरा, पुस्तक लेखन किस विषय पर? अरे, किसी भी विषय पर। व्यक्तिगत अभिव्यक्ति की इच्छा एक जन्मजात इच्छा होती है और एक बड़ी मंशा, जो पुरुषों और महिलाओं को दूरगामी कार्यों में शामिल करती है।

शायद व्यक्तिगत अभिव्यक्ति की इच्छा की मंशा ही थी, जिसने मुझे बीस

वर्षों की लगभग भुखमरी को झेलने की क्षमता दी, जब मैं इस सिद्धांत को जुटा रहा था और लोगों के लिए इसे तैयार कर रहा था। मुझे नहीं लगता कि अन्य किसी भी मंशा में इतनी ताकत थी कि मुझे उस काम में लगाए रखे, जबकि इसमें मुनाफा नहीं था।

सातवीं प्रमुख मंशा मृत्यु के बाद जीवन को आगे बढ़ाते रहने की इच्छा है—यह भी एक जन्मजात मंशा है।

अब मैं आखिर की दो मंशा पर आता हूँ और वे दोनों ही नकारात्मक हैं। आठवें नंबर की मंशा बदले की भावना है। आप यह जानकर हैरान रह जाएँगे कि किसी से बदला लेने के प्रयास में लोग अपनी कितनी ऊर्जा खर्च करते हैं, भले ही उसका कारण वास्तविक हो या काल्पनिक। बदला लेने की इच्छा काफी विनाशकारी होती है। इसे दूसरों का कष्ट बढ़ सकता है या उनके साथ अन्याय हो सकता है, लेकिन उसका कष्ट झेलना निश्चित है, जो इसे अपनाता है। इस दुनिया में कितने ही लोग हैं, जिन्हें मैं पसंद नहीं करता, कुछ तो मैं खासतौर पर पसंद नहीं करता, लेकिन मुझे किसी भी प्रकार बदला लेने की सारी सुविधाएँ मिल जाएँ, तो भी मैं ऐसा नहीं करूँगा। इस कारण नहीं, क्योंकि कुछ लोगों के साथ ऐसा होना चाहिए, बल्कि मैं अपने आपको दु:ख नहीं दे सकता। यदि आप सही तरीके से जी रहे हैं, आपका जीवन संतुलित है, तो आप किसी से भी किसी भी बात का बदला नहीं लेना चाहेंगे।

यदि किसी बात से आप डरते हैं, तो पता कीजिए कि आपको उससे डर क्यों लगता है और उस डर को दूर कीजिए। यदि कुछ ऐसा है, जिसके बारे में आप कुछ कर सकते हैं, तो कीजिए और अगर कुछ है, जिसके बारे में नहीं कर सकते, तो भूल जाइए या कम-से-कम अपने दिमाग को किसी दूसरी चीज से इतना भर दीजिए कि आप न उसके बारे में सोचेंगे, न उसे मन में पालते रहेंगे।

देवियो और सज्जनो, नौवीं और आखिरी मंशा इन सभी की पितामह है और वह है—भय की भावना।

आप तब तक चैन से नहीं जी सकते, जब तक कि आप किसी चीज से या किसी व्यक्ति से भयभीत रहते हैं, आपको अपने मन से डर को निकालना होगा। यदि किसी बात से आप डरते हैं, तो पता कीजिए कि आपको उससे डर क्यों लगता है और उस डर को दूर कीजिए। यदि कुछ ऐसा है, जिसके बारे में आप

कुछ कर सकते हैं, तो कीजिए और अगर कुछ है, जिसके बारे में नहीं कर सकते, तो भूल जाइए या कम-से-कम अपने दिमाग को किसी दूसरी चीज से इतना भर दीजिए कि आप न उसके बारे में सोचेंगे, न उसे मन में पालते रहेंगे।

उद्‌देश्य की निश्चितता के इस काम में जो अगला कारक आता है, वह है—एक महान्, असाधारण सत्य, अर्थात् कोई भी जबरदस्त सोच, योजना या मकसद, जिसे आपने अपने दिमाग में बार-बार आनेवाले विचार के कारण बसा लिया है, जो मन के अवचेतन हिस्से पर हावी है और जिस पर आपके पास जो भी स्वाभाविक और तार्किक साधन उपलब्ध हैं, उनकी मदद से काररवाई करते हैं। आप देखेंगे कि अपनी आवाज के सुर से मैंने उस कथन के कुछ शब्दों पर खास जोर दिया है, जो भी 'प्राकृतिक' और 'तार्किक' साधन उपलब्ध हैं, उनकी मदद से। मैंने अलौकिक साधनों की कोई बात नहीं की। मैं अलौकिक साधनों की मदद से काम करने के बारे में कुछ नहीं जानता। मैं केवल प्राकृतिक नियमों की मदद से काम करना जानता हूँ।

मैं आपमें से हर एक से यह अपेक्षा करता हूँ कि आप यह सोचें कि आपको एक भूमिका अदा करनी है। कोई व्यक्ति या कुछ व्यक्ति या व्यक्तियों का समूह ऐसा होगा, जिनके संपर्क में आप होंगे और जिन्हें आप इस सिद्धांत की शिक्षा देना शुरू कर सकते हैं। भले ही आप दुनिया के सबसे अच्छे शिक्षक नहीं होंगे, लेकिन इसे अपना निश्चित उद्‌देश्य बना लीजिए कि आप इस सिद्धांत की व्याख्या करेंगे और उन लोगों तक पहुँचाएँगे; जिन्हें इसकी जरूरत हो सकती है।

मैं आपमें से हर एक से यह अपेक्षा करता हूँ कि आप यह सोचें कि आपको एक भूमिका अदा करनी है। कोई व्यक्ति या कुछ व्यक्ति या व्यक्तियों का समूह ऐसा होगा, जिनके संपर्क में आप होंगे और जिन्हें आप इस सिद्धांत की शिक्षा देना शुरू कर सकते हैं। भले ही आप दुनिया के सबसे अच्छे शिक्षक नहीं होंगे, लेकिन इसे अपना निश्चित उद्‌देश्य बना लीजिए कि आप इस सिद्धांत की व्याख्या करेंगे और उन लोगों तक पहुँचाएँगे; जिन्हें इसकी जरूरत हो सकती है। आप जब दूसरों को शिक्षा देना शुरू करेंगे, तब देखेंगे कि जैसे ही आप उन्हें इसके बारे में बताएँगे, आप स्वयं भी इस सिद्धांत को अच्छी तरह समझने लगेंगे। यह भी प्रकृति का एक नियम है—आप दूसरे व्यक्ति के साथ जो भी करते हैं या उसके लिए करते हैं, वही आप अपने लिए

भी करते हैं। देवियो और सज्जनो! आप इस सिद्धांत का पूरा लाभ तब तक कभी नहीं उठा सकते, जब तक कि आप अपने आस-पास नहीं देखते और किसी ऐसे व्यक्ति को नहीं ढूँढ़ते, जिसे इसकी आवश्यकता है और उस व्यक्ति को शिक्षा नहीं देने लगते हैं। उसका परिचय हमसे करवाइए, उसे इस माहौल के अनुकूल बनाइए और उसके दिमाग में उन सारी बातों को बिठाइए, जिसे तमाम लोगों को समझाने के लिए आपका यह साथी हिल यहाँ आया है और उसी तरह उन सबको जगाइए, जैसा कि एक व्यक्ति को लगता है कि मैं करता हूँ। वैसे इस बारे में यदि कोई शंका है, तो मैं बता दूँ कि मैं यहाँ कई लोगों को जगाने आया हूँ, जागरूक बनाने आया हूँ, बशर्ते वे ऐसा चाहें और कुछ ऐसा करने में दिलचस्पी रखते हैं, जिससे न केवल उनकी मदद हो, बल्कि इस समुदाय की मदद हो, जिसमें वे रहते हैं।

दोस्तो, आज की शाम मुझे सुनने के लिए आपका शुक्रिया। अगली बार मुझे जरूर सुनिए, जब मैं सफलता के आपके लक्ष्यों तक पहुँचने में सटीक सोच-विचार के महत्त्व के बारे में बताऊँगा।

□

3

सटीक सोच-विचार

हेलो दोस्तो! आज की शाम हम सटीक सोच-विचार के विषय पर चर्चा करेंगे। इस दुनिया में कई लोग हैं, जो सोचते हैं कि वे सही ढंग से सोचते हैं, लेकिन उनमें से अधिकांश बिल्कुल भी नहीं सोचते। वे बस सोचते हैं कि वे सोचते हैं। सटीक सोच-विचार में कुछ कारक होते हैं, जिनके बारे में मैं आपको बतानेवाला हूँ। वे जटिल नहीं हैं, लेकिन मैं आपको पहले ही सावधान करना चाहता हूँ कि अगर आप सटीक विचारक बनना चाहते हैं तो तुरत-फुरत निर्णय लेनेवाले विचारक बनने की बजाय आपकी एक तकनीक होनी चाहिए, आपको एक प्रणाली का पालन करना होता है और उस प्रणाली के साथ बने रहना पड़ता है।

सबसे पहले सटीक सोच-विचार के काम में तीन मौलिक बातें होती हैं; वे हैं--पहला है आगमनात्मक तर्क, जो अज्ञात तथ्यों या कल्पनाओं पर आधारित होता है। 'आगमनात्मक तर्क' का मतलब है कि आपके पास सारे तथ्य हैं, लेकिन आप यह मान लेते हैं कि आपके पास कुछ तथ्य होने ही चाहिए। उदाहरण के लिए, यदि आप भगवान् के विषय में सही सोच-विचार रखते हैं, भले ही भगवान् हैं या नहीं, आप उनसे कभी न भी मिले हों, जो भगवान् से मिले हैं या भगवान् को देखा है, फिर भी इस विषय पर आपका तर्क आगमनात्मक प्रकृति का होना चाहिए। जब इस ब्रह्मांड में और इस छोटी से दुनिया में जहाँ आप रहते हैं, अद्‌भुत रूप से व्यवस्थित कारकों पर नजर दौड़ाते हैं, तो आप इस निष्कर्ष तक पहुँचने पर विवश हो जाएँगे कि एक ऐसी शक्ति होती है, जिसे कई लोग भगवान् कहते हैं, चाहे आप उसे इस नाम से पुकारें या किसी अन्य नाम से। यह आगमनात्मक तर्क होगा।

नंबर दो, निगमनिक तर्क होता है, जो ज्ञात तथ्यों पर आधारित होता है—ऐसे तथ्य, जिन्हें आप सच मानते हैं या जिन्हें तथ्य माना जाता है। ऐसे कई लोग होते हैं, जो इसमें गड़बड़ कर जाते हैं, क्योंकि वे यह मान लेते हैं कि उनके पास तथ्य

हैं, जबकि वे जिन बातों के आधार पर काम करते हैं, वे सब सुनी-सुनाई बातें या गप होती हैं, कुछ ऐसी, जिसे 'उन्होंने' कहा, या 'ऐसा कुछ, जिसे मैंने अखबारों में पढ़ा था।' कोई जब मुझसे कहता है और अपनी बातों की शुरुआत यह कहते हुआ करता है, "मैंने अखबारों में पढ़ा है," तो सच बताऊँ, मैं अपने दिमागी ढक्कनों को गिरा देता हूँ और वह जो कुछ भी कहता है, उसे अपने दिमाग में घुसने नहीं देता हूँ। चूँकि मैं भी किसी जमाने में अखबार के लिए काम करता था और कई पत्रकारों को जानता हूँ, इसलिए मैं भी जानता हूँ कि अखबार अकसर कैसी गलतियाँ करते हैं। वे हमेशा सही नहीं होते।

यदि आप औसत परिस्थिति को लें, जहाँ आप सटीक सोच-विचार करना चाहते हैं और आपने जब उसके संबंध में अपना मन बना लिया है, या शायद आप निर्णय तक पहुँचने ही वाले हैं, तो आप सारी बातों को तर्क की कसौटी पर रखेंगे, तो आप खुद को दुनिया भर की परेशानियों से बचा सकते हैं।

तीसरा कारक, जो सटीक सोच-विचार के इस काम में शामिल होता है, वह है तर्क-वितर्क—इसका मतलब है, पिछले अनुभव से प्राप्त मार्गदर्शन, जो किसी समय पर विचार-विमर्श के जैसा ही होता है। तर्क-वितर्क। देवियो और सज्जनो, यदि आप औसत परिस्थिति को लें, जहाँ आप सटीक सोच-विचार करना चाहते हैं और आपने जब उसके संबंध में अपना मन बना लिया है, या शायद आप निर्णय तक पहुँचने ही वाले हैं, तो आप सारी बातों को तर्क की कसौटी पर रखेंगे, तो आप खुद को दुनिया भर की परेशानियों से बचा सकते हैं।

ये ऐसे तीन कारक हैं, जिनका इस्तेमाल सटीक सोच-विचार के काम में होता है।

सटीक सोच-विचार में आपको दो प्रमुख कदम उठाने ही पड़ेंगे और वे दो कदम इस प्रकार हैं। बस दो कदम। पहला, आपको तथ्यों को या जिन्हें आप तथ्य समझते हैं, उन्हें काल्पनिक बातों या सुनी-सुनाई बातों से अलग करना होगा। सबसे पहला काम आप यही करते हैं। आप जब किसी विषय पर काम कर रहे होते हैं, जिसमें आपको अपने सोच के संबंध में किसी निर्णय तक पहुँचना होता है, तो आपको तुरंत उन सारे कारकों की तलाश करनी चाहिए, जो उसमें शामिल हैं और यह देखना होता है कि उनमें कितना तथ्य है या कल्पना या सुनी-सुनाई बातें कितनी हैं। यह है पहला कदम। देवियो और सज्जनो! मैं जब इस विषय का विश्लेषण

करता हूँ, तो आप यदि इन नियमों की तुलना अपने सोच-विचार के तरीके से करें, जिन्हें मैं आपको बता रहा हूँ तो आपके लिए काफी लाभप्रद रहेगा और फिर आप देखिए कि आप अगर पीछे रह गए तो वह कमी कहाँ रह गई। आपके लिए यह एक अच्छा उपाय हो सकता है कि आप इन नियमों के अनुसार उन लोगों का विश्लेषण करें, जिन्हें आप जानते हैं और देखें कि उनमें से कितने सटीक सोच-विचार करते हैं।

एक महत्त्वपूर्ण तथ्य किसी भी ऐसे तथ्य को माना जा सकता है, जिनका इस्तेमाल आपके द्वारा आपके प्रमुख उद्देश्य को प्राप्त करने के लिए किया जा सके या आपकी कोई भी छोटी सी इच्छा, जो आपके प्रमुख उद्देश्य की प्राप्ति की ओर ले जाए। वह आपके लिए महत्त्वपूर्ण तथ्य है और अन्य सभी तथ्य तुलनात्मक रूप से अनावश्यक हैं और जहाँ तक आपका संबंध है, उनमें से अधिकांश निहायत ही फिजूल होते हैं।

पहले तो आप कल्पना या सुनी-सुनाई बातों से तथ्य को अलग कीजिए। आपने जब ऐसा कर लिया और आप जान गए कि तथ्य क्या हैं, या आपको लगता है कि आप जानते हैं और आपने उन्हें अलग कर लिया, सुनी-सुनाई बातों को दरकिनार कर दिया, तो आप केवल उन चीजों के साथ जुड़े रहेंगे, जिन्हें आप साबित कर सकते हैं। आप उन तथ्यों को दो वर्गों में बाँटते हैं और एक को 'महत्त्वपूर्ण' और दूसरे को 'अनावश्यक' कहा जाता है।

आप कैसे जानेंगे कि महत्त्वपूर्ण तथ्य को अनावश्यक तथ्य से कैसे अलग किया जाए, आपमें से कितने लोग इस भेद को कर सकेंगे? हाथ उठाकर बताइए। क्या आप महत्त्वपूर्ण और अनावश्यक तथ्य के बीच अंतर को जानते ही नहीं? या आप कुछ ज्यादा ही भोले-भाले बन रहे हैं? देवियो और सज्जनो, एक महत्त्वपूर्ण तथ्य किसी भी ऐसे तथ्य को माना जा सकता है, जिनका इस्तेमाल आपके द्वारा आपके प्रमुख उद्देश्य को प्राप्त करने के लिए किया जा सके या आपकी कोई भी छोटी सी इच्छा, जो आपके प्रमुख उद्देश्य की प्राप्ति की ओर ले जाए। वह आपके लिए महत्त्वपूर्ण तथ्य है और अन्य सभी तथ्य तुलनात्मक रूप से अनावश्यक हैं और जहाँ तक आपका संबंध है, उनमें से अधिकांश निहायत ही फिजूल होते हैं।

मैं आज सुबह जब सेंट लुइस स्थित अपने घर से निकला और यहाँ पेरिस तक ड्राइव करता हुआ आया तो ऐसी सौ बातें आपको बता सकता हूँ, जो इस

दौरान हुईं, लेकिन मैं कहूँगा कि उनमें से निन्यानबे फीसदी बातें किसी-न-किसी तरह से महत्त्वहीन ही होंगी। यहाँ आने के सफर में केवल एक ही बात महत्त्व रखती है और वह है कि मैं यहाँ इस स्टूडियो तक सही समय पर आया और यह कि मैं अपने निर्धारित लैक्चर के वादे को पूरा कर रहा हूँ।

अब आप जान चुके हैं कि एक महत्त्वपूर्ण तथ्य क्या होता है। यदि आप अपने ऊपर पूरे दिन अपनी ओर से की गई काररवाइयों के माध्यम से नजर डालेंगे, तो आप उन अनावश्यक तथ्यों की संख्या को देखकर हैरान रह जाएँगे, जो आपका काफी समय खराब करते हैं। ऐसे तथ्य, जिनसे आप चाहे जैसे निपटें या उन्हें अपने आप से जोड़कर देखें, समय की बरबादी के सिवाय उनका आपसे कोई लेना-देना नहीं होता। यदि आप सफल लोगों के उच्च वर्ग में शामिल होना चाहते हैं, तो आपको सटीक सोच-विचार करना सीखना होगा तथा उस ज्ञान का उपयोग अपने आपको सफलता की उच्च श्रेणी तक उठाने के लिए करना होगा और तब आपको न केवल महत्त्वपूर्ण में से अनावश्यक बातों को अलग करना सीखना होगा, बल्कि आपको अपना अधिकांश समय महत्त्वपूर्ण बातों पर लगाना होगा, यानी ऐसी बातों पर, जिनसे आपको कुछ निश्चित, समझ में आने योग्य लाभ मिलेंगे, जो जीवन में आपको अपने प्रमुख उद्देश्य की दिशा में या अपने कुछ छोटे उद्देश्यों की प्राप्ति की दिशा में ले जाएँगे।

यदि आप सफल लोगों के उच्च वर्ग में शामिल होना चाहते हैं, तो आपको सटीक सोच-विचार करना सीखना होगा तथा उस ज्ञान का उपयोग अपने आपको सफलता की उच्च श्रेणी तक उठाने के लिए करना होगा और तब आपको न केवल महत्त्वपूर्ण में से अनावश्यक बातों को अलग करना सीखना होगा, बल्कि आपको अपना अधिकांश समय महत्त्वपूर्ण बातों पर लगाना होगा, यानी ऐसी बातों पर, जिनसे आपको कुछ निश्चित, समझ में आने योग्य लाभ मिलेंगे, जो जीवन में आपको अपने प्रमुख उद्देश्य की दिशा में या अपने कुछ छोटे उद्देश्यों की प्राप्ति की दिशा में ले जाएँगे।

ओह, अगर आप उस नियम का पालन करेंगे, तो न जाने कितनी ब्रिज पार्टियों को आपको छोड़ना होगा। ऐसी कई चीजें हैं, जिनमें आप शामिल रहते हैं और जिनमें अब आप शामिल नहीं हो सकेंगे, क्योंकि आप समय बरबाद करते हैं और आपका संबंध महत्त्वपूर्ण बातों से बिल्कुल भी नहीं रहता।

इसके बाद मैं आपका ध्यान अपना मत या विचार बनाने के विषय पर ले जाना चाहता हूँ। मतों का आमतौर पर अपना कोई मूल्य नहीं होता, क्योंकि वे विशेष रूप से पक्षपात, भेदभाव, असहिष्णुता, अटकल या सुनी-सुनाई बातों पर आधारित होते हैं। ज्यादातर लोग दुनिया तमाम के मुद्दों पर कोई-न-कोई मत जरूर रखते हैं और उनमें से अधिकांश मतों का जरा सा भी मोल नहीं होता, क्योंकि उन तक व्यावहारिक या वैज्ञानिक माध्यमों से नहीं पहुँचा जाता है। कुछ समय पहले दो लोग डॉ. आइंस्टाइन के सापेक्षता के सिद्धांत पर चर्चा कर रहे थे। उनमें से एक ने कहा, "क्या तुम सच में डॉ. आइंस्टाइन के सापेक्षता के सिद्धांत पर विश्वास करते हो?" और उनमें से एक ने कहा, "अरे नहीं, वैसे भी वह आदमी राजनीति के बारे में जानता ही क्या है?" उसे लगा कि सापेक्षता का सिद्धांत कोई राजनीतिक प्रणाली है, फिर भी उसका उस पर एक मत था।

मत—कोई भी मत तब तक सुरक्षित नहीं होता, जब तक कि ज्ञात तथ्यों पर या कम-से-कम जिन्हें तथ्य माना जाता है, उन पर आधारित न हों और जब आपने तथ्यों की तलाश की सभी संभावनाओं का पूरा इस्तेमाल न कर लिया हो। किसी को भी किसी भी समय पर किसी चीज के बारे में तब तक कोई मत प्रकट नहीं करना चाहिए, जब तक कि वह तथ्यों पर आधारित न हो।

मेरे साथियो! आपके लिए यह जानना दिलचस्प होगा और शायद फायदेमंद भी कि भविष्य में जब भी आप किसी विषय पर कोई मत व्यक्त करने जा रहे हों तो अपने आपको अच्छी तरह टटोल लीजिएगा। अपनी जाँच-परख ध्यान से कर यह पता लगाइएगा कि उन प्रभावों और परिस्थितियों में आप कैसे आए कि आपने मत व्यक्त किया, यह देखने के लिए कि वे पुख्ता स्रोतों से आए, सुनी-सुनाई बातों से या कहीं आपने उन्हें पढ़ा था या किसी अविश्वसनीय स्रोतों से सुना था। मत—कोई भी मत तब तक सुरक्षित नहीं होता, जब तक कि ज्ञात तथ्यों पर या कम-से-कम जिन्हें तथ्य माना जाता है, उन पर आधारित न हों और जब आपने तथ्यों की तलाश की सभी संभावनाओं का पूरा इस्तेमाल न कर लिया हो। किसी को भी किसी भी समय पर किसी चीज के बारे में तब तक कोई मत प्रकट नहीं करना चाहिए, जब तक कि वह तथ्यों पर आधारित न हो।

क्या आपने इस बारे में सोचना बंद कर दिया था कि आपके अनेक मत उन तथ्यों पर आधारित होते हैं, जिन तथ्यों का ज्ञात तथ्यों से कोई लेना-देना नहीं होता?

आपने तथ्यों का पता लगाने के प्रयास नहीं किए, फिर भी आपका अपना एक मत है। आपको उस प्रकार के विचार रखने का कोई अधिकार नहीं, क्योंकि उनका कोई आधार नहीं होता।

अभी ज्यादा दिन नहीं हुए जब किसी ने मुझसे पूछा कि कोरियाई युद्ध की स्थिति पर मेरा क्या विचार है। मैंने कहा, "सुनिए, इस सवाल का जवाब एक वाक्य में नहीं दिया जा सकता। इसके बारे में मेरे कई मत हैं। उन लोगों के बारे में कई मत हैं, जिन्होंने इसे शुरू किया। इसे जिस तरह से आगे बढ़ाया जा रहा है, उसके बारे में मेरे कई मत हैं।" मैं किसी एक मत से उत्तर नहीं दे सकता। मेरे अनेक मत हो सकते हैं और वे सभी उन बातों पर आधारित होंगे, जिन्हें मैंने युद्ध छिड़ने तक होते देखा है। कहने का अर्थ है कि वे तथ्यों पर आधारित थे।

अकसर सलाह का कोई मूल्य नहीं होता या कोई उन पर ध्यान नहीं देता। दोस्तों और परिचितों की ओर से मुफ्त में दी गई सलाह अकसर विचार करने लायक नहीं होती। किसी ने कहा है कि इस संसार में आपको कुछ मुफ्त में मिल जाए तो उसका मोल भी उतना ही होता है, जितनी कीमत आपने चुकाई है और यह बात खासतौर पर मुफ्त की सलाह के लिए सच है। इससे फर्क नहीं पड़ता कि आप क्या करना चाहते हैं, आपकी योजनाएँ क्या हैं, आप कहाँ जा रहे हैं या आप क्या कर रहे हैं, जीवन में आपके लक्ष्य क्या हैं। जैसे ही आपने उनके बारे में बात करना शुरू किया, आपको अपने आस-पास ऐसे कई लोग मिल जाएँगे, जो मुफ्त की सलाह देने लगेंगे, विशेष रूप से जो लोग आपके काफी करीब हैं।

अकसर सलाह का कोई मूल्य नहीं होता या कोई उन पर ध्यान नहीं देता। दोस्तों और परिचितों की ओर से मुफ्त में दी गई सलाह अकसर विचार करने लायक नहीं होती। किसी ने कहा है कि इस संसार में आपको कुछ मुफ्त में मिल जाए तो उसका मोल भी उतना ही होता है, जितनी कीमत आपने चुकाई है और यह बात खासतौर पर मुफ्त की सलाह के लिए सच है।

मैंने जब व्यक्तिगत उपलब्धि के इस दुनिया के पहले सिद्धांत को संगठित करना शुरू किया, तो यह सच है कि अमेरिका के लगभग पाँच सौ असाधारण लोगों ने अपने अनुभवों को मेरे साथ मुफ्त में साझा किया, ताकि मैं इस सिद्धांत को पूरा कर सकूँ, लेकिन इन सभी पाँच सौ लोगों के सुझावों को मिला दें, तब भी वे उन मुफ्त की सलाहों की तुलना में कुछ भी नहीं, जो मुझे अपने करीबी रिश्तेदारों से

मिले। यहाँ मैं बीस साल तक शोध कर रहा था और इस दुनिया के सबसे बुद्धिमान लोग मेरी सहायता कर रहे थे, फिर भी, मेरे परिवार के दो या तीन सदस्यों को लगता था कि वे मुझे मेरे काम के बारे में कुछ अधिक बता सकते थे, उसकी कमियों के बारे में ज्यादा बता सकते थे, जो वे पाँच सौ लोग मिलकर नहीं बता पा रहे थे और यह सलाह मुफ्त थी। बेशक, मुझे उन्हें नहीं लेना था। बेशक, मैंने नहीं ली। यदि ले लिया होता, तो आज रात यहाँ नहीं होता, आपसे सटीक सोच-विचार के इस विषय पर बात नहीं कर रहा होता। मुझे अपने आप ही आगे बढ़ना पड़ा, खुद ही सोचना पड़ा।

सटीक सोच-विचार और सटीक विचारक विचार करने का काम दूसरों पर नहीं छोड़ते। सटीक सोच-विचार शब्द के अर्थ की गंभीरता के अनुसार आप सटीक सोच-विचार करनेवाले बनना चाहते हैं, तो आपको अपने सोच तथा अपने मतों और अपने ही विचारों के लिए जवाबदेह बनने की आदत डालनी पड़ेगी।

सटीक सोच-विचार और सटीक विचारक विचार करने का काम दूसरों पर नहीं छोड़ते। सटीक सोच-विचार शब्द के अर्थ की गंभीरता के अनुसार आप सटीक सोच-विचार करनेवाले बनना चाहते हैं, तो आपको अपने सोच तथा अपने मतों और अपने ही विचारों के लिए जवाबदेह बनने की आदत डालनी पड़ेगी। अन्य लोगों से जानकारी लेना, जितना ज्ञान और जितनी जानकारी जुटा सकते हैं, जुटा लेना एकदम सही है, लेकिन आखिरी विश्लेषण में, किसी भी विषय पर किसी दूसरे के कहने पर अपना मन मत बनाइए। क्या यह स्पष्ट है या मैं इसकी और व्याख्या करूँ, एकदम स्पष्ट है न? किसी की कही बातों से अपना मन मत बनाइए। सोच-विचार के बाद आखिरी फैसला खुद कीजिए। अगर आपने अपनी बजाय दूसरों को सोच-विचार करने दिया, तो आप कम विरोध का रास्ता चुन रहे हैं, उन नदियों की तरह ही, जिनके बारे में मैंने पिछले प्रसारण में बताया था, जिनका रास्ता टेढ़ा-मेढ़ा है।

हाँ, ऐसा सोचने की गलती भी मत कीजिए कि किसी अन्य व्यक्ति की सहायता के बिना आप सही सोच-विचार कर सकते हैं। अकसर आपको दूसरों से काफी मदद लेनी पड़ती है। इस कारण ही तो हमारा मास्टरमाइंड सिद्धांत भी है। मिस्टर एडिसन इस दुनिया के अब तक के सबसे महत्त्वपूर्ण और सबसे सफल आविष्कारक थे। उनके आविष्कार सोच-विचार पर आधारित होते थे, लेकिन

सटीक सोच-विचार से पहले, उन्हें वैज्ञानिक ज्ञान और उन लोगों के दिमाग तथा शिक्षा की जरूरत पड़ी, जिन्होंने सोचने में उनकी मदद की, जिन्होंने तथ्य बताए। उन्होंने उन तथ्यों को एक नए-नए समूहों में साथ जोड़ा।

यह सही है कि सूचना माँगें, लेकिन आपको जब वह जानकारी मिले, तो आपको उसे तर्क की कसौटी पर परखना चाहिए। आपको उसे प्रमाण के नियम के अधीन लाना चाहिए और यह सुनिश्चित करना चाहिए कि जब भी आप कोई फैसला करें, तो जिन बातों को आपने स्वीकार किया, वे महज सुनी-सुनाई बातें नहीं, बल्कि वास्तविक तथ्य हों। सुनी-सुनाई बातें किसी अन्य का प्रमाण होती हैं, जिनकी तह तक आप नहीं जा सकते और वे अपने आप में ही भरोसे के लायक नहीं होती हैं।

मैं आपसे जो कह रहा हूँ, यदि आप उसका पालन शब्दशः करें, तो आप तुरंत ही देखेंगे कि आपको अपनी कुछ आदतों को फिर से ठीक करना होगा। सच कहूँ तो आपको सोच-विचार करने की कुछ आदतों में जबरदस्त बदलाव लाना होगा। आपको अपना अखबार थोड़ा अधिक सावधानी से पढ़ना होगा, उसे अपने दिमाग में प्रश्नवाचक चिह्न के साथ पढ़ना होगा। आपको उन बातों पर सवाल उठाना होगा, जिन्हें आप पढ़ते हैं, आपको गप लड़ानेवाले पड़ोसियों की बातों से प्रभावित होने की आदत को छोड़ देना होगा और अपना ही काफी सोच-विचार करना होगा। अखबार की खबरों के आधार पर मत बनाना सुरक्षित नहीं होता। 'मैंने अखबारों में देखा है,' एक भूमिका बाँधनेवाला बयान है, जो आमतौर पर बोलनेवाले के ऊपर झट से फैसला करनेवाले विचारक का ठप्पा लगा देता है। 'मैंने अखबारों में पढ़ा' या 'कहते सुना' या 'वे कहते हैं।' जब कोई स्वेच्छा से ऐसी सूचना देने का प्रयास करता है, जिन्हें उन भूमिका बाँधनेवाले बयान पर आधारित तथ्य माना जा सकता है, तो बस अपने आँख बंद कर लें और तब तक कोई ध्यान न दें, जब तक कि आपको उनके समर्थन में कोई प्रमाण न मिले और तब आप पहले की तुलना में काफी बेहतर सोच-विचार कर सकेंगे।

जब कोई स्वेच्छा से ऐसी सूचना देने का प्रयास करता है, जिन्हें उन भूमिका बाँधनेवाले बयान पर आधारित तथ्य माना जा सकता है, तो बस अपने आँख बंद कर लें और तब तक कोई ध्यान न दें, जब तक कि आपको उनके समर्थन में कोई प्रमाण न मिले और तब आप पहले की तुलना में काफी बेहतर सोच-विचार कर सकेंगे।

कीचड़ उछालनेवाले और अफवाहें फैलानेवाले ऐसे विश्वस्त सूत्र नहीं होते, जिनसे किसी विषय पर तथ्य लिये जा सकें। कीचड़ उछालनेवाले, अफवाह फैलाने वाले, क्या आपने कभी किसी ऐसे के बारे में सुना है। बेशक आपके शहर में ऐसा कोई भी नहीं, लेकिन कुछ समुदायों में इस तरह के लोग होते हैं। मैं जहाँ भी जाता हूँ, उन समुदायों के बीच और मेरे अपने श्रोताओं के सिवाय, सभी प्रकार के लोगों के बीच, मुझे ऐसे लोग मिल जाते हैं। बेशक, वे विवाद खड़ा करने और अफवाह फैलाने के साथ ही छोटी बातें करने में कहीं आगे होते हैं।

सदियों पहले एक आदमी इसी रास्ते से गुजरा था, जो काफी कोमल आत्मा वाला था और इस दुनिया में इस उद्देश्य से आया था कि वह मनुष्य की प्रकृति को थोड़ा कोमल बना सके और लोग अधिक शांति के साथ जी सकें। ऐसी अफवाहें फैलानेवालों और विवाद खड़ा करनेवालों के साथ ही छोटी बातें करनेवालों से उसकी नहीं बनी। उन्होंने उसे स्वीकार नहीं किया। उन्होंने उसे मार डाला, लेकिन यीशु की आत्मा अमर हो गई और इस दुनिया को बेहिसाब ढंग से बदल दिया।

अरे, गपबाजी करने में बड़ा मजा आता है। अकसर जब मैं कोई गप सुनता हूँ, खासतौर पर जब वह मेरे बारे में होती है, तो मुझे बड़ा मजा आता है। भले ही वह व्यक्ति जिस तरह की बातें फैला रहा होता है, उस विषय पर मैं कहीं ज्यादा जानता हूँ, लेकिन उससे कोई फर्क नहीं पड़ता। इधर-उधर की बातें करनेवाले तो बोलते रहेंगे, लेकिन बेसिर-पैर की बातें करनेवाले जो कुछ कहते हैं, उन्हें सुनकर आप अपने कर्तव्य-पथ से भटक जाएँगे, या अपना काम छोड़ देंगे, या जीवन में अपनी योजना या उद्देश्य से हट जाएँगे, तो देवियो और सज्जनो! आप कुछ हासिल नहीं कर पाएँगे; क्योंकि आप किसी काम की शुरुआत ही नहीं करेंगे।

सदियों पहले एक आदमी इसी रास्ते से गुजरा था, जो काफी कोमल आत्मा वाला था और इस दुनिया में इस उद्देश्य से आया था कि वह मनुष्य की प्रकृति को थोड़ा कोमल बना सके और लोग अधिक शांति के साथ जी सकें। ऐसी अफवाहें फैलानेवालों और विवाद खड़ा करनेवालों के साथ ही छोटी बातें करनेवालों से उसकी नहीं बनी। उन्होंने उसे स्वीकार नहीं किया। उन्होंने उसे मार डाला, लेकिन यीशु की आत्मा अमर हो गई और इस दुनिया को बेहिसाब ढंग से बदल दिया।

किसी भी काम को करते हुए जैसे ही आप भीड़ से अलग दिखने लगेंगे, तब आपको स्वीकार नहीं किया जाएगा। अगर आपने अफवाह फैलानेवालों को मौका दिया तो वे आपको अलग कर देंगे, आपको छोटा दिखाने लगेंगे, लेकिन आप यदि सटीक विचारक हैं, तो आप जरा भी ध्यान नहीं देंगे कि आपके बारे में क्या कहा जा रहा है। आप इस पर अधिक ध्यान देंगे कि आपके बारे में कही जा रही बातें झूठी साबित हो जाएँ और आप यदि सटीक विचारक हैं तो यही आपकी पूरी जिम्मेदारी है। उसके अलावा आप लोगों की बातों पर ध्यान नहीं देंगे।

इच्छाएँ तथ्यों की जननी होती हैं, क्या आप इस बात को जानते थे, क्या आपने पहले कभी इस बारे में सोचा था? मैं सोच रहा हूँ कि कभी आप पर अपनी इच्छाओं के कारण तथ्यों को जन्म देने का आरोप लगा है या नहीं। वे कभी-कभी इसे आशावादी इच्छा कहते हैं। अधिकांश लोगों में ऐसे तथ्यों को मान लेने की बुरी आदत होती है, जो उनकी इच्छाओं से मेल खाते हैं। इस धरती पर सबसे आसान काम यह है कि आप जो करना चाहते हैं, उसके हिसाब से तथ्यों को मान लें। इच्छाओं को तथ्यों में बदलने के लिए कदम उठाने होंगे, महज मान लेने से कुछ नहीं होता।

एक बार मुझे स्वर्ग सिधार चुके गैंगस्टर अल कपोने का लंबा-चौड़ा इंटरव्यू करने का मौका मिला। मैं यह जानकर हैरान रह गया कि एक अपराधी होने, इस देश के कानून और लोगों से खिलवाड़ करने से कहीं ज्यादा उसे ऐसा लगता था कि उसे कुछ ज्यादा ही कलंकित कर दिया गया है। उसका कहना था कि अंकल सैम ने बेवजह अपनी लंबी नाक उसकी ओर से चलाए जा रहे धंधे में घुसेड़ी, जो कानूनी तौर पर सही था—मतलब उसका कहना था कि वह वैध धंधा चला रहा था। उसका कहना था कि शराबबंदी के दौरान व्हिस्की बेचकर वह उन लोगों की प्यास बुझा रहा था, जो प्यासे थे। वे उसके बदले पैसे दे रहे थे, वह भी खुशी-खुशी और अंकल सैम को अपनी नाक उसके वैध धंधे में घुसेड़ने की जरूरत नहीं थी। वह अपने इस सोच को सही मान बैठा था, उसने खुद को यह विश्वास दिला दिया था कि कानून ने उसे कुछ ज्यादा ही बदनाम किया है।

मैं आज तक किसी ऐसे व्यक्ति से नहीं मिला, जो अपराधी हो, कानून को तोड़ रहा हो और फिर भी अपने आपको संतुष्ट कर चुका हो कि वह कानून के तहत काम कर रहा है, अपने अधिकारों के अनुसार काम कर रहा है और कानून को कोई अधिकार नहीं कि उस पर हाथ डाले। दुनिया में सबसे आसान काम आप जो कर रहे हैं, उसे सही ठहराना है और अगर आप सटीक विचारक नहीं हैं तो आप खुद को

गलत नहीं मानेंगे और सही ठहराने के लिए तर्क के पार किसी भी हद तक चले जाएँगे।

जानकारी हर जगह उपलब्ध है और अधिकांशतया मुफ्त है, लेकिन तथ्य मायावी होते हैं और सामान्य रूप से उनकी एक कीमत होती है। अभी ज्यादा दिन नहीं हुए, जब किसी ने मुझसे पूछा कि क्यों मैं इस देश को इस सिद्धांत की शिक्षा मुफ्त में देना शुरू नहीं कर देता, अगर मुझे पैसे कमाने की जरूरत ही नहीं है। क्या आप जानते हैं कि मैंने उस व्यक्ति से क्या कहा? मैंने कहा, "क्या तुम ईसाई हो?" उसने कहा, "हाँ, बिल्कुल हूँ।" मैंने कहा, "तुम चर्च जाते हो?" और उसने कहा, "हाँ, कभी-कभी।" मैंने कहा, "क्या तुम्हारा चर्च हर रविवार खचाखच भरा होता है?" उसने कहा, "अरे नहीं-नहीं, कुछ ही लोग आते हैं।" और मैंने कहा, "तुम जानत हो चर्चों के साथ क्या गड़बड़ है?" उसने कहा, "नहीं, मैं नहीं जानता कि उनके साथ कुछ गड़बड़ है या नहीं।" मैंने कहा, "क्या तुमने कभी मेरा कोई लैक्चर सुना है?" उसने कहा, "हाँ, मैं यहाँ अब तक के आपके सारे लैक्चर में मौजूद रहा हूँ।" बता दूँ कि यह आदमी इसी समुदाय में रहता है। मैंने कहा, "क्या तुमने गौर किया है कि मिसौरी के पेरिस में हमारे रेडियो प्रसारण की पहली रात, जबकि सर्दियों की वह सबसे बदतर रात थी, लोग पैंसठ मील तक की दूरी से आए थे? वे सब आए और यह कमरा पूरी तरह से खचाखच भर गया और बाहर तक लोग इकट्ठा थे। तुमने देखा था?" उसने कहा, "हाँ, मैंने देखा था और सोच रहा था। सोच रहा था कि आपने यह कैसे किया।" मैंने कहा, "तो सुनो, मैंने ऐसा कैसे किया, मैंने ऐसा उनसे पैसे लेकर किया। अगर मैं कोई चर्च चला रहा होता, तो मैं हर व्यक्ति के पैसे तय करता और उनसे उस पैसे को वसूलता।" चर्चों के साथ समस्या यह है कि वे उन्हें मुफ्त में ही छोड़ देते हैं।

मैं आज तक किसी ऐसे व्यक्ति से नहीं मिला, जो अपराधी हो, कानून को तोड़ रहा हो और फिर भी अपने आपको संतुष्ट कर चुका हो कि वह कानून के तहत काम कर रहा है, अपने अधिकारों के अनुसार काम कर रहा है और कानून को कोई अधिकार नहीं कि उस पर हाथ डाले।

देवियो और सज्जनो! इस दुनिया में जो कुछ भी काम का है, उसकी एक कीमत होनी चाहिए और किसी-न-किसी प्रकार से उसकी एक कीमत होती भी है। आप किसी चीज को एकदम मुफ्त में दे देते हैं, तो लोग उसका मोल उतना ही समझते हैं, जितना कि खर्च करते हैं।

एक सवाल है, "आप कैसे जानते हैं?" यह सटीक विचारक का पसंदीदा सवाल होता है। कोई विचारक जब किसी को कोई बयान देते सुनता है और उसे लगता है कि इसकी पुष्टि पर सवाल बनता है, तो वह तुरंत ही अपने मन में या खुले तौर पर सामनेवाले व्यक्ति से यह पूछता है, "आप यह कैसे जानते हैं?" अगर आपको इस छोटे से वाक्य का प्रयोग करने की आदत पड़ जाएगी, तो आप यह देखकर हैरान रह जाएँगे कि बोलनेवाला सतर्क हो जाता है, क्योंकि ऐसे कितने ही लोग हैं, जो अनेक विषयों पर बयान दे देते हैं; लेकिन उनके पास उन्हें सिद्ध करने का प्रमाण नहीं होता और वे आपको संतोषजनक तर्क नहीं दे पाते कि उन्होंने उस बात को क्यों और कैसे कहा। "आप कैसे जानते हैं?" अकसर हम इस सवाल को नहीं पूछते।

इस दुनिया में जो कुछ भी काम का है, उसकी एक कीमत होनी चाहिए और किसी-न-किसी प्रकार से उसकी एक कीमत होती भी है। आप किसी चीज को एकदम मुफ्त में दे देते हैं, तो लोग उसका मोल उतना ही समझते हैं, जितना कि खर्च करते हैं।

एक बार मैं इसी विषय पर व्याख्यान दे रहा था और मेरे एक श्रोता ने, जिसका झुकाव धर्म की तरफ ज्यादा नहीं था, कहा, "डॉ. हिल, मैं आपको शर्मिंदा नहीं करना चाहता।" मैंने कहा, "जो कहना है, साफ-साफ कहो, मेरे दोस्त। अगर तुम मुझे शर्मिंदा कर दो, तो तुम सही मायने में अच्छे हो, क्योंकि एक्सपर्ट भी मुझे शर्मिंदा नहीं कर सके हैं।" उसने कहा, "मान लीजिए कि मैंने आपसे यह सवाल पूछा, "आप कैसे जानते हैं?" और मैंने आपसे पूछा कि क्या आप भगवान् में विश्वास करते हैं और भगवान् होते हैं या नहीं तथा यह पूछा कि "आप कैसे जानते हैं, तो आप फेर में नहीं पड़ जाएँगे?" मैंने कहा, "मेरे दोस्त, यदि इस ब्रह्मांड में एक भी ऐसी चीज है, जिसके अस्तित्व के बारे में किसी भी अन्य चीज के मुकाबले ज्यादा प्रमाण हैं तो वह भगवान् का अस्तित्व है। हो सकता है, तुम जिसे भगवान् कहते हो, उसे मैं उस रूप में नहीं मानूँ, लेकिन मैं भी उसी चीज के बारे में बताऊँगा, क्योंकि अगर तुम्हें पहले कारण, एक योजना बनानेवाले, एक संपूर्ण योजना को लागू किए जाने का प्रमाण चाहिए, तो वह तुम्हें हर तत्त्व के अणु में मिलेगा, वह तुम्हें हर ग्रह पर मिलेगा, हर सूर्य में, जो हमारे ब्रह्मांड में तैर रहा है। यह तुम्हें प्रत्येक व्यक्ति और प्रत्येक वस्तु में मिलेगा, जो इस धरती पर पैदा होती है। सभी व्यवस्थित चीजों में जो संपूर्ण योजना के हिसाब से चल रही हैं। मेरे दोस्त, संपूर्ण योजना अपने आप ही नहीं बनी है।"

फिर मैंने कलाई पर बँधी अपनी घड़ी उतारी और कहा, "मेरे पास सही समय दिखानेवाली, भरोसेमंद एक घड़ी है। अगर मैं इस घड़ी को खोल दूँ, इसके पुर्जों को अलग कर दूँ, उन्हें अपने हैट में डाल दूँ और तबाही के दिन तक उसे हिलाता रहूँ, तो वे कभी उस घड़ी का रूप नहीं ले सकेंगे, जो वक्त बताती है, बताओ वह घड़ी बन पाएँगे क्या?" उसने कहा, "नहीं, नहीं बन पाएँगे।" मैंने कहा, "लेकिन मैं यदि उन्हें किसी घड़ी बनानेवाले के पास ले जाऊँ, जिसने एक योजना के साथ काम शुरू किया, जो घड़ियों को अच्छी तरह समझता है, तो वह उन चक्कों को फिर से उनकी जगह पर रख देगा और उन्हें फिर से चालू कर देगा, कर देगा न?" उसने कहा, "हाँ, वह कर सकता है।" मैंने कहा, "इस पूरे ब्रह्मांड में एक भी काम करने योग्य और कारगर चीज ऐसी नहीं, जिसके पीछे किसी की बुद्धि नहीं लगी है और उसी बुद्धि को तुम भगवान् कहते हो। मैं उसे अनंत बुद्धि कहता हूँ। देवियो और सज्जनो! यह अपने आप के लिए यह सिद्ध करने का मेरा तरीका है कि पहला कारण होता है और उसे सिद्ध करने के पर्याप्त प्रमाण होते हैं।"

मैंने कहा, "इस पूरे ब्रह्मांड में एक भी काम करने योग्य और कारगर चीज ऐसी नहीं, जिसके पीछे किसी की बुद्धि नहीं लगी है और उसी बुद्धि को तुम भगवान् कहते हो। मैं उसे अनंत बुद्धि कहता हूँ।

सटीक सोच-विचार के जो तीन कारक होते हैं, उनमें से एक तर्क से प्रेरित होना होता है और उसके विषय में बात करते हुए मैं आपको दिखाना चाहता हूँ कि किस प्रकार कुछ वर्ष पहले मैंने किसी परिस्थिति में उसका प्रयोग किया था। मेरी एक छात्र मेरे पास एक पुस्तक की पांडुलिपि लेकर आई। वह उसके द्वारा लिखी गई बच्चों की एक किताब थी। किताब बहुत अच्छे ढंग से लिखी गई थी और उसने बिल्लियों और कुत्तों तथा कौवों और घोड़ों तथा मुरगियों और अन्य चीजों के मुँह से बातों को कहलवाकर सबकुछ मोटे तौर पर समझाया था। दूसरे शब्दों में कहें तो उसने इस प्रकार लिखा था कि पक्षियों और बिल्लियों तथा कुत्तों और जानवरों के बीच आपस में बातचीत हो रही थी और उसे डायलॉग का रूप दिया गया था। यह काफी समझदारी से किया गया था, लेकिन उसने पुस्तक के लिए तसवीरों को यहाँ-वहाँ से लिया था। कुछ सीयर्स रोबक के कैटलॉग से काटा था और कुछ लेडीज होम जनरल से तो कुछ कहीं अन्य से और वे सभी काफी भद्दे दिख रहे थे। उसकी पुस्तक का व्याकरण भी काफी खराब था। सोच उम्दा

था। इस पुस्तक को प्रिंटर के पास भेजने से ठीक पहले वह मेरे पास आई। प्रिंटर ने उसे यह समझा दिया था कि वह उसकी कई प्रतियाँ प्रकाशित करेगा, जिसके बदले उसे 2,500 डॉलर देने पड़ेंगे। उसने बताया कि उसके पास 2,500 डॉलर नहीं थे, इसलिए उसने 1,500 डॉलर अपने रिश्तेदारों से उधार लिये और एक हजार डॉलर उसके पास थे।

मैंने उसके साथ इस विषय पर चर्चा शुरू की तो मैंने कहा, "अगर तुमने उस प्रिंटर को किताबों को प्रकाशित करने दिया, तो तुम्हारे पास कुछ किताबें होंगी, जिन्हें तुम बेसमेंट में रख दोगी। अगर तुम सटीक विचारक हो और तर्क का इस्तेमाल करती हो, तो तुम किसी ऐसे के पास जाओगी, जो व्याकरण को सही कर दे, एक कलाकार के पास जाओगी, जो सही चित्र बनाए और फिर तुम उस पुस्तक को किसी स्थापित प्रकाशक के पास ले जाओगी, जिसके पास पुस्तक के छपने के बाद बाजार हो।"

मैंने कहा, "अगर तुमने उस प्रिंटर को किताबों को प्रकाशित करने दिया, तो तुम्हारे पास कुछ किताबें होंगी, जिन्हें तुम बेसमेंट में रख दोगी। अगर तुम सटीक विचारक हो और तर्क का इस्तेमाल करती हो, तो तुम किसी ऐसे के पास जाओगी, जो व्याकरण को सही कर दे, एक कलाकार के पास जाओगी, जो सही चित्र बनाए और फिर तुम उस पुस्तक को किसी स्थापित प्रकाशक के पास ले जाओगी, जिसके पास पुस्तक के छपने के बाद बाजार हो।"

मुझे इतनी जानकारी कैसे मिली? मुझे यह उस अनुभव से मिली, जो मेरे पास था और दूसरे लोगों को देखकर मिली, जिन्होंने स्वयं अपना प्रकाशक बनने की भूल की थी। तर्क की सहायता से मैंने उस युवती के 2,500 डॉलर बचाए; फिर मैंने इस पुस्तक के लिए एक प्रकाशक ढूँढ़ने में उसकी मदद की और उसने इस पुस्तक से काफी पैसा कमाया।

रेडियो के मेरे प्रिय श्रोताबंधु, आज की शाम हमारे पास इतना ही समय है। इसलिए सटीक सोच-विचार पर अगले खंड के विषय में हम अपने अगले कार्यक्रम में बात करेंगे। सुनते रहने के लिए शुक्रिया। □

4

सटीक विचारक कैसे बनें

रेडियो पर मुझे सुननेवाले मेरे दोस्तो! आज की शाम मुझे सुनने के लिए आपका धन्यवाद। हम अब सटीक सोच-विचार के अध्याय के दूसरे भाग में हैं। मैं अब आपको भ्रामक सूचना में से तथ्यों को अलग करने के काम में इस्तेमाल होनेवाले कुछ कठिन परीक्षणों की जानकारी देना चाहूँगा। संभवत: यह पूरे अध्याय का सबसे महत्त्वपूर्ण हिस्सा है। आज की शाम आप यह जानेंगे कि निर्णय लेने के लिए सूचना का आकलन और विश्लेषण किस प्रकार से करें और सटीक सोच-विचार में होनेवाली चूक से कैसे बचें।

सबसे पहले, आप अखबारों में जो भी पढ़ते हैं या रेडियो पर जो भी सुनते हैं, उनकी जाँच पूरे ध्यान से करें और यह आदत डाल लें कि कभी किसी बयान को तथ्य के रूप में स्वीकार न करें; क्योंकि आपने उसे पढ़ा है या किसी को कहते सुना है। ऐसे बयान, जिनमें कुछ तथ्य होते हैं, उन्हें अकसर इस नीयत से या लापरवाही से दिया जाता है कि उनका गलत अर्थ निकाला जाए। उदाहरण के लिए, यदि किसी राजनेता ने कुछ कहा और आप तथ्य तक पहुँचना चाहते हैं तो उसे बस उलट दीजिए और आप सच के काफी करीब पहुँच जाएँगे। क्या यह बात स्पष्ट है ? आप किताबों में जो भी पढ़ते हैं, उनकी जाँच ध्यान से कीजिए, चाहे उन्हें किसी ने भी क्यों न लिखा हो। किसी भी लेखक के शब्दों को कम-से-कम निम्नलिखित प्रश्नों को पूछे बिना और अपने आपको उत्तरों से संतुष्ट किए बिना स्वीकार मत कीजिए।

मैं कुछ ही पलों में आपको उन प्रश्नों के बारे में भी बताऊँगा, लेकिन आप इस जानकारी को यदि मेरी पुस्तकों पर लागू कर रहे हैं और आपमें से कई लोगों ने उन्हें पढ़ा है, तो यह बात अन्य लोगों की पुस्तकों पर भी लागू होगी। आप चाहे मेरे बारे में कितनी ही अच्छी राय क्यों न रखते हों, मेरे ऊपर कितना ही विश्वास क्यों न हो, लेकिन कुछ तरीके और साधन ऐसे हैं, जिनसे आप मेरी पुस्तकों की,

उनमें लिखी बातों की जाँच कर सकते हैं, जैसे कि किसी अन्य की लिखी पुस्तक या किसी अन्य के दिए बयान की कर सकते हैं।

यदि आप किसी भी कारण से मेरी पुस्तकों के सही होने की जाँच करना चाहते हैं और आप यह नहीं जानते कि वे सही हैं या नहीं, तो कुछ आँकड़े इसमें आपकी काफी मदद करेंगे—सबसे पहले, यह एक तथ्य है कि 65 मिलियन से भी अधिक लोगों ने मेरी किताबों को पढ़ा है और इनमें से एक बड़ी तादात उन लोगों की है, जिन्होंने यह कहा है कि उन्हें उनसे फायदा मिला है। दूसरा, यह सच है कि पिछले चौबीस वर्षों में मैंने जिन पुस्तकों को लिखा है, उन्होंने 23,400,000 डॉलर से ज्यादा जुटाए हैं और सभ्य समाज के दो तिहाई से अधिक लोगों के बीच उनका प्रसार हुआ है। तीसरा, यह सच है कि इन पुस्तकों में जो जानकारियाँ दी गई हैं, वे इस देश के उन पाँच सौ असाधारण और सफल लोगों से मिली हैं, जिनका कोई जोड़ नहीं है। यह भी सच है कि जब इन पुस्तकों को पूरी तरह लिख लिया गया, तो उन वैज्ञानिकों ने इन्हें सही पाया, जिन्होंने इन पुस्तकों में दिए गए हर कथन की जाँच विज्ञान के सिद्धांतों और इस संसार के प्राकृतिक नियमों की कसौटी पर की। उन तथ्यों के साथ ही आप जब इन पुस्तकों को पढ़ेंगे और अपने तर्क को लागू करेंगे, तो आपको जवाब अपने आप ही मिल जाएगा।

यह सच है कि इन पुस्तकों में जो जानकारियाँ दी गई हैं, वे इस देश के उन पाँच सौ असाधारण और सफल लोगों से मिली हैं, जिनका कोई जोड़ नहीं है। यह भी सच है कि जब इन पुस्तकों को पूरी तरह लिख लिया गया, तो उन वैज्ञानिकों ने इन्हें सही पाया, जिन्होंने इन पुस्तकों में दिए गए हर कथन की जाँच विज्ञान के सिद्धांतों और इस संसार के प्राकृतिक नियमों की कसौटी पर की।

यदि आप इसकी पड़ताल और आगे तक करना चाहते हैं कि मेरी किताबें सही हैं या नहीं, तो आप ऐसे कुछ लोगों के बीच एक सर्वेक्षण भी कर सकते हैं, जिन्होंने उन किताबों को पढ़ा है और उनसे आप यह जान सकते हैं कि उन्हें किस प्रकार का लाभ मिला तथा जब आप सर्वेक्षण कर लेते हैं तो तय कीजिए कि इन किताबों या इनके सिद्धांतों से क्या कभी किसी को प्रत्यक्ष या परोक्ष रूप से नुकसान पहुँचा या कोई ठेस पहुँची है। इस प्रकार आप यह पता कर सकते हैं कि मेरी किताबें सही हैं या नहीं। आपमें से कितने लोगों ने ऐसा किया है? खैर, मैंने आपसे ऐसी उम्मीद नहीं की थी। मैं चाहता

था कि आप मेरी बातों को उसी रूप में स्वीकार करें, जैसी वे हैं, लेकिन आप यदि सही मायने में और सचमुच मेरी जाँच स्वयं करना चाहें, तो आप इस तरीके को अपना सकते हैं।

आप जिस पुस्तक की जाँच कर रहे हैं, उसके लेखक की मंशा सटीक जानकारी देने की बजाय गलत थी या उसका अपना कोई स्वार्थ था? आप जानते हैं कि लोग किसी मंशा के बिना कुछ नहीं करते। यदि आप उस मंशा को जानते हैं, जिसने किसी व्यक्ति को किसी पुस्तक को लिखने या कोई भाषण देने या कोई बयान देने के लिए प्रेरित किया, तो आप उसके कथनों का सच जानने के बेहद करीब पहुँच जाएँगे, चाहे वह लिखा गया हो या बोला गया हो, सटीक हो या महज अटकल या उपयुक्त शोध के बिना व्यक्त किया गया विचार भर हो।

किसी लेखक की जाँच करने के कुछ कदम इस प्रकार हैं—सबसे पहले, क्या वह लेखक उस विषय पर अधिकार रखने के लिए जाना-माना है, जिसकी उसने चर्चा की है? मुझे लगता है कि आप भी यह जानते होंगे कि ऐसे कई लोग हैं, जो तरह-तरह के विषयों पर किताबें लिखते हैं, जबकि उनमें से कई पुस्तकें लिखने के योग्य नहीं हैं, लेकिन इसके विरुद्ध कोई कानून नहीं है। यदि उनके पास किसी पुस्तक के प्रकाशन, किसी पुस्तक की छपाई के पैसे आ जाएँ, या जोखिम उठाने के लिए तैयार कोई प्रकाशक मिल जाए, उसे उसकी ओर से चुने गए विषय पर लिखने से कोई भी रोक नहीं सकता। मैंने जितनी किताबें देखी हैं, उनके आधार पर कह सकता हूँ कि ऐसे कई लोग हैं, जो अनेक विषयों पर लिखते हैं, जबकि उनके पास उन विषयों पर सही-सही लिखने की पर्याप्त जानकारी नहीं होती।

दूसरा, आप जिस पुस्तक की जाँच कर रहे हैं, उसके लेखक की मंशा सटीक जानकारी देने की बजाय गलत थी या उसका अपना कोई स्वार्थ था? आप जानते हैं कि लोग किसी मंशा के बिना कुछ नहीं करते। यदि आप उस मंशा को जानते हैं, जिसने किसी व्यक्ति को किसी पुस्तक को लिखने या कोई भाषण देने या कोई बयान देने के लिए प्रेरित किया, तो आप उसके कथनों का सच जानने के बेहद करीब पहुँच जाएँगे, चाहे वह लिखा गया हो या बोला गया हो, सटीक हो या महज अटकल या उपयुक्त शोध के बिना व्यक्त किया गया विचार भर हो।

तीसरा, आपको यह प्रश्न पूछना चाहिए कि क्या वह लेखक पैसे लेकर प्रचार करनेवाला है, जिसका पेशा जनमत को संगठित करना है? इन बीते बीस या पच्चीस वर्षों में इस 'प्रचार' शब्द का इस्तेमाल इतना धड़ल्ले से हुआ है और इसने दुनिया भर में इतना नुकसान किया है कि किसी भी ऐसे व्यक्ति को जो सटीक विचारक बनना चाहता है, उसके हित में यही होगा कि वह किसी भी व्यक्ति की ओर से दिए गए बयान को सावधानी से देखे, जिसमें हमारे देश, हमारी शासन प्रणाली, जीने के अमेरिकी तरीके या हम अमरीकियों से संबंधित किसी भी पहलू के महत्त्व को लेकर नकारात्मकता की झलक दिखती है। यह हमारे भी फायदे की बात है कि हम ऐसे लोगों की पृष्ठभूमि पर खास दिलचस्पी के साथ नजर डालें। उनमें से कई लोग प्रकाशनों में अपने आपको अभिव्यक्त करते हैं, जिनमें से कुछ ऐसा बलपूर्वक करते हैं, कुछ काफी शिक्षित, कुशल लेखक होते हैं, कुछ हमारे कॉलेजों और यूनिवर्सिटी में काफी योग्य शिक्षक होते हैं, उनमें से कुछ हमारे गिरिजाघरों, धर्मस्थलों के योग्य पादरी होते हैं, जो अप्रत्यक्ष और सूक्ष्म रूप से किसी ऐसे दर्शन की शिक्षा देते हैं, जिनका उद्द्देश्य हमारी महान् अमेरिकी जीवनशैली का तख्ता पलट करना होता है। भोले-भाले लोग उनकी बातों में आ जाते हैं, जबकि यकीन नहीं होता कि वे उनके झाँसे में कैसे आ गए। कई बार तो वे अनजाने में और सही मायने में उनकी बातों में आ जाते हैं, क्योंकि उन्होंने इन लोगों की पृष्ठभूमि की जाँच करने का समय नहीं निकाला कि वे क्या बोलते या लिखते हैं। उन्होंने इसका भी विश्लेषण नहीं किया कि उन्होंने क्या कहा और नतीजा यह हुआ कि उन्होंने दूसरे लोगों के मत को मान लिया।

अगला प्रश्न जो पूछा जाना चाहिए, वह यह है कि क्या उस लेखक की दिलचस्पी मुनाफा कमाने की है या जिस विषय पर वह लिखता है, उसमें कोई और

> ***क्या उस लेखक की दिलचस्पी मुनाफा कमाने की है या जिस विषय पर वह लिखता है, उसमें कोई और हित है, जिसने उसे ऐसे कथन दिए, जो सही नहीं थे? जहाँ पैसा शामिल रहता है, वहाँ अकसर ऐसा होता है कि लोग अपने हक में सच को काफी हद तक तोड़-मरोड़ देते हैं। बेशक, ऐसा आप जैसे कारोबारियों या पेशेवर लोगों में नहीं होता, जिनके सामने बैठे लोग सबकुछ देख रहे होते हैं। आप पूरी तरह से सच्चाई के साथ रहते हैं।***

हित है, जिसने उसे ऐसे कथन दिए, जो सही नहीं थे? जहाँ पैसा शामिल रहता है, वहाँ अकसर ऐसा होता है कि लोग अपने हक में सच को काफी हद तक तोड़-मरोड़ देते हैं। बेशक, ऐसा आप जैसे कारोबारियों या पेशेवर लोगों में नहीं होता, जिनके सामने बैठे लोग सबकुछ देख रहे होते हैं। आप पूरी तरह से सच्चाई के साथ रहते हैं। आप बींस बेच रहे हैं और ग्राहक यह जानना चाहता है कि गट्ठर में कहीं सड़े हुए बींस तो नहीं और आप उनसे कहते हैं, "क्यों नहीं, कई हैं, लेकिन कई अच्छे भी हैं।" आप ऐसा नहीं कहते?

पिछले सप्ताह मैं सलेम, इलिनोइस के करीब सड़क के किनारे रुका और एक अच्छा सा, बड़ा सा अंगूर से भरा थैला खरीदा। अंगूर का थैला बड़ा ही सुंदर दिख रहा था और बाहर से हम वही देख भी सकते थे, लेकिन मैं जब घर पहुँचा, तो पाया कि उसके सबसे निचले हिस्से में, जिसे विक्रेता ने नहीं दिखाया, वह सड़ा हुआ था।

आप जानते हैं कि एक धर्मांध को अकसर महज इस बात से खुशी मिलती है कि उसकी कट्टरवादी बातों को सुनकर लोग जोश में आ जाते हैं और झूमने लगते हैं। वह उनसे कुछ पाना नहीं चाहता। उसका इरादा बस उनके भीतर हलचल मचा देने का होता है।

इसलिए मैंने तुरंत उस थैले को अपनी गाड़ी में रख दिया और मैं जब अगले सप्ताह सलेम जाऊँगा, तो उसे वही थैला गिफ्ट करूँगा; उससे कहूँगा कि मेरे सामने ही वह उन अंगूरों को खाना शुरू करे और शुरुआत सबसे निचले हिस्से से करे, जिसे उसने हमें नहीं दिखाया था। आप सोच नहीं सकते कि कोई व्यापारी ऐसा भी कर सकता है, लेकिन कुछ हैं, जो करते हैं। वे आसान रास्ता चुनते हैं, बेईमानी का रास्ता, लापरवाह लोगों की तरह कम संघर्ष का रास्ता चुनते हैं और सारी नदियों की तरह वे टेढ़े-मेढ़े होकर रह जाते हैं।

अगला सवाल है, क्या वह लेखक या वक्ता सही निर्णय लेता है और जिस विषय पर लिखता या बोलता है, उसे लेकर कट्टर तो नहीं है? दुनिया में आज ऐसे कई धर्मांध घूम रहे हैं। मुझे लगता है, आप अकसर रेडियो पर उन्हें सुनते होंगे। कभी-कभी वे किताबें भी लिखते हैं और आप यदि उस प्रकार के सोच से प्रभावित होनेवाले हैं, तो आप बेशक अपने आपको सटीक विचारक के वर्ग में नहीं रख सकते, न ही सटीक सोच-विचार के करीब भी अपने आपको रख सकते हैं। आप किसी को भावनाओं के माध्यम से अपने करीब आने की इजाजत दे रहे हैं,

ताकि आप तर्क को भूल जाएँ और उसके विचारों को स्वीकार कर लें। कभी-कभी उसका सोच नुकसानदेह नहीं होता और कभी-कभी होता है। आप जानते हैं कि एक धर्मांध को अकसर महज इस बात से खुशी मिलती है कि उसकी कट्टरवादी बातों को सुनकर लोग जोश में आ जाते हैं और झूमने लगते हैं। वह उनसे कुछ पाना नहीं चाहता। उसका इरादा बस उनके भीतर हलचल मचा देने का होता है।

अगला सवाल, क्या ऐसे स्रोत आसानी से उपलब्ध हैं, जिनसे उस लेखक या वक्ता की जाँच और पुष्टि की जा सके? ऐसे स्रोत जो सही हों। मैंने जब इस समुदाय के बीच आने की अपनी योजना पहली बार घोषित की, तो कई लोग थे, जिन्होंने मेरे बारे में पहले नहीं सुना था, न ही मेरी किताबों को पढ़ा था। कोई कारण नहीं था कि वे मेरे बारे में कोई फैसला सुना सकें, फिर भी उनमें से कुछ ने ऐसा किया, जब तक कि उन्होंने थोड़ी जाँच नहीं कर ली, मेरी पृष्ठभूमि का पता नहीं लगाया, मेरी किताबों के रिकॉर्ड को नहीं देखा और उनमें से कम-से-कम कुछ लोगों ने उन किताबों को पढ़ नहीं लिया। वे लोग मेरी सबसे अधिक आलोचना करनेवालों में शामिल थे, जो मेरे विषय में कुछ नहीं जानते थे, कभी मेरी किताबें नहीं पढ़ी थीं। और उनके पास कोई जानकारी नहीं थी, जिसे वे आधार बना सकें। आखिर वे कौन थे, जिनका सोच मेरे बारे में इतना शानदार था? वैसे बता दूँ कि वे वही हैं रेल की पटरी के उस पार रहते हैं, जिन्हें इस दर्शन की जरूरत सबसे ज्यादा है, लेकिन उन्हें यह कभी मिलेगा नहीं। मैं उम्मीद करता हूँ कि वे इस कार्यक्रम को सुन रहे होंगे, कम-से-कम कुछ तो सुन ही रहे होंगे। आपमें से जिन लोगों ने मेरे इतिहास के बारे में पता लगाया, वे जान गए हैं कि मैं बीते पैंतीस-चालीस साल से क्या कर रहा हूँ। आपने अंतिम विश्लेषण में इस दर्शन पर भी अपना फैसला सुनाया और इसे एकदम सही पाया। आपने पाया कि आपने जहाँ भी इसे लागू किया, इसे कारगर पाया। दूसरे शब्दों में, आपने सटीक सोच-विचार का इस्तेमाल किया।

वे लोग मेरी सबसे अधिक आलोचना करनेवालों में शामिल थे, जो मेरे विषय में कुछ नहीं जानते थे, कभी मेरी किताबें नहीं पढ़ी थीं। और उनके पास कोई जानकारी नहीं थी, जिसे वे आधार बना सकें। आखिर वे कौन थे, जिनका सोच मेरे बारे में इतना शानदार था?

फिर लेखक या वक्ता सच बोलता है या नहीं, यह जानने के लिए पता लगाएँ

कि उसकी छवि कैसी है। मैं समझता हूँ कि आप भी जानते हैं कि सभी लोगों की छवि सोच बोलने वाले की नहीं होती। यह बात खासतौर पर राजनीति पर लागू होती है। अगर आप नेताओं से जरा सा भी प्रभावित होनेवाले हैं, तो बस इतना याद रखिए कि इस दुनिया में जितने भी पेशे हैं, उन सभी में जहाँ सच की सबसे ज्यादा कमी है, वह राजनीति है। मैं जब काफी छोटा था और बड़ा हो रहा था, तब कोई व्यक्ति राजनीतिज्ञ होता था, मान लीजिए कि कोई सांसद होता था, तो उसे लोग सम्मान से देखते थे, लेकिन आजकल, अगर आपने किसी को राजनीतिज्ञ कहा, तो आपके खिलाफ मानहानि का मुकदमा बन जाएगा। राजनीति किसी तरह सत्ता में आने की एक अपमानजनक, बदनाम, अन्यायपूर्ण, अनैतिक व्यवस्था बन गई है, जहाँ आप पद तक अपनी प्रतिभा से नहीं, बल्कि दूसरे व्यक्ति की खामियों की वजह से पहुँचते हैं।

यदि कोई कथन आपकी तर्कशक्ति की कसौटी पर खरा नहीं उतरता और यह आपके अनुभव और तर्क से कहीं भी मेल नहीं खाता, तो उसे अगली जाँच तक के लिए टाल दीजिए। जब तक आपको अधिक जानकारी न मिल जाए, तब तक उस पर आगे मत बढ़िए। झूठ में एक विचित्र बात यह होती है कि उसके साथ-साथ चेतावनी का संकेत भी मिल जाता है, जो संभवतः उसी व्यक्ति के सुर से निकलता है, जो झूठ बोल रहा होता है।

बेशक, इस नियम के अपवाद भी हैं। ऐसे राजनीतिज्ञ हैं, जो ऐसा नहीं करते और न ही करेंगे, लेकिन उनमें से अधिकांश ऐसा करते हैं। यही कारण है कि आप जितने भी मतदाता हैं, राजनीतिज्ञों के साथ संपर्क में आने पर आपका और मेरा यह दायित्व बनता है कि हम ऐसे किसी भी राजनीतिज्ञ के प्रभाव में न आएँ, जो दूसरे व्यक्ति को नीचे गिराकर सत्ता में आने का प्रयास कर रहा है।

इसके बाद सावधान रहना और स्वयं निर्णय लेना सीखें, चाहे कोई भी आपको कितना ही प्रभावित करने का प्रयास क्यों न कर रहा हो। यदि कोई कथन आपकी तर्कशक्ति की कसौटी पर खरा नहीं उतरता और यह आपके अनुभव और तर्क से कहीं भी मेल नहीं खाता, तो उसे अगली जाँच तक के लिए टाल दीजिए। जब तक आपको अधिक जानकारी न मिल जाए, तब तक उस पर आगे मत बढ़िए। झूठ में एक विचित्र बात यह होती है कि उसके साथ-साथ चेतावनी का संकेत भी मिल जाता है, जो संभवतः उसी

व्यक्ति के सुर से निकलता है, जो झूठ बोल रहा होता है। यह एक व्यवस्था ही होती है, बशर्ते उसे पहचान लिया जाए। क्या यह हैरान नहीं करता कि झूठ जब बोला जाता है तो उसमें अपने साथ-साथ चेतावनी का एक संकेत लेकर आने की विचित्र बात होती है ?

आप यदि अपने आपको कारोबारी लेन-देन में और सामाजिक परिस्थितियों में देखेंगे, तो पाएँगे कि झूठ के साथ हमेशा चेतावनी का एक संकेत भी आता है। मैं आपको बता नहीं सकता कि उसका पता कैसे लगाएँ, लेकिन आप इसे खुद समझ सकते हैं। आमतौर पर महिलाएँ इस बारे में पुरुषों से अधिक जानती हैं।

मैं आपको सच-सच बता सकता हूँ कि भले ही कई लोगों ने मुझे निराश किया है, लेकिन अपने पूरे जीवन में कभी कोई भी मुझे किसी चीज को लेकर बेवकूफ नहीं बना सका। उदाहरण के लिए, ऐसा अकसर हुआ, जब मुझे अपने बिजनेस मैनेजर की नियुक्ति करनी होती थी। मेरे करीब दस बिजनेस मैनेजर थे और करीब-करीब वे सभी गलत निकले। उनकी दिलचस्पी इसमें थी कि मैं उनके लिए क्या कर सकता हूँ, न कि वे मेरे लिए क्या कर सकते हैं। उन मामलों में मैं जब इन मैनेजरों को नौकरी देने से पहले उनका इंटरव्यू ले रहा था, तब वही चेतावनी का संकेत मुझे मिला, लेकिन मुझे किसी व्यक्ति की जरूरत थी और मैंने जो सबसे नजदीक उपलब्ध व्यक्ति था, उसे रख लिया। इस कारण नहीं कि मुझे उस पर पूर्ण विश्वास था, बल्कि इस कारण, क्योंकि मुझे उम्मीद थी कि मेरी आंतरिक चेतावनी झूठी साबित होगी और वह एकदम सही व्यक्ति होगा, लेकिन विरले ही ऐसा होता है।

आप यदि अपने आपको कारोबारी लेन-देन में और सामाजिक परिस्थितियों में देखेंगे, तो पाएँगे कि झूठ के साथ हमेशा चेतावनी का एक संकेत भी आता है। मैं आपको बता नहीं सकता कि उसका पता कैसे लगाएँ, लेकिन आप इसे खुद समझ सकते हैं। आमतौर पर महिलाएँ इस बारे में पुरुषों से अधिक जानती हैं। मैंने ऐसा कहते सुना है कि शादी में महिलाएँ इस बात पर ज्यादा ध्यान नहीं देतीं कि पुरुष जो करते हैं, उसके बारे में क्या कहते हैं। क्या यह बात सही है महिलाओ या नहीं ? मुझे लगता है, यह सही है। इससे ज्यादा मतलब नहीं होता कि पुरुष क्या कहते हैं, वह इसे किस तरीके से कहते हैं, यह महिलाओं को ज्यादा समझ आता है; क्योंकि महिलाओं में पुरुषों की तुलना में यह भाँपने की क्षमता अधिक होती है

कि वह आदमी झूठ बोल रहा है या अपनी छवि बेहतर बनाना चाह रहा है या वह सच में ईमानदार है।

मुझे जब पुरुषों के बारे में जानना होता है, तो मैं अपनी पत्नी एनी लाऊ को हमेशा अपने साथ रखता हूँ। उसका सहज ज्ञान काफी गहरा है। मैं इसकी साजिश रचता हूँ कि जिस पुरुष के बारे में मैं काफी कुछ जानता हूँ, उसके बारे में उसका अनुमान गलत साबित हो और एनी को उससे थोड़ी देर बात भी करने देता हूँ, लेकिन वह अकसर आती है और मुझे उसके बारे में गलत ही बताती है। और ऐसा आज तक नहीं हुआ कि उसकी बात गलत निकली हो।

अधिकांश महिलाओं का सहज ज्ञान काफी गहरा होता है, लेकिन कई महिलाएँ उस सहज ज्ञान के रास्ते पर नहीं चलती हैं। वे अकसर उसके उलट ही करती हैं। वे जब भी ऐसा कहती हैं, आमतौर पर मुश्किल में पड़ जाती हैं। स्त्रियो! मुझे लगता है, आप इसकी पुष्टि भी कर सकती हैं।

दूसरों से सच निकलवाने की जहाँ तक बात है, तो एक बड़े मार्के की बात है। उन्हें यह मत बताइए कि आप क्या जानना चाहते हैं, क्योंकि कई लोगों में खुश करने की आदत होती है, भले ही इसके लिए उन्हें बातें गढ़नी पड़ें या उन्हें बढ़ा-चढ़ाकर बताना पड़े। आप जिसे चाहें, उस व्यक्ति को रास्ते में रोक लीजिए और उससे किसी छोटी सी, अनजान सी जगह का पता पूछिए और वह सड़क की तरफ दिखाएगा और कहेगा, "वह तो उस तरफ है, यहाँ से दो मील और फिर दाहिने मुड़कर दो मील और फिर वहाँ से दो मील और आगे जाइए और बस वहीं है।" असल में वह जगह उसकी उलटी दिशा में होगी, लेकिन वह आपसे कभी नहीं कहेगा कि उसे नहीं मालूम। वह आपको कोई-न-कोई जानकारी दे देगा।

अधिकांश लोग ऐसे ही होते हैं, वे यह नहीं मानना चाहते कि उन्हें मालूम नहीं है। उन्हें जब पता चल जाता है कि आपको किस बात का जवाब चाहिए, तो लोगों में यह एक आम लक्षण, एक आम कमजोरी होती है कि वे आपको उसका जवाब देने की कोशिश करते हैं, जिसे आप जानना चाहते हैं। इसे याद रखिए। याद रखिए कि आपको सच में जानकारी चाहिए, तो जिस व्यक्ति से आप जानना चाह रहे हैं, उसे इस बात की जरा सी भी भनक मत लगने दीजिए कि आप जानते हैं कि वह क्या कहनेवाला है और तब, जब उसे अंदाजा नहीं होगा, गलती करेगा और शायद आपको सच बता देगा।

ये सारी बातें सटीक सोच-विचार के मुख्य विषय के अंतर्गत आती हैं। विज्ञान

तथ्यों को संगठित और वर्गीकृत करने की कला है। आप जब सुनिश्चित करना चाहते हैं कि आप तथ्यों को जानें, तो जहाँ तक संभव हो, उनकी जाँच के लिए वैज्ञानिक स्रोतों की तलाश कीजिए। वैज्ञानिकों में तथ्यों में संशोधन करने या बदलने का कारण होता है, न इच्छा, न ही वे तथ्यों को तोड़ते-मरोड़ते हैं। वैज्ञानिक दुनिया के सबसे सटीक विचारकों में होते हैं, क्योंकि वे उसकी तलाश कर रहे होते हैं, जो सच में है, न कि वे जो चाहते हैं, उसे ढूँढ़ते हैं।

वैज्ञानिकों में तथ्यों में संशोधन करने या बदलने का कारण होता है, न इच्छा, न ही वे तथ्यों को तोड़ते-मरोड़ते हैं। वैज्ञानिक दुनिया के सबसे सटीक विचारकों में होते हैं, क्योंकि वे उसकी तलाश कर रहे होते हैं, जो सच में है, न कि वे जो चाहते हैं, उसे ढूँढ़ते हैं।

मैडम क्यूरी ने जब रेडियम की तलाश शुरू की, जब कोई जानता तक नहीं था कि रेडियम किस प्रकार का होता है, कोई नहीं जानता था कि उसके परमाणु के कितने अणु होते हैं, कोई यह नहीं जानता था कि उसे कहाँ ढूँढ़ें, तब उन्होंने खुले मन से तलाश शुरू की। अगर वह खुला मन नहीं रखतीं तो उन्हें रेडियम के अस्तित्व का पता तक नहीं चलता। उन्होंने आगमनात्मक तर्क के माध्यम से उस परिकल्पना की शुरुआत की कि रेडियम नाम की एक धातु अवश्य होनी चाहिए और विज्ञान के कुछ सिद्धांतों का पालन करते हुए अंत में उन्होंने उस धातु को पृथक् किया और उसका पता लगाया।

सटीक सोच-विचार के बारे में एक और बात—आपकी भावनाएँ हमेशा भरोसे के लायक नहीं होतीं। असल में, आमतौर पर वे पंचानबे फीसदी मामलों में भरोसे पर खरी नहीं उतरतीं। उन सभी का संबंध आपकी नकारात्मक और सकारात्मक भावनाओं से होता है। अपनी भावनाओं से कुछ ज्यादा ही प्रभावित होने से पहले अपने दिमाग को अपने सामने मौजूद काम पर निर्णय लेने दीजिए। दिमाग दिल से अधिक भरोसेमंद होता है। जो व्यक्ति इसे भूलता है, आमतौर पर पछताता है।

ये रहे सही सोच के कुछ बड़े दुश्मन—इस सूची में सबसे ऊपर वह है, जिसका आप कभी अनुमान नहीं लगा सकते, लेकिन सूची के सबसे ऊपर है, सटीक सोच-विचार का सबसे बड़ा दुश्मन है प्रेम, जो सारी भावनाओं से बड़ा होता है। अगर आप सटीक विचारक बनना चाहते हैं, तो आपको अपने दिल के दोनों छोर पर एक डोर बाँधनी होगी और इन डोर को हमेशा कसकर पकड़े रहना होगा। अगर

आप प्रेम की भावना को अभिव्यक्त करने के कुछ ज्यादा ही जोश में पड़ जाते हैं, तो इतना ध्यान रखिए कि आपकी दोनों डोर ढीली न पड़ें, या आप उनमें से कम-से-कम एक को पकड़े रहें। कुछ लोग जब प्यार की भावना को हावी होने देते हैं, तो उनकी स्थिति पानी में डूबने, गहराई में चले जाने जैसी हो जाती है और फिर उनमें से कुछ कभी नहीं आ पाते हैं। कितने दुःख की बात है न कि जो भावना सबसे बड़ी है, वही अकसर उनमें सबसे खतरनाक हो सकती है और हो जाती है।

> *सटीक सोच-विचार का सबसे बड़ा दुश्मन है प्रेम, जो सारी भावनाओं से बड़ा होता है। अगर आप सटीक विचारक बनना चाहते हैं, तो आपको अपने दिल के दोनों छोर पर एक डोर बाँधनी होगी और इन डोर को हमेशा कसकर पकड़े रहना होगा। अगर आप प्रेम की भावना को अभिव्यक्त करने के कुछ ज्यादा ही जोश में पड़ जाते हैं, तो इतना ध्यान रखिए कि आपकी दोनों डोर ढीली न पड़ें, या आप उनमें से कम-से-कम एक को पकड़े रहें।*

एक सटीक विचारक के लिए प्रेम की भावना कभी खतरनाक नहीं हो सकती है। मेरे पूरे जीवन में और मैं बता दूँ कि मेरे अनेक प्रेम संबंध रहे हैं; अब मैं इसे स्वीकार भी कर सकता हूँ। सच में उनकी कोई कमी नहीं रही, लेकिन अपने पूरे जीवन में मुझे कभी चोट नहीं पहुँची और मुझे नहीं लगता कि मैंने एक बार भी किसी को चोट पहुँचाई होगी। मुझे उस वक्त चोट लगी, जब मैं गहराई से भी दूर चला गया और उस डोर को थामे रहना भूल गया। मैं पूरी तरह से काफी आगे चला गया और इसकी मुझे कीमत चुकानी पड़ी। मुझे कम-से-कम एक मिलियन डॉलर की चपत लगी, जो सच में बहुत बड़ी रकम होती है। सौभाग्य से मेरे पास इतने पैसे थे कि मैं चुका सका, लेकिन वह उस दुःख और कष्ट की तुलना में कुछ भी नहीं था और जो बदलाव मेरे भीतर आया, मुझे उससे उबरने में और जहाँ से मैं चला था, वहाँ लौटने में पाँच साल लग गए। मुझे लगता है, यह मेरी पृष्ठभूमि का एक हिस्सा है, जिसके बारे में आपने कभी नहीं सुना होगा, लेकिन आपको यह सुनने को मिल सकता है और आप यह सोच सकते हैं कि यह किसी के भी साथ हो सकता है। आत्मानुशासन के उपयोग करने की मेरी सारी योग्यता के साथ मैंने नजरअंदाज कर दिया, क्योंकि मैं नजरअंदाज करना चाहता था। मैं एक खतरनाक व्यक्ति के साथ अपने जीवन में प्रेम का एक अनुभव करना चाहता था। देवियो और

सज्जनो! मैंने वह अनुभव कर लिया और मैं आपसे कुछ और भी बताना चाहता हूँ—यह फायदे का सौदा था। यह फायदे का सौदा था, क्योंकि मैं उससे उबर गया और उससे सीख भी मिली।

ईमानदारी से किया गया कबूलनामा मन के लिए अच्छा होता है। यह कई तरीके से फायदेमंद होता है। सबसे पहले, मैंने सीखा कि मैं इसे दोबारा नहीं करूँगा। दूसरा, भले ही मैंने सबसे अद्भुत और प्रभावशाली भावना को खुद पर हावी होने दिया था, लेकिन मैं इतना ताकतवर था कि अपना संतुलन फिर से हासिल किया और सही-गलत का फैसला कर सका। यह किसी के लिए भी अब संभव नहीं था कि वह मेरी जिंदगी में आए और फिर से मेरे साथ खिलवाड़ कर सके। सच कहूँ तो मेरे साथ किसी ने खिलवाड़ नहीं किया, मैंने खुद ही अपने साथ खेल खेला। मैंने गहराईवाले छोर से छलाँग लगा दी। मैं देखना चाहता था कि वह कैसा लगता है। व्यावहारिक तौर पर मेरे पास हर तरह का अनुभव था। मैं देखना चाहता था कि प्यार में धोखा खाना कैसा लगता है और भाइयो! मैंने देख लिया। एक मिलियन खोने जैसा लगता है।

नफरत के कुछ अन्य बड़े शत्रु हैं नफरत, क्रोध, ईर्ष्या, भय, बदला, लालच, घमंड, अहंकार और बिना कुछ किए कुछ की इच्छा करना तथा आलस्य। बस इतना याद रखिए—आप जब क्रोध में हैं, तब सटीक सोच-विचारक नहीं कर सकते।

नफरत के कुछ अन्य बड़े शत्रु हैं नफरत, क्रोध, ईर्ष्या, भय, बदला, लालच, घमंड, अहंकार और बिना कुछ किए कुछ की इच्छा करना तथा आलस्य। बस इतना याद रखिए—आप जब क्रोध में हैं, तब सटीक सोच-विचारक नहीं कर सकते। आप तब तक सटीक विचार नहीं बन सकते, जब तक कि आप इनमें से किसी भी भावना को अपने ऊपर हावी होने देते हैं, चाहे भावना रचनात्मक, सकारात्मक या नकारात्मक हो। सटीक सोच-विचार करना निर्मम काम है, देवियो और सज्जनो! बेहद निर्मम। इसे आप दिल से नहीं, अपने दिमाग से करते हैं।

मैं ऐसा व्यक्ति नहीं होना चाहूँगा, जो अपने दिल की बात नहीं कहता। मैं ऐसा क्यों कह रहा हूँ, क्योंकि मैं इनसान के रूप में मशीन नहीं होना चाहता। मेरा मतलब यह नहीं कि आप अपनी सूक्ष्म भावनाओं या किसी भी अन्य भावना से मुँह मोड़ लें, लेकिन मैं इतना जरूर कहता हूँ कि आत्म-अनुशासन का प्रयोग कर आप उन सभी भावनाओं को जरूरत पड़ने पर नियंत्रण में रख सकते हैं। बात जब उस मोड़

पर आ जाती है, जहाँ आपको भावनाओं को हावी होने देने की बजाय सोचना और तथ्यों के अनुसार काम करना होता है, तब आप आत्म-अनुशासन का दबाव लेना चाहते हैं। और अपने दिल को नहीं, दिमाग को सोचने देते हैं।

प्रेम संसार में सबसे बड़ी चीज है, इसमें कहीं कोई शक नहीं। इसके बिना कोई सभ्यता नहीं हो सकती है। इसके बिना मनुष्य और कुछ नहीं बल्कि एक जानवर हो जाएगा। अपने ऐसे ही प्रभाव के कारण, यदि आप सटीक विचारक नहीं हैं तो सारी भावनाओं में सबसे खतरनाक भी हैं। मुझे संदेह है कि श्रोताओं के बीच ऐसे लोग हैं, जो इस बात पर कहेंगे कि ऐसा होता है।

केवल एक चीज, जिस पर आपका पूरा नियंत्रण होता है, वह है सोचने की शक्ति। यह विशेष अधिकार किसी दूसरे को मत दीजिए, चाहे प्रयोजन कुछ भी हो। अनियंत्रित उत्साह और कल्पना भी सटीक सोच-विचार के काम में खतरनाक होते हैं। इन दोनों पर विशेष रूप से नजर रखिए। वे जब अनियंत्रित होते हैं, तब खतरनाक हो जाते हैं।

फिर धार्मिक कट्टरता भी होती है—यह सटीक सोच-विचार की शत्रु है। यदि आपने अपने धर्म को उसके सही होने का पता व्यावहारिक तरीकों से नहीं लगाया, आप इसे धर्मांध बनकर देखेंगे, तो आपके कभी सटीक विचार नहीं बन सकेंगे।

राजनीति में उन्माद सटीक विचार के लिए हानिकारक होता है। मुझे फ्रैंकलिन डी रूजवेल्ट के साथ उनके राष्ट्रपति रहने के पहले कार्यकाल के दौरान काफी करीब रहकर काम करने का सौभाग्य प्राप्त हुआ। हममें से कुछ लोग उनके विश्वासपात्र थे, जो मानते थे कि उस पहले कार्यकाल के दौरान उन्हें सीधे स्वर्ग से भेजा गया है। फिर कुछ लोग ऐसे भी थे, जिन्हें लगता था कि वे किसी और जगह से ही आए हैं और हर लिहाज से, यह सोच जितना उस आदमी के बारे में जानकारी पर आधारित नहीं थी, उतना इस पर थी कि उस आदमी के काम करने के तरीके के बारे में हम लोग क्या सोचते थे। यही धर्मांधता है। यदि आपको यह कहीं अंधाधुंध दिखाई देती है, तो आप पाएँगे कि किसी भी अन्य क्षेत्र की तुलना में यह धर्म के क्षेत्र में है और राजनीति में है, इसके बाद अर्थशास्त्र के क्षेत्र में है।

केवल एक चीज, जिस पर आपका पूरा नियंत्रण होता है, वह है सोचने की शक्ति। यह विशेष अधिकार किसी दूसरे को मत दीजिए, चाहे प्रयोजन कुछ भी हो। अनियंत्रित उत्साह और कल्पना भी सटीक सोच-विचार के काम में खतरनाक

होते हैं। इन दोनों पर विशेष रूप से नजर रखिए। वे जब अनियंत्रित होते हैं, तब खतरनाक हो जाते हैं।

सच तो यह है कि उत्साह होना बहुत अच्छी बात है। मैं नहीं जानता कि कोई महान् काम उसके पीछे जोश के बिना पूरा हुआ है। कल्पना करना बेहतरीन बात है, जिसमें आप किसी चीज को उसके भौतिक रूप में देखने से पहले दिमाग में उसकी तसवीर बनाते हैं। यदि उत्साह या कल्पना नहीं होती, तो हम जिस महान् अमेरिकी जीवनशैली को आज देख रहे हैं, जिसमें हमारे पास सारी सुविधाएँ हैं, कभी अस्तित्व में नहीं आतीं। आदिवासी अब भी इस देश को चला रहे होते और हो सकता है कि यह बुरी बात नहीं होती, बशर्ते वे सच में चला रहे होते। यहाँ आपको ताली बजानी चाहिए थी।

अंत में, लेकिन सबसे महत्त्वपूर्ण बात, सटीक विचारक बनने के लिए अपने दिमाग को बाहर से सवालिया निशान लगानेवाला बनाएँ। हर चीज पर और हर व्यक्ति पर तब तक सवाल उठाएँ, जब तक आप खुद को संतुष्ट न कर लें कि आप तथ्यों के अनुसार काम कर रहे हैं। इसे चुपचाप करें, अपने दिमाग की खामोशी के साथ और अपने ऊपर शक्की का ठप्पा मत लगने दीजिए। सबकुछ ध्यान से सुनिए, लेकिन जब सुन रहे हों, तब सटीक विचारक भी बनिए।

मैं देख रहा हूँ कि हमारा समय खत्म हो चला है। आपका शुक्रिया और शुभ रात्रि!

□

5

व्यावहारिक विश्वास

देवियो और सज्जनो! कैसे हैं आप सब? आज भी मेरे साथ मौजूद रहने के लिए शुक्रिया। आज के शो और फिर हमारे अगले प्रसारण का विषय व्यावहारिक विश्वास रहनेवाला है। मैं आरंभ में ही आपको बता दूँ कि इसका ईसाई धर्म से कोई संबंध नहीं। मैं उस दिशा में नहीं जा रहा हूँ। धर्म मन की एक दशा होती है, जिसे किसी भी तकनीक से बढ़ाना चाहिए, ताकि व्यक्ति हर समय और सभी प्रयोजनों के लिए अपने मन मुताबिक चल सकें तथा किसी भी ऐसी इच्छा की ओर इस विश्वास के साथ इसे मोड़ सकें कि उस उद्देश्य की प्राप्ति हो जाए। देवियो और सज्जनो! यह जो 'विश्वास' शब्द है, वह इस पूरे सिद्धांत का मूल मंत्र है।

पता नहीं आपमें से कितने लोगों ने क्लाउड ब्रिस्टल लिखित 'द मैजिक ऑफ बिलीविंग' किताब पढ़ी है या नहीं। यदि आपने इसे नहीं पढ़ा है, तो मेरा आग्रह है कि आप इसे मँगवा लें। यह आपके समय का भरपूर सदुपयोग सिद्ध होगी, क्योंकि विश्वास के इस विषय पर यह सही बात बताती है और इससे वैसा ही परिणाम मिलता है, जिसकी आप उम्मीद करते हैं।

धर्म किसी व्यक्ति की संपर्क करने तथा असीम बुद्धि का उपयोग सम्मोहित करनेवाली गहनता के साथ करने की शक्ति होती है। इस 'सम्मोहन' शब्द पर चौकन्ना होने की जरूरत नहीं, क्योंकि आप इसे समझें या नहीं, आप अपने जीवन में सदैव सम्मोहन का प्रयोग करते हैं। सामान्य रूप से कहें, तो धर्म की बजाय अधिकांश लोग सम्मोहन का उपयोग अपने आपको भय तथा खुद अपने आपको सीमाओं में बाँधने के लिए करते हैं। नतीजा यह होता है कि वे बहुत आगे नहीं जा पाते हैं।

यहाँ कुछ कारक दिए जा रहे हैं, जो उस चीज को विकसित करते हैं, जिसे धर्म कहा जाता है—शुरुआत की बात करें तो वह एक निश्चित उद्देश्य के साथ

शुरू होता है, जब आपका दिमाग किसी उद्‌देश्य या किसी ऐसी चीज पर टिक जाता है, जिसे आप पाना चाहते हैं और फिर उस उद्‌देश्य के पीछे एक तीव्र इच्छा पनपती है। हम सबकी एक आशा और एक इच्छा होती है। हम बिना काम किए ढेर सारा पैसा चाहते हैं, हम मशहूर होना चाहते हैं, हम चाहते हैं कि लोग हमें पहचानें, हम अच्छी सेहत चाहते हैं, लेकिन व्यावहारिक विश्वास के संबंध में मैं इन सबके बारे में बात नहीं कर रहा हूँ। मैं एक तीव्र इच्छा के विषय में बात कर रहा हूँ, जो किसी निश्चित उद्‌देश्य के लिए इस विश्वास के साथ लागू की जाती है कि आप उस उद्‌देश्य को प्राप्त करने जा रहे हैं।

मैं अपने छात्रों को सिखाया करता था कि वे एक शांत कमरे में जाएँ, अपने साथ लिखित में मुख्य उद्‌देश्य या अपने छोटे-छोटे उद्‌देश्यों को लेकर जाएँ, उन्हें जोर-जोर से पढ़ें और फिर अपने आपको एक आईने में देखें तथा इस इसकी पुष्टि करें कि जो कुछ भी हो, वे उन उद्‌देश्यों को प्राप्त करेंगे। इसका पालन करने में कोई हर्ज नहीं है।

दूसरा, सारी नकारात्मकताओं, जैसे भय, ईर्ष्या, घृणा, द्वेष तथा लोभ से मुक्त सकारात्मक मन विश्वास को बढ़ाने के लिए अनिवार्य होता है। ऐसा नहीं हो सकता कि आप अपने मन में ईर्ष्या, लोभ, भय, द्वेष या किसी भी प्रकार की अन्य नकारात्मकता को स्थान दें और उसके साथ ही साथ व्यावहारिक विश्वास के सिद्धांत का उपयोग करें।

> *सारी नकारात्मकताओं, जैसे भय, ईर्ष्या, घृणा, द्वेष तथा लोभ से मुक्त सकारात्मक मन विश्वास को बढ़ाने के लिए अनिवार्य होता है। ऐसा नहीं हो सकता कि आप अपने मन में ईर्ष्या, लोभ, भय, द्वेष या किसी भी प्रकार की अन्य नकारात्मकता को स्थान दें और उसके साथ ही साथ व्यावहारिक विश्वास के सिद्धांत का उपयोग करें।*

दोस्तो, मैं नहीं जानता कि क्यों अधिकांश प्रार्थना का अंत नकारात्मक परिणाम के सिवाय किसी अन्य चीज में नहीं हो पाता है। क्या आपने कभी उसके बारे में सोचना बंद किया था, सामान्य रूप से बात करें तो क्या आप यह सोचकर हैरान नहीं हुए थे कि आपकी प्रार्थना का असर नहीं हो रहा है? आपने यह अवश्य देखा होगा कि यह सच है। खैर, मैं आपको कुछ ऐसा बताने जा रहा हूँ, जिससे आपको सदमा लग सकता है। सारी प्रार्थनाओं का असर होता है। उनका वैसा ही असर होता है, जिस प्रकार के भाव लेकर आप मन में प्रार्थना करते हैं। सामान्य रूप से कहें तो हम जब प्रार्थना

करते हैं, तो जब सबकुछ विफल हो जाता है, तभी हम प्रार्थना की शरण में जाते हैं और हम वैसे भी मौत से आधे घबराए रहते हैं तथा हमारा आधार विश्वास होता है या आधे से अधिक विश्वास होता है कि हम जिसके लिए प्रार्थना कर रहे हैं, वह हमें नहीं मिलनेवाला है और मुझे शक है कि कभी-कभी हम ऐसी चीजों के लिए प्रार्थना करते हैं, जिनका हमें हक नहीं और हम इस बात को जानते हैं। हमें उस प्रकार का असर पसंद न आए, लेकिन ऐसी प्रार्थनाओं का फल वही मिलता है, जिसके वे काबिल होती हैं।

विश्वास को बढ़ाने के लिए अगला अनिवार्य कारक एक मास्टरमाइंड गठजोड़ है, जिसमें एक या अधिक लोग शामिल रहते हैं, जो विश्वास पर आधारित साहस से भरपूर होते हैं और किसी के किसी उद्देश्य को पूरा करने के लिए मानसिक और आध्यात्मिक रूप से योग्य होते हैं।

विश्वास को बढ़ाने के लिए अगला अनिवार्य कारक एक मास्टरमाइंड गठजोड़ है, जिसमें एक या अधिक लोग शामिल रहते हैं, जो विश्वास पर आधारित साहस से भरपूर होते हैं और किसी के किसी उद्देश्य को पूरा करने के लिए मानसिक और आध्यात्मिक रूप से योग्य होते हैं। यदि आप व्यावहारिक विश्वास के सिद्धांत का पूरा और खुलकर उपयोग एक या अधिक लोगों के साथ जुड़ने के लिए करना चाहते हैं, जो आपके साथ प्रेम के भाव से मिलकर काम करेंगे, जिनका आप पर एक अच्छा प्रभाव है तो यह एकदम अनिवार्य है।

मुझे अपने शुरुआती दिन याद हैं, जब मैं पहचान पाने और अपने दर्शन को प्रकाशित कराने के लिए किसी प्रकाशक की तलाश में भटक रहा था, तब अमेरिका में एक ऐसा व्यक्ति था, जिसका मेरे ऊपर इतना जबरदस्त प्रभाव था कि मैं अकसर उससे एक या दो दिन के लिए मिलने उतनी दूर फ्लोरिडा चला जाता था। यह व्यक्ति था एडविन सी बार्नेस, जो थॉमस ए. एडिसन का एकमात्र साझीदार था। मैं बार्नेस के साथ बैठकर बातें कर सकता था और वह मेरी पीठ ठोंककर कहते थे कि मैं जो कुछ करने का मन बना लूँ, उसे कर सकता हूँ और कुछ ही देर में वे मुझे इस बात को समझा देते थे। मुझे जब विश्वास होने लगता तो मान लेता था कि मैं इसे कर सकता हूँ।

इस लैक्चर के साथ एक ध्येय भी है, जिसे मुझे उम्मीद है कि आप लोग लिख लेंगे, लेकिन इससे भी जरूरी है कि आप इसे अपने दिमाग में बिठा लें। वह

ध्येय यह है कि मन जिसे धारण करता और जिस पर विश्वास करता है, उसे प्राप्त कर सकता है। इस वाक्य में तीन प्रमुख शब्द हैं। वे तीन प्रमुख शब्द हैं—धारण, विश्वास और प्राप्त। कई लोग विचारों को धारण कर सकते हैं, योजनाएँ बना सकते हैं, लेकिन उन्हें अपनी क्षमता में इतना विश्वास नहीं होता कि वे उसे लागू कर सकते हैं और इसके फलस्वरूप नकारात्मक परिणाम मिलते हैं।

इसके बाद विश्वास को बढ़ाने के लिए इस बात को पहचानना होगा कि प्रत्येक विपरीत परिस्थिति के साथ समान लाभ के बीज छिपे होते हैं। जब तक आप उस सिद्धांत को स्वीकार नहीं करते, समझते नहीं और उससे लाभ प्राप्त नहीं करते, तब तक व्यावहारिक विश्वास के सिद्धांत का पूरा फायदा नहीं उठा सकेंगे। जीवन की परिस्थितियाँ ऐसी हैं कि चाहे आप कोई भी हों या कुछ भी कर रहे हों या आपके प्रयास कितने ही योग्य क्यों न हों, आप विपरीत परिस्थितियों और पराजयों तथा निराशाओं एवं झटकों का सामना करेंगे। देवियो और सज्जनो! प्रत्येक व्यक्ति का सामना उनसे होता है, लेकिन ऐसी हर परिस्थिति में, समान लाभ का बीज छिपा होता है और आपमें यह विश्वास होना चाहिए कि ऐसा होता है।

इसके बाद विश्वास को बढ़ाने के लिए इस बात को पहचानना होगा कि प्रत्येक विपरीत परिस्थिति के साथ समान लाभ के बीज छिपे होते हैं। जब तक आप उस सिद्धांत को स्वीकार नहीं करते, समझते नहीं और उससे लाभ प्राप्त नहीं करते, तब तक व्यावहारिक विश्वास के सिद्धांत का पूरा फायदा नहीं उठा सकेंगे।

चलिए, मैं इसका एक उदाहरण देता हूँ। पिछली सर्दियों में मैं कैलिफोर्निया के अपने घर से आया और सेंट लुइस में विज्ञापन का एक अभियान शुरू किया। मैंने एक बड़ी रकम खर्च की, जो बताऊँ तो 6,000 डॉलर थी और मेरे जीवन में पहली बार ऐसा हुआ, जब लैक्चर से मेरी कमाई विज्ञापन पर खर्च पैसों से कम थी। कुल मिलाकर हमें 5,500 डॉलर मिले। आप कहेंगे कि यह विपरीत परिस्थिति थी, लेकिन मैंने इस झटके को हार के रूप में स्वीकार नहीं किया। मैंने उस अभियान के साथ जुड़े अपने कार्यकर्ताओं और सहयोगियों से कहा कि हम पैसा कमाएँ या घाटा उठाएँ, इससे कोई फर्क नहीं पड़ता, कुल मिलाकर हम जो कर रहे हैं, यह उसका एक हिस्सा है और इससे कुछ अच्छा ही निकलेगा।

मैं आपका ध्यान उस चीज की तरफ ले जाता हूँ, जो इससे निकलकर आई।

पेरिस के एक व्यक्ति ने हमारा विज्ञापन देखा, सेंट लुइस आया और मेरी बाँह मरोड़ी जैसा कि वह कहता है, मुझे पेरिस लेकर आया और मेरे साथ उसके संबंध के कारण यह शानदार आंदोलन आगे बढ़ा, जो इस दर्शन को दिन दूनी, रात चौगुनी रफ्तार से आगे ले जाएगा। यदि मैंने जानबूझकर पेरिस आने की योजना बनाई होती और रेडियो सीरीज की तैयारी की होती तथा इस दर्शन को लोगों तक पहुँचाने का उसे माध्यम बनाया होता, तो मैं इसे इतनी अच्छी तरह नहीं कर पाता और यह सबकुछ अप्रत्याशित रूप से उस विफल अभियान से सामने आया था। मैं नहीं जानता, लेकिन इससे सामने आए अन्य लाभ भी हो सकते हैं, लेकिन उसने पहले ही काफी लाभ दे दिया है। यहाँ पेरिस में हम घाटे में नहीं हैं।

इसके बाद अपने प्रमुख उद्‌देश्य या छोटे-छोटे उद्‌देश्यों को दावे के साथ कहने की आदत होनी चाहिए, जो किसी प्रार्थना के रूप में दिन में एक बार अवश्य कहा जाए। इससे फर्क नहीं पड़ता कि आपका धर्म क्या है। कोई-न-कोई प्रार्थना होगी, प्रार्थना करने का कोई तरीका होगा। आपको प्रार्थना में विश्वास करना चाहिए

इसके बाद अपने प्रमुख उद्‌देश्य या छोटे-छोटे उद्‌देश्यों को दावे के साथ कहने की आदत होनी चाहिए, जो किसी प्रार्थना के रूप में दिन में एक बार अवश्य कहा जाए। इससे फर्क नहीं पड़ता कि आपका धर्म क्या है। कोई-न-कोई प्रार्थना होगी, प्रार्थना करने का कोई तरीका होगा। आपको प्रार्थना में विश्वास करना चाहिए और आप यदि प्रार्थनाओं को लें तथा जीवन में अपने प्रमुख उद्‌देश्य के पीछे उसे लगाएँ तथा प्रतिदिन उन प्रार्थनाओं को इस विश्वास के साथ करें कि वे पूरी होंगी, तो आप पाएँगे कि आपकी मनोवृत्ति में कुछ परिवर्तन आए हैं। वे आपके संपर्क में आवश्यक चीजों और लोगों को लाएँगे तथा ऐसी परिस्थितियाँ पैदा करेंगे, जिनसे उन प्रार्थनाओं के उद्‌देश्य या उनसे प्रभावी प्रमुख लक्ष्यों को, चाहे वे जो भी हों, पूरा किया जा सके।

मेरे तरीके तब भी उसी प्रकार काम करते हैं, जब मैं सोया रहता हूँ और जब जागा रहता हूँ। मैं इन्हें अपने आठ राजकुमार कहता हूँ। मेरे ये आठ राजकुमार बिना संदेह मेरे द्वारा ही बनाए गए हैं और इनसे मुझे इतने अच्छे परिणाम इस कारण मिलते हैं; क्योंकि मैं उनमें विश्वास करता हूँ। मैं उम्मीद करता हूँ कि वे मेरे लिए कारगर होंगे। मैं उम्मीद करता हूँ कि मुझे जितने भी पैसे चाहिए, उनकी जरूरत को धन की समृद्धि का राजकुमार पूरा करेगा और आज की तारीख तक, उसने इससे

कहीं अधिक ही किया है, इतना मैं आपको आश्वस्त कर सकता हूँ। वह साथ रहे तो बड़ा अच्छा लगता है। यह मैं आपको बता देना चाहता हूँ।

और अच्छे शारीरिक स्वास्थ्य का राजकुमार···उसने भी मेरे लिए अच्छा काम किया है। बेशक, आप भी जानते हैं कि पिछले हफ्ते उसने मुझे थोड़ा परेशान किया था। मैं बीमार था और एक प्रसारण नहीं कर सका, लेकिन मैं उसके पीछे पड़ा और हम दोनों के बीच अच्छी बातचीत हुई। उसने मुझसे वादा किया कि अगर मैं सच में सावधान रहूँगा तो वह मुझे परेशान नहीं करेगा, जिससे शुक्रवार रात की तरह मुझे अपना शो दोबारा छोड़ना नहीं पड़ेगा। इत्तेफाक से मेरे पूरे कॅरियर में पहली बार ऐसा हुआ, जब शारीरिक स्वास्थ्य के कारण मुझे कोई शो छोड़ना पड़ा, क्योंकि मेरे पास यह बेहतरीन प्रणाली है, यह शानदार तावीज है, जो मेरी सेहत का खयाल रखता है और वह इस काम को बहुत अच्छी तरह करता है।

इस संसार में मेरे हिसाब से लोगों के लिए मन की शांति से अधिक अनिवार्य या महत्त्वपूर्ण कुछ भी नहीं है। इससे फर्क नहीं पड़ता कि आपके पास कितने पैसे हैं या आप कितनी सफलता प्राप्त कर सकते हैं या आपको कितनी शोहरत मिल सकती है, यदि इनके साथ-साथ आपका मन शांत नहीं है, तो आप सच में गरीब हैं।

अगला है—मन की शांति का राजकुमार। इस संसार में मेरे हिसाब से लोगों के लिए मन की शांति से अधिक अनिवार्य या महत्त्वपूर्ण कुछ भी नहीं है। इससे फर्क नहीं पड़ता कि आपके पास कितने पैसे हैं या आप कितनी सफलता प्राप्त कर सकते हैं या आपको कितनी शोहरत मिल सकती है, यदि इनके साथ-साथ आपका मन शांत नहीं है, तो आप सच में गरीब हैं। मैं यहाँ तक कह सकता हूँ कि इस दर्शन का प्रमुख उद्देश्य लोगों को वह फॉर्मूला देना है, जिससे वे मन की शांति को प्राप्त करें और उसे बनाए रखें। मेरा मतलब है कभी-कभार नहीं, बल्कि लगातार बनी रहनेवाली मन की शांति।

इसके बाद व्यावहारिक विश्वास को बढ़ाने के लिए आपको असीम बुद्धिमत्ता के अस्तित्व को पहचानना होगा, जो पूरे ब्रह्मांड को व्यवस्थित रखता है। इस बुद्धिमत्ता की विशेषताओं और इसकी सूक्ष्म अभिव्यक्तियों को समझना ही होगा और इस तरह अलग-अलग मन की पहचान भी करनी होगी, जिनमें व्यक्ति की ओर से निर्धारित सीमा के सिवाय कोई सीमा नहीं होती। क्या इसे समझना और

जानना एक शानदार बात नहीं है ? किसी भी दिमाग के उपयोग की कोई सीमा नहीं होती, सिवाय उन सीमाओं के, जो आप अपने दिमाग पर लगाते हैं या जीवन की परिस्थितियों को अपने ऊपर लगाने देते हैं। यदि आप अपने दिमाग को ऐसे करने दें तो जीवन की हर परिस्थिति से आगे बढ़ सकते हैं, जो आपके सोचने की क्षमता को सीमित करती है।

मुझे ऐसा लगता है कि जब आप यह मानना बंद कर देते हैं कि परमात्मा ने एक के सिवाय सभी चीजों पर नियंत्रण दिया है, तो परमात्मा ने सोचा होगा कि वह एक चीज इस दुनिया की सबसे महत्त्वपूर्ण चीज है। मेरे दोस्तो! यह कितना विचित्र है न कि सभ्यता ने अपनी शिक्षा और अपने धर्मों में परमात्मा के इस उत्कृष्ट उपहार के महत्त्व को शामिल नहीं किया है, जो इतना शक्तिशाली उपहार है कि कोई व्यावहारिक रूप से अपने सांसारिक लक्ष्य की घोषणा कर पाता है और उसे लागू करता है। मैं आपको फिर से याद दिलाऊँ, तो यह उपहार वह नियंत्रण है, जो आपका अपने मन पर होता है। इसे नकारात्मक या सकारात्मक बनाने की क्षमता। बड़ी या छोटी बातों को सोचने की क्षमता। अपनी ही पद्धति को स्थापित करने की क्षमता कि आप जीवन में क्या चाहते हैं और जीवन उसी के अनुसार आपको फल देता है, या जीवन की परिस्थितियों को स्वीकार करना तथा जीवन को अपने ऊपर हावी होने देना।

अकसर मैंने जीवन की तुलना एक घोड़े से की है, क्योंकि आप चाहें तो जीवन की सवारी कर सकते हैं, जबकि आपने अगर ध्यान नहीं दिया, तो सवारी घोड़ा करेगा और आप घोड़े की जगह ले लेंगे। आपको तय करना है कि आप क्या चाहते हैं।

व्यक्तिगत रूप से मैंने जीवन से कभी कोई चीज स्वीकार नहीं की, जिसे मैं नहीं चाहता था। भविष्य में भी मेरा इरादा नहीं कि मैं कुछ और करूँ। मेरा बेटा ब्लेयर जब बिना किसी कान यानी सुनने की क्षमता के बिना पैदा हुआ, तब भी मैंने उस परिस्थिति को कभी स्वीकार नहीं किया। मैंने कहा कि मैं विश्वास की शक्ति के बारे में जानता हूँ, मैं अवचेतन मन के उपयोग के बारे में जानता हूँ और मैंने तुरंत ही एक पद्धति के निर्माण की शुरुआत कर दी, जिसकी सहायता से इस बच्चे को किसी प्रकार का एक उन्नत श्रवण यंत्र मिल जाए और वह सामान्य रूप से सुन सके। मैं चाहता तो उस स्थिति को आसानी से स्वीकार कर लेता, जब डॉक्टरों ने मुझसे कहा कि मेरा बच्चा अपने पूरे जीवन में मूक और बधिर ही रहेगा। मैंने उसे

आखिरी शब्द मानकर उस परिस्थिति को स्वीकार कर लिया होता तो उसके बारे में सोचना बंद कर देता। मैंने उसे होंठों में पढ़ने की शिक्षा या मूक-बधिरों के लिए उँगलियों की सांकेतिक शिक्षा देनी शुरू कर दी होती, लेकिन मैं नहीं चाहता था कि वह समझे और जाने की ऐसी कोई चीज भी होती है।

मैं तुरंत ही विश्वास की भावना के साथ उस पर काम करने लगा और जानता था कि कुछ भी असंभव नहीं। मन जिसे धारण करे और जिसमें विश्वास कर ले, उसे प्राप्त कर सकता है और नौ साल के दौरान मैंने प्रकृति को इस हद तक प्रभावित कर लिया कि उसे सुनने का यंत्र मिला, जिससे वह सामान्य रूप से पैंसठ प्रतिशत तक सुन सकता है।

मैं तुरंत ही विश्वास की भावना के साथ उस पर काम करने लगा और जानता था कि कुछ भी असंभव नहीं। मन जिसे धारण करे और जिसमें विश्वास कर ले, उसे प्राप्त कर सकता है और नौ साल के दौरान मैंने प्रकृति को इस हद तक प्रभावित कर लिया कि उसे सुनने का यंत्र मिला, जिससे वह सामान्य रूप से पैंसठ प्रतिशत तक सुन सकता है।

मेरे दोस्तो, व्यावहारिक विश्वास से उन परिस्थितियों को पलटने में मेरा अनुभव शानदार रहा है, जिन्हें लोग असंभव कहते हैं कि मैं इसकी ताकत को जान गया हूँ। अभी मैं आपको यह नहीं बता सकता कि आप अपने मन को पूरी क्षमता के साथ किस प्रकार इस्तेमाल करें, जिससे कि आप अपने किसी उद्देश्य को प्राप्त कर सकें। इस संसार में मनुष्य से निचले स्तर का कोई भी जीवित प्राणी आता है तो उसका भाग्य उससे निश्चित होता है, जिसे हम सहज प्रवृत्ति कहते हैं। उसके तौर-तरीके पहले से निश्चित होते हैं और वह उससे एक कदम भी आगे नहीं जा सकता है। मनुष्य का कोई निश्चित तरीका नहीं होता, सिवाय उसके, जिसे वह स्वयं बनाता है। यह बड़ा या छोटा हो सकता है, महान् या महत्त्वहीन हो सकता है। परमात्मा ने उसे जो शक्ति दी है, उसका प्रयोग कर मनुष्य अपने सांसारिक भाग्य पर नियंत्रण कर सकता है और इसका उपयोग विश्वास भावना से कर अपने उद्देश्यों को पूरा कर सकता है।

मैं सलाह दूँगा कि आप अपने अतीत की पराजयों और विपरीत परिस्थितियों की एक सूची बनाएँ, जिनसे यह स्पष्ट हो जाएगा कि उन सभी अनुभवों में उन्हीं के समान लाभ के बीज मौजूद थे। आपको यह एहसास होगा कि मैं जो कह रहा हूँ, वह सही है।

चलिए अब इस विषय पर बात करते हैं कि इस प्रकार की मानसिक प्रवृत्ति कैसे बनाएँ, जो विश्वास की अभिव्यक्ति के अनुकूल हो, एक मानसिक प्रवृत्ति, क्योंकि सबकुछ कहने-सुनने के बाद भी, व्यावहारिक विश्वास और कुछ नहीं बल्कि एक मानसिक प्रवृत्ति है और आप अपनी मानसिक प्रवृत्ति को नियंत्रित करते हैं। वास्तव में यही एक ऐसी चीज है, जिसे आप नियंत्रित करते हैं। सज्जनो! आप अपनी पत्नी को नियंत्रित नहीं करते, यह आप भी जानते हैं। आप हमेशा अपने बैंक खाते को भी नियंत्रित नहीं कर पाते, लेकिन आप अपनी मानसिक प्रवृत्ति को नियंत्रित करते हैं। आप इसे जैसा चाहें, बना सकते हैं।

सबसे पहले अपनी मानसिक प्रवृत्ति को अपने विश्वास की अभिव्यक्ति के अनुकूल बनाने में आपको पता होना चाहिए कि आप क्या चाहते हैं, अपने मन में पक्का कर लेना चाहिए कि आप उसे प्राप्त करके रहेंगे और यह तय करना चाहिए कि इसके बदले आप क्या देने वाले हैं। प्रकृति इस बात पर नाराज हो जाती है कि बिना कुछ दिए आप कुछ हासिल कर लें। मैं जानता हूँ कि मैं इसे पसंद नहीं करता। इस दुनिया में ऐसे कुछ लोग हैं, जो मुझे लगता है, बिना कीमत अदा किए ही चीजें हासिल करना चाहते हैं, लेकिन वे इस दर्शन का हिस्सा नहीं है।

सबसे पहले अपनी मानसिक प्रवृत्ति को अपने विश्वास की अभिव्यक्ति के अनुकूल बनाने में आपको पता होना चाहिए कि आप क्या चाहते हैं, अपने मन में पक्का कर लेना चाहिए कि आप उसे प्राप्त करके रहेंगे और यह तय करना चाहिए कि इसके बदले आप क्या देने वाले हैं। प्रकृति इस बात पर नाराज हो जाती है कि बिना कुछ दिए आप कुछ हासिल कर लें।

दूसरा, प्रार्थना के माध्यम से आप जब दावे के साथ अपनी इच्छाओं के उद्देश्य को कहते हैं, तब ऐसी कल्पना कीजिए, जैसे आपने पहले ही उसे पा लिया है। आपको ऐसा करना कठिन लग सकता है। कुछ साल पहले मेरा एक छात्र हुआ करता था, जिसे एक हजार डॉलर की सख्त जरूरत थी और वह मेरे पास पूछने आया कि यह रकम उसे कैसे मिलेगी। उसे ये हजार डॉलर हफ्ते भर में चाहिए थे। मैंने कहा, "बैठो और अपनी चेकबुक निकालो तथा अपने नाम का एक हजार डॉलर का चेक काटो।" उसने कहा, "इससे क्या होगा, यह चेक किसी काम का नहीं होगा।" मैंने कहा, "जल्दी ही यह काम का हो जाएगा, इस पर भुनाने के लिए हफ्ते भर बाद की तारीख लिखो।"

मैंने जैसा कहा, उसने वैसा ही किया और फिर उसने दिमाग दौड़ाना शुरू कर दिया तथा दो दिन बाद उसने मुझे फोन किया और कहा कि एक अप्रत्याशित स्रोत से उसे 1,500 डॉलर कैश मिले हैं। मतलब उसकी जरूरत से 500 डॉलर अधिक मिल गए थे। उसने कहा, "मेरा वह चेक काम कर गया।" और उसने उस चेक को फ्रेम करवाकर अपनी लाइब्रेरी में टँगवा दिया, क्योंकि उस दिन से उसे यह बात समझ आ गई थी कि आप जब किसी चीज में विश्वास करते हैं, उस लागू करने की दिशा में कदम बढ़ाते हैं, मानो आपने उसे पहले ही हासिल कर लिया है, तो यह आपमें उसी अनुपात में असीम बुद्धि की शक्ति भर देता है।

फिर आप जब हार से हताश हो जाते हैं, जैसा कि आपके साथ कई बार होगा, इसमें कोई शक नहीं, तब याद रखिए कि व्यक्ति के विश्वास की परीक्षा कई बार ली जाती है और आपकी हार उन परीक्षाओं में से एक होगी। आप इस प्रसारण से यदि और कुछ नहीं तो इस विचार को ही लेकर जाएँ, तो बस इतना याद रखिए कि जब भी आप पराजित होते हैं या निराश या हताश होते हैं, तो आप इस जाँच की परीक्षा के केंद्र में होते हैं कि आप हौसला रखनेवाले व्यक्ति हैं या चूहा।

हम अकसर मुश्किल वक्त से गुजरते हैं। मैं जब इस दर्शन पर शोध कर रहा था और फिर जब इसे तैयार किया, तब बीस वर्षों तक इससे गुजरा और जय-पराजय की परीक्षा में मैं तनकर खड़ा नहीं होता तो मैं कभी इस दुनिया को सफलता के सिद्धांतों का यह महान् संग्रह नहीं दे पाता, जिसे मैंने दिया है, जिसका लाभ लाखों लोगों को हो रहा है।

हम अकसर मुश्किल वक्त से गुजरते हैं। मैं जब इस दर्शन पर शोध कर रहा था और फिर जब इसे तैयार किया, तब बीस वर्षों तक इससे गुजरा और जय-पराजय की परीक्षा में मैं तनकर खड़ा नहीं होता तो मैं कभी इस दुनिया को सफलता के सिद्धांतों का यह महान् संग्रह नहीं दे पाता, जिसे मैंने दिया है, जिसका लाभ लाखों लोगों को हो रहा है।

मैं कहूँगा कि मेरे अनुभव का सबसे अच्छा हिस्सा मेरी सफलताओं से नहीं, बल्कि विफलताओं से सामने आया; क्योंकि मैं उन विफलताओं से उबर गया। मैंने मन में ठाना कि मेरे जीवन में उनका महत्त्व इससे अधिक नहीं कि वे अधिक प्रयास करने की चुनौती हैं और यही सोच आपको हार को लेकर रखना है; क्योंकि आप ऐसे कठिन समय से गुजरेंगे। सच बताऊँ तो मुझे इस बात की काफी खुशी है कि

मैं कई बड़ी विफलताओं से उबर गया, जबकि औसत व्यक्ति एक या दो में ही धराशायी हो जाता। मैंने पाया कि इस दुनिया में ऐसा कुछ भी नहीं, जो मुझे पटखनी दे और पटककर ही रखे।

कोई तीव्र इच्छा एक ऐसा उद्देश्य होती है, जो आपके दिमाग में इतने पक्के तौर पर बैठ जाती है कि रात को सोते समय आप उसे अपने साथ ले जाते हैं, सुबह उसके साथ जागते हैं, शायद रात को भी वह आपको जगा देती है, आप उसके बारे में बात करते हैं, सोचते हैं, उसके साथ खाते हैं, सोते हैं और उस पर हावी होते हैं और बाद में वह आप पर हावी हो जाती है और जब वह आप पर हावी हो जाती है, तब सच में आपमें एक तीव्र इच्छा होती है।

मैंने यह कैसे जाना? मैंने इसे जाना, क्योंकि विफलता के विषय से निपटने के लिए मेरे पास एक फॉर्मूला है और यह सभी परिस्थितियों में लागू होता है। मैं परवाह नहीं करता कि परिस्थिति कितनी कठिन है, बातें करनेवाले क्या कहते हैं, कितने लोग आलोचना करते हैं, मैं सही काम करता जाता हूँ और यह दर्शन मजबूती से आगे बढ़ता है, क्यों? क्योंकि मेरी राह में जब बाधा आती है, तो मुश्किल वक्त में भी मैं हार नहीं मानता। मेरा पुरजोर आग्रह है कि आप इस नीति को अपनाएँ और इसे लागू करें। यह डटे रहने, हार न मानने का एक और उदाहरण है। उन सारी नदियों और रणछोड़ लोगों का नहीं, जो आसान रास्ता चुन लेते हैं।

और फिर मन की कोई भी नकारात्मक दशा विश्वास की शक्ति को नष्ट कर देगी और उसका परिणाम नकारात्मक समापन के रूप में होगा। आपके मन की दशा ही सबकुछ है, आप में तीव्र इच्छा होनी चाहिए।

चलिए पता लगाते हैं कि तीव्र इच्छा क्या होती है। तीव्र इच्छा से मेरा क्या मतलब है? कोई तीव्र इच्छा एक ऐसा उद्देश्य होती है, जो आपके दिमाग में इतने पक्के तौर पर बैठ जाती है कि रात को सोते समय आप उसे अपने साथ ले जाते हैं, सुबह उसके साथ जागते हैं, शायद रात को भी वह आपको जगा देती है, आप उसके बारे में बात करते हैं, सोचते हैं, उसके साथ खाते हैं, सोते हैं और उस पर हावी होते हैं और बाद में वह आप पर हावी हो जाती है और जब वह आप पर हावी हो जाती है, तब सच में आपमें एक तीव्र इच्छा होती है। एक तीव्र इच्छा किसी निश्चित उद्देश्य को प्राप्त करने के लिए

इतने संकल्प के साथ किया गया प्रयास होती है कि चाहे कितने ही झटके लगें या आपको कितनी ही हताशा हो, आप चलते जाते हैं। यही तीव्र इच्छा होती है और यह काफी हद तक उसके करीब होती है, जिसे हम व्यावहारिक विश्वास कहते हैं।

इस तीव्र इच्छा पर कार्य करते हुए एक चीज से बचना चाहिए। प्रकृति व्यक्तियों के उन सभी प्रयासों पर नाराज होती है, जिनसे दूसरों को कष्ट हो या उनके साथ अन्याय हो। यदि आप अपने विश्वास पर आधारित कोई भी ऐसा प्रयास करते हैं, जिससे किसी दूसरे व्यक्ति को नुकसान पहुँचे या उसे चोट पहुँचे, तो आप तय मान लीजिए कि आज नहीं तो कल आपके प्रयास निष्फल हो जाएँगे।

आप शायद जानते होंगे कि मेरा सबसे बदनाम छात्र और शायद पूरी दुनिया का सबसे अलोकप्रिय व्यक्ति एडॉल्फ हिटलर था। वह जब मेरा चेला बना, तब मैं नहीं जानता था कि हिटलर कौन है। 1930 में मैंने अपने ऑटोग्राफ के साथ कुछ पुस्तकें भिजवाईं। यह उसके इरादों के जाहिर होने के काफी पहले की बात है। आगे चलकर उसने उस दर्शन में से पंद्रह सिद्धांतों को अपनाया, जिनसे उसे शक्ति मिली, जो शक्ति पैदा करनेवाले सिद्धांत थे; लेकिन उसने उन दो सिद्धांतों की अनदेखी की, जिनमें उस शक्ति के प्रयोग में नैतिक मार्गदर्शन की बात थी और हिटलर का क्या हुआ ? मुझे इसमें पड़ने की जरूरत नहीं। वह सभ्यता के नष्ट करने के करीब पहुँच गया। उसने जिन दो सिद्धांतों को दरकिनार किया, उनसे मैं आपको आगाह कर दूँ। वे हैं—अतिरिक्त प्रयास और सुनहरे नियम, जिन्हें विशेष रूप से आप सभी को उस शक्ति के प्रयोग में नैतिक दिशा-निर्देश के लिए रखा गया है, जो इन सिद्धांतों से पैदा होगी।

साथियो, मैं देख रहा हूँ कि आज के लिए हमारा समय समाप्त हो चुका है। कृपया व्यावहारिक विश्वास पर चर्चा के लिए मेरे साथ अगली बार अवश्य जुड़ें। □

6

व्यावहारिक विश्वास की सफलता की कहानियाँ

देवियो और सज्जनो! एक बार फिर आप सभी का स्वागत है। आज की शाम हम व्यावहारिक विश्वास के महत्त्वपूर्ण सिद्धांत पर अपनी चर्चा को जारी रखेंगे।

मेरे दोस्तो, मैं आपको कुछ उदाहरण देना चाहता हूँ कि किस प्रकार व्यावहारिक विश्वास का यह सिद्धांत जीवन के व्यावहारिक मामलों में काम करता है। अपने शोध के दौरान, जिसकी शुरुआत 1908 में एंड्रयू कार्नेगी के आग्रह पर हुई थी, मुझे स्वर्गीय डॉ. अलेक्जेंडर ग्राहम बेल से मिलने का सौभाग्य प्राप्त हुआ था, जिन्होंने लंबी दूरी तक बात करनेवाले टेलीफोन का आविष्कार किया था। मैं श्री थॉमस अल्वा एडिसन तथा प्रसिद्ध वैज्ञानिक, डॉ. एल्मर आर गेट्स से भी मिला था, जो उस समय मेरीलैंड के चेवी चेस में रहते थे। मुझे जब इन तीनों लोगों से मिलने और इनके साथ काम करने का सौभाग्य मिला, उससे वर्षों पहले ही इन्होंने इस अजीबोगरीब घटना पर विस्तृत शोध किया था, जिसे अवचेतन मन के नाम से जाना जाता है। उन्होंने बेहतरीन आविष्कार किए थे और मैं आपका ध्यान विशेष रूप से डॉ. एल्मर आर. गेट्स के आविष्कारों की ओर दिलाना चाहूँगा।

मैं जब पहली बार डॉ. गेट्स से मिलने पहुँचा तो उनकी सेक्रेटरी ने कहा, "मुझे खेद है, लेकिन इस समय डॉ. गेट्स विचारों पर मंथन करने बैठे हैं और उन्हें डिस्टर्ब नहीं किया जा सकता है।" मैंने कहा, "माफ कीजिए, आपने अभी क्या कहा?" वह बोली, "वे विचारों पर मंथन कर रहे हैं।" मैंने पूछा, "इसका मतलब क्या हुआ?" उसने बताया, "आपको डॉ. गेट्स के बाहर आने और उसका मतलब बताने के लिए प्रतीक्षा करनी होगी। मेरे लिए बता पाना संभव नहीं है।" मैं लगभग

दो घंटे तक इंतजार करता रहा और वे जब बाहर आए, तब मैंने उनकी सेक्रेटरी से हुई बातचीत के बारे में उन्हें बताया। उन्होंने कहा, "क्या तुम देखना चाहोगे कि मैं अपने विचारों पर मंथन कैसे करता हूँ?" मैंने कहा, "निश्चित रूप से देखना चाहूँगा, डॉक्टर।"

वे मुझे फिर से एक कमरे में ले गए, जो विशेष तौर पर बनाया गया साउंडप्रूफ कमरा था और उसे इस प्रकार बनाया गया था कि वे सभी प्रकार की आवाज और रोशनी से दूर रह सकते थे। यह कमरा दस फीट लंबा, दस फीट चौड़ा था। इसमें लकड़ी की छोटी सी मेज थी, जिस पर एक इलेक्ट्रिक पुश बटन और एक इलेक्ट्रिक लाइट थी तथा इसके सामने एक छोटी कुरसी थी। कागज और पेंसिल का बड़ा ढेर भी था। उन्होंने मुझे समझाया कि वे जब किसी तकनीकी प्रकार के डिजाइन को पूरा करना चाहते हैं या पेटेंट बनाना चाहते हैं या किसी भी अज्ञात समस्या को हल करना चाहते हैं, तो इसी कमरे में आते हैं, यहीं अपनी समस्या के ज्ञात कारकों पर अपने मन को केंद्रित करते हैं और अवचेतन मन से कहते हैं कि वह उन्हें अज्ञात समाधान सुझाए। फिर उन्होंने बत्तियाँ बुझा दीं और परिणामों की प्रतीक्षा की।

उन्होंने मुझे समझाया कि वे जब किसी तकनीकी प्रकार के डिजाइन को पूरा करना चाहते हैं या पेटेंट बनाना चाहते हैं या किसी भी अज्ञात समस्या को हल करना चाहते हैं, तो इसी कमरे में आते हैं, यहीं अपनी समस्या के ज्ञात कारकों पर अपने मन को केंद्रित करते हैं और अवचेतन मन से कहते हैं कि वह उन्हें अज्ञात समाधान सुझाए।

कभी-कभी वे दो या तीन मिनट तक प्रतीक्षा करते हैं और विचार आने लगते हैं और वे बत्तियाँ जलाकर लिखने लग जाते हैं। कभी-कभी वे एक या दो घंटे तक इंतजार करते हैं और नतीजा नहीं निकलता, लेकिन उन्होंने बताया कि पचासी फीसदी बार नतीजा निकल आता है। एक बार वे तीन घंटे तक लिखते रहे और जब उन्होंने अपने नोट्स को पढ़ा तो उन्हें उस वैज्ञानिक समस्या का हल मिल गया था, जिसके पीछे वे दस साल से पड़े थे; लेकिन सफलता नहीं मिल रही थी।

कुल मिलाकर डॉ. गेट्स के नाम मिस्टर एडिसन से भी अधिक पेटेंट थे। उन्हें मिस्टर थॉमस ए. एडिसन जितनी प्रसिद्धि नहीं मिली। वे वॉशिंगटन के पेटेंट ऑफिस में जाते और फाइल किए गए पेटेंट की जानकारी लेते थे। उन्होंने देखा कि उनमें से कुछ कागज पर तो पुख्ता दिखते थे; लेकिन प्रयोगशाला में कारगर नहीं

थे। वे उन पेटेंट को लेकर अपने शांत कमरे में चले जाते, अज्ञात कारकों पर अपना ध्यान लगाते और समाधान तथा बेहतर पेटेंट के साथ निकलते थे। इस प्रकार से उन्होंने 250 से अधिक बेहतर पेटेंट बनाए। मुझे लगता है कि मैं जितने भी लोगों को जानता हूँ, वे उनमें सर्वोत्कृष्ट थे। उन्होंने इस बात को जान लिया था कि अपने दिमाग को उन चीजों पर स्थिर करना कितना व्यावहारिक है, जिन्हें वे चाहते हैं और अपने दिमाग को तब तक उन पर रखना, जब तक कि परम ज्ञान उन्हें उत्तर नहीं देने लगता था।

'व्यावहारिक विश्वास का उपयोग कर सफलता प्राप्त कैसे करें' के इस प्रसारण के संबंध में आपको अपने दिमाग को उन सभी अप्रिय विचारों से बंद करना सीखना होगा, जिनसे आपका भला होनेवाला नहीं और जिनसे आपको काफी नुकसान पहुँचेगा।

कुछ साल पहले मैं हार्वर्ड यूनिवर्सिटी बिजनेस स्कूल के छात्रों को संबोधित कर रहा था और मैंने यह कहा कि वायु इतनी संवेदनशील है कि शायद मैं इस कमरे में जहाँ बोल रहा हूँ, वहाँ अन्य व्यक्ति भी मौजूद हैं, बस हमारे भीतर उनके साथ जुड़ने और उन्हें सुन पाने की क्षमता होनी चाहिए। मैं इससे आगे भी नहीं बढ़ा था कि छात्र जोर-जोर से ठहाके लगाने लगे। उनके ठहाके सच में जोरदार थे। बेशक हम और आप जानते हैं कि जिस कमरे में मैं बोल रहा हूँ, वहाँ मुझे बैंड, गायकों, डांसरों, शायद एडगर बर्गेन और चार्ली मैकार्थी से स्पर्धा करनी पड़ रही है। मुझे कई अन्य प्रकार के ज्ञान से भी लोहा लेना पड़ रहा है, जो हम जानते हैं कि इस कमरे में मौजूद हैं। प्रत्येक मस्तिष्क विचारों की तरंगों का एक रिसीविंग स्टेशन है। यह बात पूरी तरह से सिद्ध हो चुकी है। इसमें शक नहीं कि इन्हें ऐसे कई विचार जिनसे आप परेशान रहते हैं, विशेष रूप से नकारात्मक विचार, जो दिन-रात आप पर हावी रहते हैं, वे आपके दिमाग से नहीं, बल्कि बाहर के दिमागों से पैदा होते हैं, जिनसे अपने आपको दूर रखने के तौर-तरीके शायद आपने अभी तक नहीं सीखे हैं।

'व्यावहारिक विश्वास का उपयोग कर सफलता प्राप्त कैसे करें' के इस प्रसारण के संबंध में आपको अपने दिमाग को उन सभी अप्रिय विचारों से बंद करना सीखना होगा, जिनसे आपका भला होनेवाला नहीं और जिनसे आपको काफी नुकसान पहुँचेगा। आपको ऐसा करना सीखना होगा। आपको उन सभी विचारों से अपने आपको मुक्ति दिलानी होगी, जो आपके लिए सहायक नहीं हैं; क्योंकि

परमात्मा ने जब आपको अपने मन पर नियंत्रण दिया, तब मुझे पूरा विश्वास है कि उसका इरादा यह था कि आप उस दिमाग का उपयोग विनाशकारी नहीं, बल्कि रचनात्मक कार्यों के लिए करेंगे।

मिस्टर एडिसन जब इलेक्ट्रिक बल्ब बनाने पर काम कर रहे थे, तब सदैव व्यावहारिक विश्वास का उपयोग कर रहे थे और वे उस सिद्धांत को नहीं समझते, तो अपनी समस्या का हल ढूँढ़ने से बहुत पहले ही वे हार मान चुके होते। सच कहूँ और जैसा कि पहले भी आपको बता चुका हूँ, मि. एडिसन दस हजार से अधिक बार विफल हुए और तब जाकर उन्हें इलेक्ट्रिक बल्ब का राज पता चला।

अधिकांश लोगों में इतना ही व्यावहारिक विश्वास होता है। इससे पहले कि कठिनाई आए, वे हार मान लेते हैं। मि. एडिसन को पूरी दुनिया में जीनियस माना जाता था और जिस कारण वे जीनियस बने, उसमें किसी अन्य बात से कहीं अधिक उनके भीतर यह जानने की क्षमता थी कि वे क्या चाहते हैं और अपने दिमाग को तब तक स्थिर रखना, जब तक कि उसे प्राप्त न कर लें।

क्या आप कल्पना कर सकते हैं कि कोई किसी काम को करने निकले और बरसों लंबे समय के दौरान दस हजार से भी अधिक बार विफल हो, फिर भी उसमें भिड़ा रहे, क्या आप ऐसा करते? मेरे दोस्तो, क्या आपको जरा सा भी अंदाजा है कि औसत लोग किसी काम में कितनी बार विफल होने के बाद सोचते हैं कि उन्हें उसकी बजाय कोई दूसरा काम करना चाहिए, अंदाजा लगाएँ। कोई भी, जो अंदाजा लगा सकता है। कितनी बार, एक बार? असल में इसका औसत एक भी नहीं है, क्योंकि पचास प्रतिशत लोग शुरुआत करने से पहले ही हार मान लेते हैं। उन्हें लगता है कि वे विफल होनेवाले हैं। वे शुरुआत ही नहीं करते।

अधिकांश लोगों में इतना ही व्यावहारिक विश्वास होता है। इससे पहले कि कठिनाई आए, वे हार मान लेते हैं। मि. एडिसन को पूरी दुनिया में जीनियस माना जाता था और जिस कारण वे जीनियस बने, उसमें किसी अन्य बात से कहीं अधिक उनके भीतर यह जानने की क्षमता थी कि वे क्या चाहते हैं और अपने दिमाग को तब तक स्थिर रखना, जब तक कि उसे प्राप्त न कर लें। देवियो और सज्जनो, इतना ही करना पड़ता है। मैं नहीं जानता कि उन्हें दस हजार विफलताओं से क्यों गुजरना पड़ा, लेकिन मैं शायद एक बात जानता हूँ,

जो उनकी महानता का कारण थी; क्योंकि वह उनका पहला महान् आविष्कार था। यदि वे परीक्षा की इन दस हजार घड़ियों से नहीं गुजरते, जिनका इंतजाम प्रकृति ने उनके लिए किया था, तो शायद वे कभी अब तक के सबसे महान् आविष्कारकों में से एक नहीं बन पाते।

आप जानते हैं कि हर वस्तु की एक कीमत होती है। यदि आप किसी काम में महान् बनना चाहते हैं तो आपको अपने मन में यह बात बिठा लेनी चाहिए कि इसकी एक कीमत है। आपको पता लगाना चाहिए कि वह कीमत क्या है और उसे चुकाने के लिए तैयार रहना चाहिए। मि. एडिसन जानते थे कि व्यावहारिक विश्वास का सिद्धांत आखिरकार उन्हें हल सुझा देगा और उन्हें जब वह मिला, तो इसे सुन लीजिए—उन्हें जब हल मिला, तो उन्होंने पाया कि वह दो सुविख्यात सिद्धांतों से बना था, दोनों ही से वह अपने आविष्कारों की शुरुआत करने से काफी पहले से परिचित थे। उन्हें बस इतना करना था कि इन दो सिद्धांतों को लेना था और उन्हें एक नए तरीके से साथ जोड़ना था, कहें तो दोनों की जोड़ी बनानी थी और बस हो गया! पहला इलेक्ट्रिक बल्ब बन चुका था। ये दो सिद्धांत क्या थे?

मि. एडिसन जानते थे कि व्यावहारिक विश्वास का सिद्धांत आखिरकार उन्हें हल सुझा देगा और उन्हें जब वह मिला, तो इसे सुन लीजिए—उन्हें जब हल मिला, तो उन्होंने पाया कि वह दो सुविख्यात सिद्धांतों से बना था, दोनों ही से वह अपने आविष्कारों की शुरुआत करने से काफी पहले से परिचित थे।

सबसे पहले उन्होंने वह सीखा, जो उनसे पहले के आविष्कार सीख चुके थे कि आप विद्युत् ऊर्जा को घर्षण के स्थान पर किसी तार या धातु के किसी टुकड़े पर लागू कर सकते हैं और आप ताप, सफेद ताप पैदा कर सकते हैं तथा रोशनी को बना सकते हैं। यह सब जानते थे। मि. एडिसन जानते थे, अन्य लोग भी जानते थे, लेकिन समस्या यह थी कि धातु का वह टुकड़ा लगभग पलक झपकते ही जल जाता था। उसे नियंत्रित नहीं किया जा सकता था। वे चाहते थे कि उसे नियंत्रित किया जाए। वे जब दस हजार से भी अधिक बार विफल हो चुके थे, तब अपनी प्रयोगशाला के सोफे पर धम्म से बैठ गए और उन्होंने अपने अवचेतन मन से कहा, "मैं इस सोफे पर तब तक सोना चाहता हूँ, जब तक कि मुझे वह अज्ञात कारक न मिल जाए, जो बिजली का बल्ब बनाने के लिए पैदा की गई बिजली से पैदा होनेवाले ताप को नियंत्रित करने का साधन हो।"

उन्होंने मुझे बताया कि वे अपने अवचेतन मन से पहले भी इस तरह की अपील कर चुके थे, लेकिन कुछ भी नहीं हुआ था। आप देखिए कि वे अब तक परीक्षा की घड़ी से गुजर रहे थे, जो महान् आविष्कारक बनने के लिए उनके द्वारा चुकाई जानेवाली कीमत थी। उस झपकी के बाद जब उनकी नींद खुली और वे जागे, तो उत्तर मिल चुका था। यह चारकोल सिद्धांत से बना था। अगर आप लकड़ी का एक ढेर लें, उसे जमीन पर रखें और उसे आग लगाकर धूल से ढक दें, तो वह तब तक जलेगी, जब तक कि लकड़ी का बड़ा हिस्सा जल न जाए और फिर जली हुई लकड़ी रह जाएगी, जिसे हम चारकोल कहते हैं। लकड़ी पूरी तरह इस कारण नहीं जलती, क्योंकि उसके पास बहुत थोड़ी मात्रा में ऑक्सीजन पहुँचती है। जहाँ ऑक्सीजन नहीं, वहाँ दहन संभव नहीं है। जहाँ थोड़ी ऑक्सीजन है, वहाँ थोड़ा दहन हो सकता है। धूल से होकर इतनी ही ऑक्सीजन जा पाती है, जिससे कि लकड़ी जली हुई हालत तक पहुँचती है, लेकिन पूरी तरह से नहीं जलती।

उस झपकी के बाद जब उनकी नींद खुली और वे जागे, तो उत्तर मिल चुका था। यह चारकोल सिद्धांत से बना था। अगर आप लकड़ी का एक ढेर लें, उसे जमीन पर रखें और उसे आग लगाकर धूल से ढक दें, तो वह तब तक जलेगी, जब तक कि लकड़ी का बड़ा हिस्सा जल न जाए और फिर जली हुई लकड़ी रह जाएगी, जिसे हम चारकोल कहते हैं। लकड़ी पूरी तरह इस कारण नहीं जलती, क्योंकि उसके पास बहुत थोड़ी मात्रा में ऑक्सीजन पहुँचती है।

एडिसन ने कहा, "बस यही चाहिए था, इसी का मैं इंतजार कर रहा था।" वे अपनी प्रयोगशाला में गए, उस तार को लिया, जिससे वे प्रयोग कर रहे थे और उसे एक बोतल के भीतर डाला। उन्होंने बोतल के मुँह को सील कर दिया और साइकिल के पंप से अंदर की सारी हवा तथा सारी ऑक्सीजन निकाल दी, जिससे तार के आस-पास उस बोतल में निर्वात बन गया। फिर उन्होंने विद्युत् ऊर्जा को चालू किया और यह क्या! देखा तो दुनिया का पहला बिजली का बल्ब जन्म ले चुका था। यह साढ़े आठ घंटे तक जला और यहीं से इस महान् विद्युत् युग की शुरुआत हुई, जिसके बिना आज हम जिस शानदार उद्योग का आनंद ले रहे हैं, उदाहरण के लिए रेडियो, टेलीविजन, राडार और ऑटोमोबाइल, वह कभी अस्तित्व में नहीं आता। वे व्यावहारिक विश्वास के परिणाम के रूप में संभव हुए,

जिसे एक ऐसे व्यक्ति ने लागू किया, जिसके पास मामूली औपचारिक शिक्षा थी, नाममात्र की स्कूली शिक्षा थी, लेकिन परमात्मा के इस उपहार की उसे गहरी समझ थी, जो किसी को उसका हकदार बनाता है, जिसकी वह इच्छा रखता है। आप जब भी एडिसन और उनकी महानता के बारे में सोचिए, तो बस इतना याद रखिए कि वे केवल इस कारण महान् बने; क्योंकि मुश्किल समय में उन्होंने हार नहीं मानी।

बिजली के बल्ब के ठीक बाद, मि. एडिसन ने जिस आविष्कार पर काम करना शुरू किया, वह थी बोलनेवाली मशीन। उस समय तक किसी ने भी ऐसी मशीन नहीं बनाई थी, जो आवाज को रिकॉर्ड कर सके और उसे सुना सके। ऐसा पहले कभी नहीं हुआ था, और जब मि. एडिसन ने उस मशीन को पूरा किया, तब उन्होंने दुनिया को एक नया आइडिया दिया।

एक बार मैंने उनसे पूछा, "मि. एडिसन, आपको जब दस हजारवें परीक्षण में समाधान नहीं मिलता तो आप क्या करते?" उन्होंने कहा, "ठीक है, तो बता ही देता हूँ कि मैं इस समय उसका हल निकालने के लिए अपनी प्रयोगशाला में काम कर रहा होता, न कि तुम्हारे साथ बात करने में अपना समय गँवा रहा होता।" मुझे लगता है, उन्होंने यह बात दिल से कही थी। उन्होंने अपने पास जो कुछ था, उसे संकल्प के साथ उस उत्तर की तलाश में लगा दिया, जिससे कि वे इस दुनिया को बिजली का बल्ब दे सके।

एक बार फिर से देखो मेरे दोस्तो, प्रकृति कैसे काम करती है। बिजली के बल्ब के ठीक बाद, मि. एडिसन ने जिस आविष्कार पर काम करना शुरू किया, वह थी बोलनेवाली मशीन। उस समय तक किसी ने भी ऐसी मशीन नहीं बनाई थी, जो आवाज को रिकॉर्ड कर सके और उसे सुना सके। ऐसा पहले कभी नहीं हुआ था, और जब मि. एडिसन ने उस मशीन को पूरा किया, तब उन्होंने दुनिया को एक नया आइडिया दिया। उनके दिमाग में जब वह आइडिया आया, तब उन्होंने अपनी जेब से पेंसिल निकाल एक पुराना लिफाफ निकाला तथा उस लिफाफे के पीछे की तरफ बोलनेवाली पहली मशीन की मोटे तौर पर एक तसवीर बनाई। यह दुनिया की पहली बोलनेवाली मशीन थी। उन्होंने अपने ड्रॉइंग पैटर्न बनानेवाले को दिया और उससे एक मशीन बनाने को कहा। इसमें एक छोटा सा सिलेंडर था, जिसके किनारे एक घूमनेवाली कील थी, जिसे वे घुमा सकते थे और उस सिलेंडर के चारों ओर एक प्रकार की चीज, जो मुलायम थी, शायद मोम था, लिपटी हुई थी। उन्होंने इस मोम

पर सुई लगाई, एक सुई तुरही के कोने पर थी, जो पुराने जमाने के सुननेवाले यंत्र जैसी थी और उस कील जैसी चीज को अपने हाथ से ऊपर करना शुरू कर दिया और पहली बार में ही वह काम कर गई।

दूसरे शब्दों में, प्रकृति का इन पराजयों और विफलताओं से आपकी भरपाई का अपना ही तरीका होता है। यदि आज आप विफल हुए, तो इस बात की संभावना है कि आपको कुछ ऐसा हासिल हो जाएगा, जो आपको अगले दिन विफल नहीं होने देगा। प्रकृति कभी किसी से कोई चीज उस व्यक्ति को उसी के समान या उससे भी अधिक मूल्य की चीज दिए बिना नहीं लेती।

बरसों पहले मैं जब ला सले एक्सटेंशन यूनिवर्सिटी के पहले विज्ञापन मैनेजर के रूप में काम करने लगा, तो मेरे सामने ऐसी समस्या आई, जो एकदम व्यावहारिक और काफी बड़ी थी। उनके पास काम करने के पैसे नहीं थे और इसकी जानकारी मुझे तब तक नहीं थी, जब तक मैं उनके पास काम करने नहीं पहुँचा था।

बरसों पहले मैं जब ला सले एक्सटेंशन यूनिवर्सिटी के पहले विज्ञापन मैनेजर के रूप में काम करने लगा, तो मेरे सामने ऐसी समस्या आई, जो एकदम व्यावहारिक और काफी बड़ी थी। उनके पास काम करने के पैसे नहीं थे और इसकी जानकारी मुझे तब तक नहीं थी, जब तक मैं उनके पास काम करने नहीं पहुँचा था। पूरे अमेरिका में उनके लगभग अठारह हजार छात्र थे और अधिकांश छात्र उनसे भड़के हुए थे, क्योंकि पैसे जुटानेवाला मैनेजर उन्हें धमकी भरी चिट्ठियाँ भेज रहा था। मेरे सामने अठारह हजार छात्रों को संतुष्ट करने की समस्या थी; उसके साथ ही परिचालन पूँजी इकट्ठी करनी थी, जो कम-से-कम आस-पास पर्याप्त मात्रा में थी, जिससे ला सले अपने कर्ज चुका सके और सबसे अहम यह कि मेरी सैलरी दे सके। उनके पास पैसे की इतनी किल्लत थी कि जब वेतन देने का दिन आया और मुझे अपना चेक मिला, तो मैं बैंक की तरफ भागा, ताकि दूसरे कर्मचारियों के पहुँचने से पहले उसे सर्टिफाई करा लूँ; क्योंकि मैं जानता था कि अगर मैंने ऐसा नहीं किया तो मेरा चेक बाउंस हो जाएगा। मैंने उन्हें उस हाल में पाया था।

मुझे यह भी याद आया कि जब भी कोई चीज न्यायपूर्ण और सही होती है, तो उसे प्राप्त करने का कोई-न-कोई रास्ता जरूर होता है। मैं काम में जुट गया और ला सले के तथा कर्मचारियों का सर्वे किया और पता लगाया कि समस्या कहाँ है।

हैडक्वार्टर में जो पैंतीस कर्मचारी थे, उनमें से बीस कलेक्शन डिपार्टमेंट में काम कर रहे थे, जो छात्रों को भड़कानेवाली चिट्ठियाँ लिख रहे थे। आप समझ सकते हैं कि वे कितने लोकप्रिय होंगे।

एड बार्नेस जब थॉमस ए. एडिसन से मिलने गए, तब वह एडिसन के पार्टनर बनने गए थे। जरा सोचिए, महान् थॉमस ए. एडिसन के पार्टनर और एड बार्नेस के पास इतने थोड़े से पैसे थे कि वे माल गाड़ी में बिना टिकट ही गए और वहाँ जाकर कहा कि वह मि. एडिसन के साथ साझीदारी के लिए आए हैं।

मैं बैठा और छात्रों को सेल्स की चिट्ठियाँ लिखने लगा, उन्हें मित्रवत् चिट्ठियाँ लिखीं और फिर जब मैंने उनमें से कुछ दोस्त बना लिये, तब मैंने उन अठारह हजार छात्रों में से कई को दस लाख डॉलर की कीमत के आठ प्रतिशत के पसंदीदा शेयर बेचे। साठ दिन के भीतर हमारे बैंक में एक मिलियन डॉलर आ चुके थे और मुझे अब अपने वेतन के चेक को सर्टिफाई कराने के लिए भागना नहीं पड़ता था। हमारे पास परिचालन पूँजी थी। यह महान् ला सले एक्सटेंशन यूनिवर्सिटी की शुरुआत थी, जो दुनिया की सबसे सफल पत्राचार यूनिवर्सिटी बनी और आज भी है।

उस स्कूल के सबसे ऊँचे पद पर दो विख्यात लोग थे, उनमें से एक कॉलेज का ग्रैजुएट था। देवियो और सज्जनो, उनके पास कुछ सुयोग्य लोग थे और वे हर संभव उपाय कर रहे थे, सिवाय उस चीज के, जो उन्हें उस संकट से उबार देती, व्यावहारिक विश्वास। उन्होंने ऐसा किया कि इन अठारह हजार छात्रों का विश्वास उनसे उठ गया। उनका अपने ऊपर से भी विश्वास उठ गया था। अपनी मनोवृत्ति के गलत इस्तेमाल से उन्होंने यूनिवर्सिटी में आकर्षण का केंद्र नहीं, बल्कि विकर्षित करनेवाली फौज खड़ी कर ली थी, जो उन्हें दिवालियापन की ओर ले जा रही थी।

न जाने कितनी बार, उफ! न जाने कितनी बार मुझे कारोबारी संस्थानों में बुलाया गया है, जहाँ मैंने पाया कि वह आग, जो उनके महत्त्वपूर्ण अंगों को जला रही थी, उसे उन लोगों की जेब में पड़ी माचिस सुलगा रही थी, जिन्हें उस कारोबार का उद्धार करना चाहिए था, लेकिन नहीं किया; क्योंकि वे व्यावहारिक विश्वास के सिद्धांत को, अपने तथा दूसरों पर विश्वास करने की बात नहीं समझते थे।

एड बार्नेस जब थॉमस ए. एडिसन से मिलने गए, तब वह एडिसन के पार्टनर बनने गए थे। जरा सोचिए, महान् थॉमस ए. एडिसन के पार्टनर और एड बार्नेस के

पास इतने थोड़े से पैसे थे कि वे माल गाड़ी में बिना टिकट ही गए और वहाँ जाकर कहा कि वह मि. एडिसन के साथ साझीदारी के लिए आए हैं। देवियो और सज्जनो, यह एकदम अविश्वसनीय सी बात है, लेकिन वह पाँच साल तक उस काम को करते रहे, झाड़ू लगाई, दूसरे छोटे-मोटे काम किए, जब तक कि वह समय नहीं आ गया, उनका सुनहरा अवसर उन्हें मिल गया और उन्होंने अपनी परीक्षा उत्तीर्ण कर ली तथा थॉमस ए. एडिसन के इकलौते पार्टनर बन गए।

मैं एड बार्नेस को बहुत अच्छी तरह जानता हूँ। वह और मैं पैंतीस साल तक करीबी दोस्त रह चुके हैं। मैं इस पूरी कहानी को जानता हूँ और मैं जानता हूँ कि क्यों आज वे एक अरब-खरबपति हैं, क्यों पूरी दुनिया की सैर करते हैं, क्यों वे अंत में बड़ी आरामदेह जिंदगी जी रहे हैं। इस सबकी शुरुआत उस समय हुई थी, जब वे एडिसन से मिलने पहुँचे थे और उन्होंने मन बना लिया थ कि चाहे पाँच साल लगें या दस साल या जितने भी साल लग जाएँ, वे तब तक टिके रहेंगे, जब तक कि उन्हें वह नहीं मिल जाएगा, जिसके लिए वे आए थे। उन्होंने मुझे बताया कि वह जब पहली बार वहाँ पहुँचे तो सारे कर्मचारी उन्हें देखकर हँस रहे थे और जब भी वे उनके पास से गुजरते तो मजाक में 'एडिसन जूनियर' कहकर उन्हें बुलाते थे।

बार्नेस जब पहली बार वहाँ आए और कहा कि वे पार्टनर बनना चाहते हैं, तो एडिसन के सेक्रेटरी, मि. मिडोक्रॉफ्ट ने तंज करते हुए पूछा था कि बार्नेस जूनियर पार्टनर बनना चाहते हैं या सीनियर पार्टनर। बार्नेस ने कहा था, "वैसे मुझे फर्क नहीं पड़ता कि आप मेरी शुरुआत कहाँ से करते हैं। मैं जब इसे हासिल कर लूँगा तो वैसे भी शीर्ष पर पहुँच जाऊँगा।"

बार्नेस जब पहली बार वहाँ आए और कहा कि वे पार्टनर बनना चाहते हैं, तो एडिसन के सेक्रेटरी, मि. मिडोक्रॉफ्ट ने तंज करते हुए पूछा था कि बार्नेस जूनियर पार्टनर बनना चाहते हैं या सीनियर पार्टनर। बार्नेस ने कहा था, "वैसे मुझे फर्क नहीं पड़ता कि आप मेरी शुरुआत कहाँ से करते हैं। मैं जब इसे हासिल कर लूँगा तो वैसे भी शीर्ष पर पहुँच जाऊँगा।" उनका रुख ऐसा रहता था। अगर आप एड बार्नेस को जानते हैं, या आपको उनसे मिलने का सौभाग्य मिला, तो आप उनके उत्कृष्ट गुण को जानते होंगे, जो उन्हें औसत लोगों से अलग करता है और वह है, उनके भीतर उस काम

को करने की अगाध क्षमता, जिसे वे ठान लेते हैं। मैं आपसे कहूँगा कि आपमें से जो लोग मेरे करीब हैं और जब मैं बढ़-चढ़कर बात करने का साहस करता हूँ कि यदि आप मेरी सारी संपत्ति और सारी धन-दौलत की सूची बनाना चाहते हैं, जो मेरे पास है और उस चीज को निकालेंगे, जिसकी कीमत सबसे अधिक है, तो मैं कहूँगा कि यह अपनी क्षमता में मेरा असाधारण चिरस्थायी विश्वास है, जिसकी बदौलत मैं जिस काम की शुरुआत करता हूँ, उसे कर दिखाता हूँ। मेरी सलाह को मानें तो सफलता के सभी सिद्धांतों में जो सबसे अनिवार्य है, वह है—अपने ऊपर विश्वास करने की योग्यता।

आपके भीतर एक दूसरा व्यक्ति रहता है। वह आपका ही दूसरा रूप, आपका दूसरा व्यक्तित्व है, एक जिसे आप आईने में देखते हैं, जब आप अपने बाल सँवारते हैं या चेहरा ठीक करते हैं और दूसरा वह, जिसे आप कभी नहीं देखते; लेकिन आपको लगता है कि उससे आपके अच्छे संबंध हैं। वह जो दूसरा व्यक्ति है, मैं चाहता हूँ कि आप उससे परिचित हो जाएँ; क्योंकि वही है, जो व्यावहारिक विश्वास के सिद्धांत को लागू करता है और उसे तार्किक परिणाम तक ले जाता है, चाहे आपने कुछ भी ठाना हो।

अपने शोध के दौरान मैं स्वत: सुझाव के सिद्धांत से परिचित हुआ और मैं चाहूँगा कि आप इसका इस्तेमाल करें। अपने आप से बात कीजिए, लेकिन ऐसा सड़क पर मत कीजिए, बाथरूम में जाइए और बहुत जोर-जोर से मत बोलिए, ताकि कहीं आपके परिवारवाले आपको पागल न समझ लें। अपने आप से वैसे ही बातें कीजिए, जैसे कि आप अपने भीतर किसी दूसरे व्यक्ति से बात कर रहे हैं और आप उस व्यक्ति को संबोधित कर रहे थे।

सच बताऊँ तो आपके भीतर एक दूसरा व्यक्ति रहता है। वह आपका ही दूसरा रूप, आपका दूसरा व्यक्तित्व है, एक जिसे आप आईने में देखते हैं, जब आप अपने बाल सँवारते हैं या चेहरा ठीक करते हैं और दूसरा वह, जिसे आप कभी नहीं देखते; लेकिन आपको लगता है कि उससे आपके अच्छे संबंध हैं। वह जो दूसरा व्यक्ति है, मैं चाहता हूँ कि आप उससे परिचित हो जाएँ; क्योंकि वही है, जो व्यावहारिक विश्वास के सिद्धांत को लागू करता है और उसे तार्किक परिणाम तक ले जाता है, चाहे आपने कुछ भी ठाना हो।

मैं जब पीछे मुड़कर सामान्य शुरुआत की तरफ देखता हूँ, जहाँ वर्जीनिया

के पहाड़ों में अशिक्षा और गरीबी थी और फिर देखता हूँ कि मेरे प्रयासों से बीते चालीस वर्षों में क्या कुछ हासिल हुआ है, तो मैं अच्छी तरह जानता हूँ कि अगर मैंने अपने मन पर विश्वास करने की क्षमता विकसित नहीं की होती और अपनी इच्छा को पूरा करने के लिए अपने दिमाग का इस्तेमाल नहीं किया होता, तो मैं कभी उस काम को नहीं कर पाता, जिसे मैंने किया है। मेरे पास शैक्षणिक योग्यता का लाभ भी नहीं था, मेरे पास अवसर नहीं थे, मेरे पास परमात्मा ने जो दिया था, उसके सिवाय कुछ नहीं था और उस दिमाग को मैं जैसा चाहता था, वैसा बनाने का विशेषाधिकार था और सौभाग्य से, चाहे संयोग से या किसी और कारण से, मैं अपनी सौतेली माँ के प्रभाव में आया, जिन्होंने मेरा परिचय मेरे दिमाग से कराया और मुझे उसका उपयोग कदम-दर-कदम करना सिखाया। दूसरे लोगों के साथ काम करते हुए, जो अपने जीवन में बड़े मुकाम तक पहुँच चुके थे, मैंने पाया कि उन्होंने भी मात्र इस महान् कारक को अपनाकर ही ऐसा किया, जिसे परमात्मा ने उन्हें दिया था। यह क्षमता, जिससे वे अपने मन को नियंत्रित कर सके और अपनी योग्यता को अपनी पसंद की चीज को पाने की दिशा में मोड़ सके।

बात जब कुशाग्र बुद्धि के धंधे की आती है, तो मिस्टर एडिसन ने कहा था, “उस खयाल को रहने ही दो।” उनका कहना था, “जीनियस के दसवें हिस्से में प्रेरणा होती है और बाकी के नौ हिस्से में तो पसीना छूटता है।” मुझे सच में लगता है कि उनकी बात में दम था।

व्यावहारिक विश्वास उस चीज को माँगने की क्षमता है, जिसे परमात्मा चाहता था कि आप माँगें और उसे उन चीजों पर स्थिर रखें, जिन्हें आप जीवन में चाहते हैं और उन चीजों से दूर रखें; जिन्हें आप नहीं चाहते। आपको यह जानकर आश्चर्य हो सकता है कि अधिकांश लोग पूरा जीवन बिता देते हैं और यह अद्भुत शक्ति उन चीजों पर लगी रहती है, जिन्हें वे नहीं चाहते, जैसे गरीबी, खराब स्वास्थ्य, किसी के प्यार को खो देना, दोस्तों को खो देना, आलोचना का डर।

व्यावहारिक विश्वास उस चीज को माँगने की क्षमता है, जिसे परमात्मा चाहता था कि आप माँगें और उसे उन चीजों पर स्थिर रखें, जिन्हें आप जीवन में चाहते हैं और उन चीजों से दूर रखें; जिन्हें आप नहीं चाहते। आपको यह जानकर आश्चर्य हो सकता है कि अधिकांश लोग पूरा जीवन बिता देते हैं और यह अद्भुत

शक्ति उन चीजों पर लगी रहती है, जिन्हें वे नहीं चाहते, जैसे गरीबी, खराब स्वास्थ्य, किसी के प्यार को खो देना, दोस्तों को खो देना, आलोचना का डर। हे भगवान्! आलोचना का भय भी क्या बला है। इस बात का डर कि 'वे' क्या कहेंगे। अच्छा हो कि मैं यह पता लगा लूँ कि 'वे' हैं कौन, या शायद नहीं भी हों। 'वे' से मुझे कोई फर्क नहीं पड़ता, इसके लिए मैं आपको आश्वस्त कर सकता हूँ।

यदि आपने अपने मन को उन बातों पर विचार में लगा दिया, जिन्हें आप नहीं चाहते, तो वही चीज आपको मिल जाएगी और अधिकांश लोगों को यही चीज मिल रही है, ऐसे चीज, जिसे वे नहीं चाहते। यदि आप व्यावहारिक विश्वास के इस सिद्धांत पर अपनी अच्छी पकड़ बना लेंगे तो आप अपने दिमाग को उन चीजों पर स्थिर करना सीख लेंगे, जिन्हें आप चाहते हैं।

एक बार मैंने हेनरी फोर्ड से पूछा कि क्या अपने जीवन में उन्हें किसी चीज की सख्त जरूरत रही हो और उन्हें नहीं मिली। उन्होंने हल्की सी रूखी मुसकान के साथ कहा, "केवल एक बार।" उन्होंने कहा, "मैं लाल बालोंवाली एक लड़की से शादी करना चाहता था, जिसके साथ हाई स्कूल जाया करता था; लेकिन उसने किसी दूसरे आदमी से शादी कर ली, पर बाद में मुझे खुशी हुई कि उसने ऐसा कर लिया।" मैंने कहा, "बस इतनी सी बात थी?" "हाँ," उन्होंने कहा, "बस यही बात थी।" मैंने कहा, "मि. फोर्ड, क्या आप आज ऐसी स्थिति में हैं कि जो चाहें, उसे हासिल कर लें?" उन्होंने कहा, "मैं जो भी चाहूँ या जो उसके बराबर हो।" उन्होंने कहा, "भले ही मुझे न्यूयॉर्क में फोर्टी-सेकेंड और ब्रॉडवे की बिल्डिंग न मिले, लेकिन मैं उसके ठीक बाद की सड़क पर या जो दूसरे कोने पर हो या उसके बाद की सड़क की बिल्डिंग ले सकता हूँ, जो वैसी ही होगी।"

मुझे मि. फोर्ड के साथ कई वर्षों तक काम करने का सौभाग्य मिला और मैं आपसे कसम खाकर कहता हूँ कि उनका व्यक्तित्व औसत से काफी नीचे था, उनकी धारणाएँ कभी-कभी बिना किसी आधार के होती थीं और उनकी स्कूली शिक्षा सामान्य थी। मुझे नहीं लगता कि उन्होंने हाईस्कूल की पढ़ाई भी पूरी की होगी। उन्हें उनकी शिक्षा या धारणा ने महान् उद्योगपति नहीं बनाया। यह तो उनकी क्षमता थी कि वे क्या चाहते थे और उसके पीछे तब तक पड़े रहने की उनकी 'जिद' थी, जब तक कि वह उन्हें मिल न जाए। मैं 'जिद' शब्द को उक्ति के रूप में प्रयोग कर रहा हूँ, क्योंकि उनके कई सहयोगियों ने कहा था कि उनमें खालिस जिद थी। चाहे कुछ भी हो, इसने उन्हें अपने मन को वश में रखने तथा उसे उस

चीज पर स्थिर रखने के योग्य बनाया, जिसे वे उन सारी बाधाओं के बावजूद चाहते थे, जिन बाधाओं को उन्हें पार करना होता था। उनका विश्वास उन्हें प्रेरित करता था और आगे बढ़ाता था।

आप श्रोताओं के सामने अनेक समस्याएँ आती हैं। आप जिस युग में जी रहे हैं, उसमें हमेशा के मुकाबले अधिक समस्याएँ हैं। अगर आप किसी दर्शन के अनुसार नहीं जीते तो अगले एक या दो दशक में आप इन समस्याओं में उलझकर रह जाएँगे। उस दर्शन में, सूची में सबसे ऊपर, जो सबसे महत्त्वपूर्ण चीज होगी, वह होगी आपकी अपनी व्यक्तिगत शक्ति की पहचान, अपने भीतर परिस्थितियों और उन चीजों पर अपने दिमाग को तब तक स्थिर रखना, जिन्हें अपने जीवन में आप चाहते हैं, जब तक कि आप उन्हें प्राप्त नहीं कर लेते। अपने जीवन के हालातों को इसकी इजाजत मत दीजिए कि उनके चलते आप धक्के खाते रहें और मुश्किल वक्त आने पर हार मान लें। असल में मैंने ऐसा समय देखा ही नहीं, जब हालात मुश्किल न रहे हों, वह भी तब, जब आपने मन में सोच लिया कि हालात मुश्किल हैं। अगर मैंने अपने सोच को सही रखा तो मुश्किल वक्त आया ही नहीं।

> ***मैं 'जिद' शब्द को उक्ति के रूप में प्रयोग कर रहा हूँ, क्योंकि उनके कई सहयोगियों ने कहा था कि उनमें खालिस जिद थी। चाहे कुछ भी हो, इसने उन्हें अपने मन को वश में रखने तथा उसे उस चीज पर स्थिर रखने के योग्य बनाया, जिसे वे उन सारी बाधाओं के बावजूद चाहते थे, जिन बाधाओं को उन्हें पार करना होता था। उनका विश्वास उन्हें प्रेरित करता था और आगे बढ़ाता था।***

मैं मानता हूँ कि जिस व्यक्ति के सामने बड़ी समस्याएँ हैं, जैसे पैसों की जरूरत या पूँजी की इच्छा या अवसरों की कमी, उसके लिए सबकुछ काफी मुश्किल होता है। वह जो करना चाहता है, उसके लिए अपनी योग्यता पर विश्वास नहीं होता, लेकिन वही समय होता है, जब आप उस परीक्षा से गुजरते हैं, जिसकी बात मैं करता हूँ, ऐसा समय, जब आपको अपनी कल्पना की पूरी शक्ति को चालू कर देना है और उन चीजों को अपने पास देखना है, जिन्हें आप चाहते हैं। सारी बाधाओं से तेजी से गुजरिए, नियंत्रण नहीं खोना और निरुद्देश्य नहीं भटकना।

क्या यह समझना गजब की बात नहीं कि आप जानते हैं कि आपको क्या

चाहिए, आप इतना निश्चित रहते हैं कि आपको वह मिलने वाला है और आप देखते हैं कि वह पहले ही आपको मिल चुका है, बेशक इसकी शुरुआत नहीं होती··अगर आप एक मिलियन डॉलर चाहते हैं, तो आप तब तक उसे खर्च नहीं कर सकते, जब तक कि वह सही मायने में आपके खाते में नहीं आ जाता। मुझे आपको यह बताने की जरूरत नहीं, लेकिन आप मान लीजिए कि वह आपके पास है, क्योंकि आप जानते हैं कि उसके बदले आप क्या देने जा रहे हैं और आप जानते हैं कि उस पर आपका हक है और आप तब तक उसके पीछे पड़े रहेंगे, जब तक कि आपको वह मिल नहीं जाता, जिसके आप हकदार हैं। मैंने जब गोल्डन रूल मैगजीन शुरू करनी चाही तो मुझे 100,000 डॉलर की जरूरत थी और मेरे पास वे थे नहीं, लेकिन मैंने ऐसे तरीके और रास्ते ढूँढ़े, जिनसे गोल्डन रूल मैगजीन निकाल सका और मैं उसके पीछे पड़ा रहा; क्योंकि मैंने व्यावहारिक विश्वास को लागू किया। मैंने मैगजीन प्रिंट करने के लिए प्रिंटर का बंदोबस्त किया और हमने उसे न्यूज स्टैंड पर बेचा और जब बिक्री से पैसे मिले तो मैंने प्रिंटिंग में आए खर्च को चुका दिया। जो बाकी बचा, उसे रख लिया। इसी तरह का आइडिया आपके काम आ सकता है। उस निश्चित प्रमुख उद्देश्य को ढूँढ़िए, उसके पीछे विश्वास की शक्ति लगाइए तो आप विफल नहीं होंगे।

क्या यह समझना गजब की बात नहीं कि आप जानते हैं कि आपको क्या चाहिए, आप इतना निश्चित रहते हैं कि आपको वह मिलने वाला है और आप देखते हैं कि वह पहले ही आपको मिल चुका है, बेशक इसकी शुरुआत नहीं होती··अगर आप एक मिलियन डॉलर चाहते हैं, तो आप तब तक उसे खर्च नहीं कर सकते, जब तक कि वह सही मायने में आपके खाते में नहीं आ जाता।

आज की शाम मुझे सुनने के लिए धन्यवाद। मेरे साथ अगली बार अवश्य जुड़िए, जब मैं विफलता के मुख्य कारणों पर 'सिक्के के दूसरे पहलू' के अंतर्गत चर्चा की शुरुआत करूँगा।

□

7

विफलता के पंद्रह प्रमुख कारण

देवियो और सज्जनो, नमस्कार! विफलता के कारणों के विषय पर हमारे दो कार्यक्रमों में से पहले कार्यक्रम में आपका स्वागत है। जैसा कि आपमें से कई लोग जानते हैं, मुझे इस संसार को सफलता का पहला व्यावहारिक दर्शन देने का सौभाग्य मिला और आपको एक ऐसा दर्शन देने के क्रम में जो व्यक्तियों को सफलता दिलाए, आपको न केवल यह बताना आवश्यक है कि आप क्या करें, बल्कि यह भी कि क्या नहीं करें। सकारात्मक पहलू को जानना जितना महत्त्वपूर्ण है, उतना ही नकारात्मक पहलू को भी। यह और इसके बाद के प्रसारण में इसकी पूरी जानकारी दी जाएगी कि सफल होने के लिए क्या नहीं करें।

प्रकृति का एक नियम है, जो यह बताता है कि प्रत्येक विपरीत परिस्थिति, प्रत्येक हार, प्रत्येक झटका, प्रत्येक विफलता, प्रत्येक दुःख, प्रत्येक परिस्थिति, जिससे आप सहमत नहीं, लेकिन आपको उसका सामना करना पड़ता है, अपने आप में ही उसी मात्रा में लाभ का बीज लिये रहती है। मैंने यह नहीं कहा कि लाभ का पूरी तरह से खिला फूल या पका हुआ फल, मैंने केवल बीज कहा है। उस बीज से लाभ उठाने के लिए आपको पहले उसे पहचानना होगा, आपको जानना होगा कि वह वहाँ है। उस अनुभव के दूसरे पहलू या नकारात्मक पहलू को देखने की बजाय, आपको उसकी प्रतीक्षा और उसकी तलाश करनी होगी।

दूसरा, आपको किसी-न-किसी प्रकार के कार्य से उसे अंकुरित करना होगा, विकसित करना होगा और उसका उपयोग करना होगा। यह बिल्कुल अनिवार्य है। मैं समझता हूँ कि शायद उन सारी चीजों में, जिनका पता मैंने दर्शन के इस क्षेत्र में अपने चालीस साल लंबे शोध के दौरान लगाया है, उनमें से कुछ इतना अधिक चौंकानेवाला या चकित करनेवाला नहीं था, जितना कि यह सच कि प्रकृति ने बड़ी चालाकी से ऐसी व्यवस्था की है कि किसी को कुछ दिए बिना उससे कुछ भी

छीना न जाए। किसी भी व्यक्ति को प्रकृति ने संपत्ति के रूप में कुछ दिया है तो चाहे किसी भी कारण से क्यों न हो, उसे तब तक छीना नहीं जाएगा, जब तक कि उसके बदले उसे समान लाभ की चीज नहीं दे दी जाती है। मुआवजे के इस अद्‌भुत नियम की व्याख्या राल्फ वाल्डो एमर्सन ने निबंधों की अपनी पुस्तक में बड़े अच्छे ढंग से की है।

मैंने विफलता के पंद्रह प्रमुख कारणों का पता लगाया है और मैं आपको उन सभी के विषय में उनमें से प्रत्येक पर संक्षिप्त टिप्पणी के साथ बता रहा हूँ। पहला है जीवन भर किसी निश्चित उद्‌देश्य के बिना या उसे प्राप्त करने की निश्चित योजना के बिना भटकते रहने की आदत। आपको यह जानकर आश्चर्य होगा कि प्रत्येक सौ में से अट्‌ठानबे लोग इसी किस्म के भटकनेवाले होते हैं। वे किसी कटोरे में गोल्डफिश की तरह होते हैं—वे गोल-गोल घूमते रहते हैं, हमेशा शुरुआत के स्थान पर लौट आते हैं, लेकिन कहीं पहुँच नहीं पाते। उनके कहीं पहुँच न पाने का सबसे पहला कारण यह है कि वे दिमाग के इस अनुपम उपहार की खोज नहीं करते, जो इस संसार में उनके प्रारब्ध को निर्धारित करने में सक्षम होता है। दूसरा, वे यदि पता लगा भी लेते हैं, तो उसका सही ढंग से इस्तेमाल नहीं करते। भटकते रहते हैं। उनमें किसी एक उद्‌देश्य को लेकर चलने की कमी होती है। इस संसार में सारी विफलताओं का प्रमुख कारण तो यह रहा।

आपको यह जानकर आश्चर्य होगा कि प्रत्येक सौ में से अट्‌ठानबे लोग इसी किस्म के भटकनेवाले होते हैं। वे किसी कटोरे में गोल्डफिश की तरह होते हैं—वे गोल-गोल घूमते रहते हैं, हमेशा शुरुआत के स्थान पर लौट आते हैं, लेकिन कहीं पहुँच नहीं पाते। उनके कहीं पहुँच न पाने का सबसे पहला कारण यह है कि वे दिमाग के इस अनुपम उपहार की खोज नहीं करते, जो इस संसार में उनके प्रारब्ध को निर्धारित करने में सक्षम होता है।

नंबर दो है—जन्म के समय आनुवंशिक रूप से शारीरिक विसंगति के साथ पैदा होना। यह ऐसी चीज है, जिस पर व्यक्ति नियंत्रण नहीं कर सकता, लेकिन बार-बार यह बात साबित हो चुकी है कि जन्म के समय प्रतिकूल शारीरिक स्थिति के साथ जन्म लेना स्थायी विफलता या पराजय का कारण नहीं हो सकता है। मुझे लगता है, अपने बेटे ब्लेयर के मामले में मैं इसे साबित कर चुका हूँ, जिसके कान नहीं थे; लेकिन वह एक बेहतरीन युवक बना और आखिर में उसे सामान्य रूप से सुनने में पैंसठ प्रतिशत

तक क्षमता मिली। मैंने बार-बार ऐसा देखा है कि इस प्रकार के कष्ट के साथ भी उसी मात्रा में लाभ का बीज होता है। मेरे बेटे ब्लेयर के मामले में, समान लाभ का बीज इस मायने में था कि लोग उसे भरपूर सहानुभूति के साथ देखते थे। अपनी स्थिति के कारण उसके पास दूसरे बच्चों जैसी शारीरिक क्षमता नहीं थी, इसलिए उसे आगे बढ़ने के लिए कठिन परिश्रम करना पड़ा।

मैं स्वर्गीय चार्ल्स पी स्टीनमेट्स के बारे में सोचता हूँ, उनके जैसा जीनियस शायद ही कोई होगा, जो रीढ़ की वक्रता, नीचे गिरे हुए कंधों के साथ पैदा हुए थे। वे मनुष्य से कहीं अधिक किसी वानर की तरह दिखते थे, लेकिन उनकी खोपड़ी के भीतर गजब का दिमाग था कि उन्होंने उस पीड़ा को अपने रास्ते में आने नहीं दिया और एक गणितज्ञ तथा इलेक्ट्रिकल इंजीनियर के रूप में अभूतपूर्व सफलता प्राप्त की। अपनी शारीरिक कमियों के कारण उन्होंने अपना दिमाग पूरी तरह विकसित कर लिया। मैं जब उस प्रकार के लोगों को देखता हूँ, तो जानता हूँ कि भले ही आनुवंशिक कारणों से उनमें कोई शारीरिक कमी होगी, लेकिन इसका मतलब यह नहीं कि वे उस कमी से लाभ नहीं उठा सकते।

जीवन इतना उलझा है और इसमें इतनी रुकावटें हैं कि अगर हमें सफल होना है, यदि ईश्वर-प्रदत्त दिमाग की खूबियों को बढ़ाना है, तो हमें दूसरे लोगों के मामलों में टाँग अड़ाने की बजाय अपने मामले पर पूरा समय लगाना होगा, विशेष रूप से जब उन मामलों का हम पर कोई प्रभाव न पड़ रहा हो।

विफलता के कारणों में नंबर तीन है दूसरे लोगों के जीवन में दखल देने की उत्सुकता। बेशक मेरा एक भी श्रोता इस किस्म का नहीं है, जो दूसरे लोगों के मामले में टाँग अड़ानेवाली दिलचस्पी रखता है। आप यह जानकर हैरान रह जाएँगे कि पूरी दुनिया में करोड़ों लोग दिमाग की कितनी शक्ति, उस शक्ति के कितने घंटे विशुद्ध रूप से दखलंदाजी वाली उत्सुकता पर खर्च कर देते हैं। शायद यह इतना भी शुद्ध नहीं, शायद एकदम अशुद्ध है। मेरा मतलब है, दूसरे लोगों के मामले में दखलंदाजी वाली दिलचस्पी। जीवन इतना उलझा है और इसमें इतनी रुकावटें हैं कि अगर हमें सफल होना है, यदि ईश्वर-प्रदत्त दिमाग की खूबियों को बढ़ाना है, तो हमें दूसरे लोगों के मामलों में टाँग अड़ाने की बजाय अपने मामले पर पूरा समय लगाना होगा, विशेष रूप से जब उन मामलों का हम पर कोई प्रभाव न पड़ रहा हो।

विफलता के एक कारण के रूप में चौथे नंबर पर है, जीवन में एक निश्चित, प्रमुख उद्देश्य की कमी। तो अब बात, एक मुख्य उद्देश्य की। हम सभी के छोटे-मोटे मकसद होते हैं, लेकिन उनमें से अधिकांश सच में उद्देश्य नहीं होते, वे उम्मीदें और इच्छाएँ होती हैं। किसी उम्मीद और इच्छा से कोई बहुत दूर तक नहीं जा सकता। हम सब उम्मीद करते हैं कि जब शादी करें तो अच्छे से करें। महिलाएँ लंबे, बाँके जवान, काले बालोंवाले आदमी से शादी करना चाहती हैं, जिसके पास ढेर सारा पैसा हो। मर्द उम्मीद करते हैं कि वे खूबसूरत और खुशमिजाज महिला से शादी करें। कभी-कभी वे करते हैं और देखते हैं कि इससे सफलता या खुशी प्राप्त नहीं होती।

पुरुषों और महिलाओं को उम्मीद होती है कि वे व्यापार में या किसी पेशे में सफल हों और पैसा, शोहरत, बेहतरीन जीवन मिले। वे उन चीजों की उम्मीद करते हैं, इच्छा रखते हैं, लेकिन वह किसी निश्चित, प्रमुख उद्देश्य के बराबर नहीं होता। यदि आप जीवन में सफल होना चाहते हैं, तो आपका एक मुख्य लक्ष्य होना चाहिए, एक व्यापक उद्देश्य, एक संपूर्ण उद्देश्य होना चाहिए। उस उद्देश्य के पीछे आपको भरपूर प्रयास करना होगा। अधिकांश लोगों में ऐसा कोई लक्ष्य नहीं होता और अकसर जिनका होता है, वे इसके लिए उम्मीद और इच्छा रखने भर का प्रयास करते हैं, पूरी निश्चितता से प्रयास नहीं करते।

विफलता का पाँचवाँ प्रमुख कारण पर्याप्त स्कूल पढ़ाई की कमी है—पर्याप्त स्कूली पढ़ाई की कमी की बजाय मुझे अपर्याप्त शिक्षा कहना चाहिए था, क्योंकि स्कूली पढ़ाई और शिक्षा दो अलग और भिन्न बातें हैं। कई लोग ऐसा ही सोचते हैं, क्योंकि वे ग्रेड स्कूलों और हाईस्कूलों, कॉलेज में पढ़ते हैं, कुछ डिग्रियाँ हासिल करते हैं और सोचते हैं कि वे शिक्षित हैं। इस खयाल को रद्दी की टोकरी में डाल दीजिए। इस तरह से लोग शिक्षित नहीं होते। सच कहूँ तो कुछ

सच कहूँ तो कुछ साल पहले मुझे पता चला कि अधिकांश लोग 'शिक्षित करने' शब्द का सही अर्थ ही नहीं जानते और मुझे जितनी भी डिक्शनरी को खँगालने का अवसर मिला, उनमें 'एजुकेट' शब्द की परिभाषा गलत थी। वे कहते हैं कि इसका मतलब है ज्ञान देना। इसका मतलब ऐसा कुछ भी नहीं होता। अगर मुझे सही-सही याद है तो 'एजुकेट' शब्द लैटिन शब्द एजुसियो से बना है, जिसका मतलब होता है निकालना, अंदर से विकसित करना।

साल पहले मुझे पता चला कि अधिकांश लोग 'शिक्षित करने' शब्द का सही अर्थ ही नहीं जानते और मुझे जितनी भी डिक्शनरी को खँगालने का अवसर मिला, उनमें 'एजुकेट' शब्द की परिभाषा गलत थी। वे कहते हैं कि इसका मतलब है ज्ञान देना। इसका मतलब ऐसा कुछ भी नहीं होता। अगर मुझे सही-सही याद है तो 'एजुकेट' शब्द लैटिन शब्द एजुसियो से बना है, जिसका मतलब होता है निकालना, अंदर से विकसित करना।

किस चीज को विकसित करना? उस चीज को विकसित करना, जिसके साथ आप पैदा हुए थे—दिमाग। मुझे जितने भी सबसे सफल लोगों से मिलने का सौभाग्य मिला, उन्होंने स्कूली पढ़ाई काफी कम की थी, लेकिन उनकी शिक्षा बहुत अच्छी थी। उनमें हेनरी फोर्ड और थॉमस ए. एडिसन जैसे दो विख्यात लोग शामिल थे, जो स्कूल न के बराबर ही गए, लेकिन वे अंदर से काफी विकसित थे। उन्होंने अपने दिमाग की शक्ति को पहचानकर खुद को विकसित किया, यह पहचाना कि परमात्मा ने मनुष्य को केवल एक चीज पर नियंत्रण दिया है और वह है कि वह जो चाहे करे, नकारात्मक या सकारात्मक। यही लोगों को शिक्षित बनाता है।

अगर आप किसी शिक्षित व्यक्ति की तलाश में हैं, तो आपको ऐसे व्यक्ति को ढूँढ़ना होगा, जिसने खुद को ढूँढ़ लिया है। सामान्य रूप से बात करें, तो जब वह आपको मिलेगा, तब आप देखेंगे कि उसने सबसे महान् यूनिवर्सिटी से शिक्षा प्राप्त की, वह जहाँ से मैंने स्नातकोत्तर की डिग्री ली है—सख्त मारवाली यूनिवर्सिटी। इस धरती पर यह सबसे महान् स्कूलों में से एक है और अगर आपने इसे झेल लिया, आप इसकी परीक्षा में बैठे और पास हो गए, तो इसकी संभावना है कि आप महज स्कूली पढ़ाईवाले नहीं बल्कि सही मायने में शिक्षित व्यक्ति बन जाएँगे। स्कूली पढ़ाई करनेवाला व्यक्ति आमतौर पर बस ऐसा व्यक्ति होता है, जिसकी याददाश्त अच्छी हो और लंबे-चौड़े तथ्यों को इम्तिहान देते समय याद रखे।

आशा करता हूँ कि मेरी बात से मेरे स्कूल के किसी शिक्षक को बुरा न लग रहा हो, लेकिन अगर बुरा लगा है, तब भी मैं यही दावा करूँगा कि मैं सच कह रहा हूँ। इसमें स्कूल के शिक्षकों की गलती नहीं, हमारा सिस्टम ही ऐसा है। यह स्कूली प्रणाली की कमी है कि लोगों को शिक्षा का सही मतलब नहीं बताया जाता और हमारे पास ऐसी स्कूली प्रणाली नहीं, जो सच में लोगों को शिक्षित कर सके। लोग कर के, जानकर, अपने दम पर छोड़े जाने पर और अपना परिचय अपने ही भीतर के उस दूसरे व्यक्ति से करवाकर सीखते हैं, जो आपको आईने में दिखाई नहीं देता।

कई लोगों का मानना है कि जब वे आईने में खुद को देखते हैं तो वे अपने आपको देखते हैं, अपने सही रूप को। वे कुछ भी नहीं देखते। वे सिर्फ उस घर को देखते हैं, जिसमें सच्चा स्वयं रहता है। यदि वे दूसरे स्वयं को ढूँढ़ लेते हैं और उसका उपयोग परमात्मा के इरादे के अनुसार करते हैं, तो इसकी संभावना है कि वे शिक्षित हो जाएँगे और इसके फलस्वरूप सफल हो जाएँगे।

आत्म-अनुशासन का मतलब क्या होता है? इसका मतलब है कि आप अपने दिमाग पर पूरा नियंत्रण रखें और इससे वह करवाएँ, जो आप करना चाहते हैं, बजाय इसके कि यह आपके पड़ोसियों के दिमाग से या जो आपके सबसे करीब हैं, या उन लोगों के दिमाग से अपने रास्ते से भटक जाए, जो आपकी आलोचना करते हैं। यही है आत्म-अनुशासन।

विफलता का छठा कारण है आत्म-अनुशासन की कमी, जो आमतौर पर हद से अधिक खाने, पीने और सेक्स के रूप में तथा अपनी तरक्की के अवसरों के प्रति लापरवाही के रूप में सामने आती है। अब बात आत्म-अनुशासन की कमी की। आत्म-अनुशासन का मतलब क्या होता है? इसका मतलब है कि आप अपने दिमाग पर पूरा नियंत्रण रखें और इससे वह करवाएँ, जो आप करना चाहते हैं, बजाय इसके कि यह आपके पड़ोसियों के दिमाग से या जो आपके सबसे करीब हैं, या उन लोगों के दिमाग से अपने रास्ते से भटक जाए, जो आपकी आलोचना करते हैं। यही है आत्म-अनुशासन। इसका मतलब है कि अपना जीवन आप खुद चलाएँगे। कई लोगों को यह बात रास नहीं आती।

कुछ ऐसे लोग होते हैं, जो दूसरों का जीवन अपने लिए चलाना चाहते हैं। परिवारों में ऐसा अकसर होता है—परिवार के कुछ सदस्य उसके प्रत्येक व्यक्ति का जीवन चलाना चाहते हैं। मैं स्वयं भी ऐसे ही एक परिवार में पला-बढ़ा, लेकिन सौभाग्य से मैंने सारे बंधन तोड़ दिए। मैं बड़ा बुरा लड़का था और मुझे खुशी है कि मैं वैसा था। मैं इतना बुरा था कि किसी की भी नहीं सुनता था और मैं अपने पिता या किसी दूसरे को भी खुद पर काबू करने नहीं देता था। मैं अपने बारे में खुद सोचता था। शुरुआत में मेरी सोच बहुत अच्छी नहीं थी, लेकिन अंत में एकदम सही हो गई और जीवन में सफलता के लिए जरूरी गुणों को प्राप्त कर लिया। अगर मेरे अंदर थोड़ा आत्म-अनुशासन नहीं होता तो मैं ऐसा नहीं कर पाता। कई वर्षों तक मुझे थोड़ी-बहुत आलोचना भी झेलनी पड़ी। मेरे

भीतर इतना आत्म-अनुशासन था कि मैंने आलोचनाओं पर ज्यादा ध्यान नहीं दिया।

सातवें नंबर पर है औसत दर्जे से ऊपर का लक्ष्य न रखना। यह विफलताओं के कुछ बड़े कारणों में से एक है—औसत दर्जे से ऊपर की महत्त्वाकांक्षा न रखना। लोग जब इस संसार में आते हैं तो अपनी मर्जी के बगैर। कुछ समय वे स्कूल जाने में बिताते हैं और फिर एक नौकरी करते हैं। किस तरह की नौकरी? क्यों, किसी भी तरह की नौकरी, जिससे उनका जीवन चल सके। ऐसी नौकरी, जिसे वे पसंद करते हैं? नहीं, कोई जरूरी नहीं, लेकिन उन्हें खाना खाना है और सोने के लिए सिर पर छत चाहिए और पहनने के लिए कपड़े। वे पूरा जीवन बिता देते हैं और कभी दो वक्त की रोटी से ज्यादा नहीं सोचते। हकीकत में उन्हें जीवन में इससे ज्यादा कुछ मिलता भी नहीं। जब-तब कोई पुरुष या स्त्री लीक से हटती है और कहती है, "मैं उस लक्ष्य को देख रही हूँ, जिसे अब तक मेरे किसी परिचित ने हासिल नहीं किया।" यदि वह उस लक्ष्य पर डटी रहती है और अपने जीवन, उसे हासिल कर लेती है, तो इस दुर्लभ उपलब्धि की सराहना की जाती है।

खराब स्वास्थ्य, जो आमतौर पर गलत सोच, गलत खान-पान, व्यायाम न करने का नतीजा होता है, लेकिन आप सही तरीके से जीते हैं, सही खान-पान के साथ व्यायाम करते हैं और आपका सोच सही है तो आपको खराब स्वास्थ्य की चिंता करने की जरूरत नहीं है। अधिकांश बीमारियाँ गलत सोच और गलत खान-पान तथा गलत व्यायाम से, खासतौर पर गलत सोच-विचार से पैदा होती हैं।

आठवाँ नंबर है खराब स्वास्थ्य, जो आमतौर पर गलत सोच, गलत खान-पान, व्यायाम न करने का नतीजा होता है, लेकिन आप सही तरीके से जीते हैं, सही खान-पान के साथ व्यायाम करते हैं और आपका सोच सही है तो आपको खराब स्वास्थ्य की चिंता करने की जरूरत नहीं है। अधिकांश बीमारियाँ गलत सोच और गलत खान-पान तथा गलत व्यायाम से, खासतौर पर गलत सोच-विचार से पैदा होती हैं। क्या आप जानते हैं कि अधिकांश लोग जो डॉक्टर के पास जाते हैं और मेरा मतलब वैसे लोगों से नहीं, जो अस्पताल में भरती हैं या बिस्तर पर हैं, बल्कि उन अनेक लोगों से है, जिनके दो पैर हैं और जो डॉक्टर के पास चले जा सकते हैं, जो और कछ नहीं, बल्कि एक भारी-भरकम बीमारी से पीड़ित रहते हैं, जिसे रोगभ्रम कहते हैं। जरा सोचिएगा। अगर आपने अपने दिमाग में बिठा लिया कि आप बीमार

पड़नेवाले हैं तो जबरदस्त तरीके से बीमार पड़ सकते हैं। संयोग से, आप बीमार हैं और आपने मन बना लिया कि आप ठीक हो जाएँगे, तो इसकी भी संभावना है कि आप स्वस्थ हो जाएँगे।

विफलता का नौवाँ प्रमुख कारण बचपन के दौरान मिला प्रतिकूल माहौल है। मैं ऐसे कई लोगों से मिला हूँ, जो विफल थे और कुछ और हो भी नहीं सकते थे; क्योंकि बचपन में उन्होंने नकारात्मक प्रभावों को झेला था। मुझे भी वैसे ढेर सारे प्रभावों से उबरना पड़ा। मैं समझ सकता हूँ कि लोगों को, उनका क्या नुकसान होता है, लेकिन मेरी सौतेली माँ और एंड्रयू कार्नेगी के साथ ही उन लोगों ने मेरी काफी मदद की, जो इस दर्शन को आकार देने में मेरे साथ काम कर रहे थे। मुझे जीवन में एक अच्छा मौका मिला, इतना अच्छा कि मैंने उन नकारात्मक प्रभावों को अपने जीवन से निकाल बाहर किया, जिनका सामना अपनी छोटी सी उम्र में करना पड़ा था, जिन्हें मैंने छोड़ा न होता तो वे मुझे विफलता की गर्त में गिरा सकते थे।

नंबर दस है, किसी ऐसे काम के पूरा हो जाने तक दृढता की कमी, जिसकी आपने शुरुआत की है—दृढता। आप जानते हैं कि हम सब शुरुआत करने में काफी अच्छे होते हैं, लेकिन हममें से कुछ ही लोग उसे पूरा करने में भी उतने ही अच्छे होते हैं। देवियो और सज्जनो, क्या आपने कभी सोचा है कि एक औसत व्यक्ति विफलता या हार का सामना कितनी बार करने के बाद हार मान लेता है, इसका अंदाजा है आपको? छोड़िए, मैं आपको इसकी वास्तविक संख्या नहीं देना चाहता। आप आश्चर्यचकित रह जाएँगे, लेकिन ऐसे लोगों की संख्या बहुत अधिक है, जो शुरुआत करने से पहले ही काम को छोड़ देते हैं और हार मान लेते हैं; क्योंकि उनमें साहस नहीं होता और वे कभी शुरुआत ही नहीं करते, दृढता से उसे आगे तक ले जाना तो दूर की बात है।

क्या आपने कभी सोचा है कि एक औसत व्यक्ति विफलता या हार का सामना कितनी बार करने के बाद हार मान लेता है, इसका अंदाजा है आपको? छोड़िए, मैं आपको इसकी वास्तविक संख्या नहीं देना चाहता। आप आश्चर्यचकित रह जाएँगे, लेकिन ऐसे लोगों की संख्या बहुत अधिक है, जो शुरुआत करने से पहले ही काम को छोड़ देते हैं और हार मान लेते हैं; क्योंकि उनमें साहस नहीं होता और वे कभी शुरुआत ही नहीं करते, दृढता से उसे आगे तक ले जाना तो दूर की बात है।

यदि आप दूसरे लोगों पर गौर कर जीवन के तौर-तरीकों को समझेंगे, तो देखेंगे कि हर किसी को कभी-न-कभी हार का सामना करना ही पड़ता है। जो व्यक्ति हारता है, वह उस हार को बाधा नहीं, बल्कि आगे बढ़ने की सीढ़ी के रूप में इस्तेमाल करता है और अधिक उमंग, अधिक इच्छाशक्ति, अधिक संकल्प तथा आत्मविश्वास के साथ आगे बढ़ता है। विपरीत परिस्थिति आने से पहले या उसके बाद हार मान लेना विफलता की गारंटी बन जाती है।

विफलता का ग्यारहवाँ कारण नकारात्मक मनोवृत्ति है—नकारात्मक मनोवृत्ति। किसी औसत व्यक्ति को लीजिए और उसके सामने एक प्रस्ताव रखिए, नया प्रस्ताव, जिसमें उसके पास लाभ का बहुत बड़ा अवसर होता है। उसकी प्रतिक्रिया क्या होती है? मैं आपको बता सकता हूँ कि वह कैसी होगी। तुरंत ही वह उससे जुड़ी सारी बातों को सोचने लगता है, जो वह नहीं कर सकता और जो उसके वश की बात नहीं है। एंड्रयू कार्नेगी ने जब मुझे व्यक्तिगत उपलब्धि के दुनिया के पहले दर्शन का लेखक बनने का मौका दिया था और मिस्टर कार्नेगी ने गारंटी दी थी कि अमेरिका के सफलतम लोग मेरा साथ देंगे, जिनसे वह मेरा परिचय करवाएँगे, तो मैं मन-ही-मन उन शब्दों को बेहिसाब समय तक ढूँढ़ने लगा, जिनसे उन्हें कह सकूँ कि इसके लिए मेरी शिक्षा उतनी नहीं, मेरी पृष्ठभूमि वैसी नहीं, मेरे पास अपना खर्च चलाने के पैसे नहीं। मैं दर्जनों कारण बता सकता था कि मैं उस काम को स्वीकार क्यों नहीं कर सकता। उनमें से एक जबरदस्त कारण यह हो सकता था कि मुझे 'दर्शन' शब्द का सही-सही अर्थ ही मालूम नहीं है। मैं जब मिस्टर कार्नेगी के स्टडी रूम से बाहर निकला, तो मुझे पब्लिक लाइब्रेरी में जाकर देखना पड़ा कि उसका मतलब क्या है। इस प्रकार से मैं बिल्कुल तैयार नहीं था, लेकिन मेरे अंदर से एक आवाज आई, जिसने मुझसे कहा, "यदि मिस्टर कार्नेगी ने तुम्हें यहाँ रखा और तीन दिन और तीन रात तक तक तुम्हारा साक्षात्कार लिया, इस दर्शन का लेखक बनने की बात तुम्हें समझाई और सभी प्रकार के सहयोग का वादा किया, तो उन्होंने तुम्हारे भीतर कुछ-न-कुछ ऐसा

मैं दर्जनों कारण बता सकता था कि मैं उस काम को स्वीकार क्यों नहीं कर सकता। उनमें से एक जबरदस्त कारण यह हो सकता था कि मुझे 'दर्शन' शब्द का सही-सही अर्थ ही मालूम नहीं है। मैं जब मिस्टर कार्नेगी के स्टडी रूम से बाहर निकला, तो मुझे पब्लिक लाइब्रेरी में जाकर देखना पड़ा कि उसका मतलब क्या है।

जरूर देखा होगा, जो तुम्हारे भीतर है; लेकिन तुमने उसके बारे में कभी जाना नहीं। तुम आगे बढ़ो और उनसे कहो तो कि तुम इसे कर सकते हो।" और मैं बोल पड़ा, "हाँ, मिस्टर कार्नेगी, मैं न केवल इस काम को स्वीकार करूँगा, बल्कि आप मुझ पर भरोसा कर सकते हैं कि मैं इसे पूरा करूँगा।" उन्होंने कहा, "मैं तुम्हारे मुँह से यही सुनना चाहता था और यही वह सुर है, जिसमें मैं तुम्हें इसे कहते हुए सुनना चाहता था।"

> *क्या आप जानते हैं कि जीवन में एक विशाल नदी बह रही है? यह एक विचित्र नदी है। अधिकांश लोगों ने इसे कभी नहीं देखा, फिर भी यह उनके जीवन को प्रभावित करती है। अधिकांश लोग इसके इस पार या उस पार होते हैं। इस नदी की विचित्रता इस कारण है, क्योंकि इसका आधा हिस्सा एक दिशा में बहता है और वे सभी, जो उस तरफ जाते हैं, अंततः बहते हुए सफलता तक पहुँच जाते हैं।*

बाद में मुझे पता चला कि वह वहाँ एक स्टॉपवॉच लेकर बैठे थे और मेरे द्वारा लिये गए समय का हिसाब लगा रहे थे। मैं जब सारी बातें पूछ लेता था, तब वे मुझे हाँ या नहीं कहने के लिए साठ सेकंड दे रहे थे। मुझे पता चला कि मैंने ठीक उनतीस सेकंड लिये थे। मेरे और मेरे भाग्य के बीच ऐसे इकतीस सेकंड थे जैसा भाग्य न तो मेरे क्षेत्र में, न ही इस दुनिया के इतिहास में आज तक किसी भी दूसरे लेखक का था, जिसका अनुभव मैंने किया था। देवियो और सज्जनो, इकतीस सेकंड बचे थे। चूँकि मैं अपने दिमाग को उस सकारात्मक पहलू की ओर, हाँ करने की तरफ कर सकता हूँ, दिशा में ले जा सका, इसलिए मैंने उन इकतीस सेकंड को और हाथ आए मौके को जाने नहीं दिया।

क्या आप जानते हैं कि जीवन में एक विशाल नदी बह रही है? यह एक विचित्र नदी है। अधिकांश लोगों ने इसे कभी नहीं देखा, फिर भी यह उनके जीवन को प्रभावित करती है। अधिकांश लोग इसके इस पार या उस पार होते हैं। इस नदी की विचित्रता इस कारण है, क्योंकि इसका आधा हिस्सा एक दिशा में बहता है और वे सभी, जो उस तरफ जाते हैं, अंततः बहते हुए सफलता तक पहुँच जाते हैं, चाहे वे कुछ भी करें। दूसरा आधा हिस्सा विपरीत दिशा में बहता है और वे सभी जो उस तरफ जाते हैं, अनिवार्य रूप से बहते हुए विफलता तक पहुँच जाते हैं, चाहे उन्होंने कैसी ही शिक्षा क्यों न प्राप्त की हो, अपने जीवन में कितना ही परिश्रम किया हो और आप कहते हैं, "शानदार। इस

तरह की नदी के बारे में क्या कभी किसी ने सुना था?" देवियो और सज्जनो, आप इसे पहचान नहीं पाएँगे, लेकिन इस समय भी आप उस नदी में इस पार या उस पार हैं, आपमें से एक-एक उस नदी में है। आप या तो इसके नकारात्मक हिस्से में हैं या सकारात्मक हिस्से में। इस तरफ या उस तरफ, जीते हुए किसी एक हिस्से में रहते हैं।

और यह नदी है क्या? यह कोई काल्पनिक नदी नहीं है। यह एक वास्तविक नदी है, यह मनुष्य का दिमाग है, मनुष्य के दिमाग की शक्ति और आप इस पर नियंत्रण रखते हैं। इस संसार में यही एक चीज है, जिस पर आप नियंत्रण रखते हैं, या रख सकते हैं। आप इसे सकारात्मक दिशा की ओर ले जा सकते हैं और सेकंड के भी एक हिस्से में, अपने सोच से, मानसिक प्रक्रियाओं से, अपने रुख से आप अपने आपको विफल वर्ग से सफल वर्ग में ले जा सकते हैं और दुर्भाग्य? हम सभी को दुर्भाग्य का सामना करना पड़ता है, लेकिन वह व्यक्ति, जिसने इस नदी को सही ढंग से पार करना और सकारात्मक दिशा में रखना सीख लिया है, जिसने अपने मन को नकारात्मक नहीं सकारात्मक रखना सीख लिया है, उसे विपरीत परिस्थितियों की परवाह नहीं होती। वह हार की परवाह नहीं करता। उसे विफलता की परवाह नहीं होती।

> ***हृदय की भावनाओं पर नियंत्रण का अभाव विफलता का बारहवाँ प्रमुख कारण है। आप और मैं जानते हैं कि प्यार की भावना सबसे कीमती, सबसे अद्‌भुत और सारी चीजों में सबसे अधिक प्रिय चीज होती है तथा सबसे खतरनाक भी होती है।***

सकारात्मक हिस्से में एक व्यक्ति हैं मार्शल फील्ड, जिनकी सफलता से चल रही दुकान शिकागो में जला दी गई और उन्होंने कहा, "ठीक उस जगह पर जहाँ से धुआँ उठ रहा है, मैं इस धरती पर सबसे जबरदस्त दुकान बनाऊँगा।" और देवियो और सज्जनो, आज वह दुकान, शिकागो के लूप जिले में वहाँ पर है। उनका मानसिक रुख उन व्यापारियों की तुलना में सकारात्मक था, जिनकी दुकानें शिकागो की उस भयानक आग में स्वाहा हो गई थीं और जो कह रहे थे, "मैं जा रहा हूँ, हम पश्चिम में जा रहे हैं। शिकागो में सबकुछ खत्म हो चुका है।" एक आदमी तनकर खड़ा रहा, अपने मानसिक रुख के 'कर सकता हूँ', के हिस्से को कसकर पकड़े रखा, विपरीत परिस्थिति पर लागू किया और उससे इतनी कमाई की, जितनी दुनिया के किसी भी दूसरे रिटेल स्टोर ने नहीं की होगी।

हृदय की भावनाओं पर नियंत्रण का अभाव विफलता का बारहवाँ प्रमुख कारण है। आप और मैं जानते हैं कि प्यार की भावना सबसे कीमती, सबसे अद्भुत और सारी चीजों में सबसे अधिक प्रिय चीज होती है तथा सबसे खतरनाक भी होती है। सबसे खतरनाक, रेखांकित, विस्मयादिबोधक चिह्न, दो विस्मयादिबोधक चिह्न। यदि आपके प्यार की भावनाओं के आस-पास कहीं कोई डोर नहीं, यदि आपने डोर के दोनों सिरों को छोड़ दिया, तो यह खतरनाक हो जाता है और मुझे इसकी परवाह नहीं कि आपने उन सिरों को किसके लिए छोड़ा। आप पर अपनी भावनाओं के बेकाबू होने का जोखिम मँडराता रहेगा।

> ***जीवन की सबसे प्रिय चीज को नियंत्रण में नहीं रखा गया तो वह सबसे खतरनाक और सबसे हानिकारक तथा सबसे बड़ा बोझ बन सकती है। मैंने अपने जीवन में सिर्फ एक बार अपनी भावनाओं के दोनों सिरों को अनियंत्रित छोड़ दिया था और मैं अब तक उसकी कीमत चुका रहा हूँ।***

मैं व्यक्तियों और कंपनियों को सलाह देने के धंधे में हूँ। मैंने सबसे बड़ी कंपनियों को भी सलाह दी है। मुझे अमेरिका के दो राष्ट्रपतियों—वुडरो विल्सन और फ्रैंकलिन डी रूजवेल्ट के सलाहकार बनने का सौभाग्य मिला। मुझे ऐसे लोगों को सलाह देने का भी सुअवसर मिला, जो सड़क पर आ गए थे और उन्हें नौकरी की, सोने के लिए किसी जगह की तलाश थी। मुझे सभी प्रकार के लोगों की समस्या दूर करने का विशेष अवसर मिला और निस्संदेह मैं जानता हूँ कि अगर आपने अपनी भावनाओं को वश में रखना सीख लिया, उनका बेहतरीन इस्तेमाल करना सीख लिया, तो आप उपलब्धियों के शिखर तक पहुँच सकते हैं। मैंने जो कुछ देखा है, उसके आधार पर कह सकता हूँ कि कई लोग विफल होते हैं और उनका पतन इस कारण हो जाता है; क्योंकि वे किसी अन्य भावना की तुलना में प्रेम की भावना पर काबू नहीं रख पाते हैं।

इस प्रकार हम देखते हैं कि जीवन की सबसे प्रिय चीज को नियंत्रण में नहीं रखा गया तो वह सबसे खतरनाक और सबसे हानिकारक तथा सबसे बड़ा बोझ बन सकती है। मैंने अपने जीवन में सिर्फ एक बार अपनी भावनाओं के दोनों सिरों को अनियंत्रित छोड़ दिया था और मैं अब तक उसकी कीमत चुका रहा हूँ। मुझे पहले ही साल, एक झटके में एक मिलियन डॉलर की चपत लगी थी और आगे आनेवाले वर्षों में मुझे जो कीमत चुकानी पड़ी, उसकी तुलना में वह कुछ भी नहीं

थी। अधिक विस्तार से इसे बताने की जरूरत नहीं, मुझे डर है कहीं मेरी पत्नी को इस बारे में पता न चल जाए। वैसे वह जानती है, लेकिन नहीं चाहती कि मैं इस पर सार्वजनिक चर्चा करूँ।

विफलता का तेरहवाँ कारण बिना कुछ किए किसी चीज की इच्छा करना है, जैसा अकसर किसी-न-किसी प्रकार के जुए में होता है। जरा सोचिए कि इस संसार में लोग कुछ किए बिना, या किसी चीज को उसकी कीमत से कम में हासिल करने में अपनी कितनी ऊर्जा नष्ट करते हैं। हम ऐसे युग में जी रहे हैं, जब हम देख रहे हैं कि हमारी सरकार की बड़ी-बड़ी ताकतें इस लिहाज से लोगों के पतन में योगदान कर रही है। सरकार जानती है कि कुछ लोग बिना कुछ किए ही कुछ पाना चाहते हैं। जो लोग सुरक्षा, आर्थिक सुरक्षा चाहते हैं, वे इसके लिए सरकार की तरफ देख रहे हैं। मैं आपको बताता हूँ कि आपको आर्थिक सुरक्षा कहाँ मिल सकती है—आप जाकर किसी बैंक में डाका डालिए या किसी की हत्या या वैसा ही अपराध कर दीजिए और जीवन भर की कैद की सजा हासिल कर लीजिए, फिर आपको किसी चीज की चिंता करने की जरूरत नहीं। आपको आर्थिक सुरक्षा मिल जाएगी।

मैं चाहता हूँ कि आपको केवल वैसी आर्थिक सुरक्षा मिले, जिसे आप अपने दिमाग से अर्जित कीजिए। फिर भी हमें ऐसा शिक्षा दी गई है और शिक्षित किए जाने की प्रक्रिया में हैं, या आप कहें तो इस सोच के साथ चलने की भेड़चाल में शामिल किए गए हैं कि आर्थिक सुरक्षा के लिए हम सरकार के भरोसे रहें। यह एक गलत भ्रम है। यह कारगर नहीं होनेवाला है।

सबसे बड़ा विशेषाधिकार आत्मनिर्णय का विशेषाधिकार है, जैसा कि उन महान् लोगों के पास था, जिन्होंने इस महान् देश को बनाया, जिसमें हम रह रहे हैं। उन्हें आर्थिक सुरक्षा की राह नहीं दिखी। उन साहसी छप्पन लोगों ने आर्थिक सुरक्षा नहीं माँगी, जिन्होंने मनुष्य के द्वारा लिखे गई अब तक के सबसे शानदार मसौदे, स्वतंत्रता की घोषणा पर

सबसे बड़ा विशेषाधिकार आत्मनिर्णय का विशेषाधिकार है, जैसा कि उन महान् लोगों के पास था, जिन्होंने इस महान् देश को बनाया, जिसमें हम रह रहे हैं। उन्हें आर्थिक सुरक्षा की राह नहीं दिखी। उन साहसी छप्पन लोगों ने आर्थिक सुरक्षा नहीं माँगी, जिन्होंने मनुष्य के द्वारा लिखे गई अब तक के सबसे शानदार मसौदे, स्वतंत्रता की घोषणा पर हस्ताक्षर किए थे।

हस्ताक्षर किए थे। उन्होंने अपने शरीर की सुरक्षा नहीं माँगी। वे इस कारण अपनी जान जोखिम में डाल रहे थे, क्योंकि उस दस्तावेज पर हस्ताक्षर करनेवाला प्रत्येक व्यक्ति जानता था कि वह दस्तावेज या तो उसका डेथ वारंट बनेगा या स्वतंत्रता पाने का लाइसेंस बन जाएगा। उसने हस्ताक्षर किए और सहर्ष किए। वह सब्सिडी नहीं माँग रहा था। वह जोखिम उठाने को तैयार था, न कि बिना कुछ किए कुछ पाना चाहता था।

दुनिया में सबसे मुश्किल काम लोगों को निर्णय लेने तक पहुँचाना होता है। "अच्छा, मैं इस पर सोचूँगा," या "मैं अपनी पत्नी से बात करूँगा।" मैं जब किसी व्यक्ति को कहते सुनता हूँ, "मैं इस पर अपनी पत्नी से बात करूँगा," तो मैं जानता हूँ कि वह अपनी पत्नी को उसकी भनक तक लगने नहीं देगा।

देवियो और सज्जनो, मैंने इस संसार के सबसे शानदार समय में जीवन बिताया है। मैंने एक पुराने युग के अंत और नए युग के जन्म को देखा है। मैं उस पुराने युग में बरसों तक जिया हूँ और मैंने उसके फायदे और नुकसान की तुलना इस नए और शानदार युग से की है, जिसमें हम अब जी रहे हैं। मैं आपको सच-सच बता सकता हूँ कि इस देश में जिस चीज को भी हम महान् बताते हैं, उसे हमने लोगों की उस प्रवृत्ति से हासिल नहीं किया, जिसमें जो बिना कुछ किए ही कुछ पाना चाहते हैं। लोगों के जीवन में विफलता का यह एक बड़ा कारण है।

चौदहवें नंबर पर है टालमटोल, तुरंत और ठोस निर्णय न लेने की आदत। निर्णय तक जल्द और निश्चित रूप से न पहुँचने की आदत, खासतौर पर जब हमारे पास सारे तथ्य मौजूद हैं। लोगों में चीजों को कल तक, या अगले हफ्ते तक या सदा के लिए टालने की आदत होती है। दुनिया में सबसे मुश्किल काम लोगों को निर्णय लेने तक पहुँचाना होता है। "अच्छा, मैं इस पर सोचूँगा," या "मैं अपनी पत्नी से बात करूँगा।" मैं जब किसी व्यक्ति को कहते सुनता हूँ, "मैं इस पर अपनी पत्नी से बात करूँगा," तो मैं जानता हूँ कि वह अपनी पत्नी को उसकी भनक तक लगने नहीं देगा। सौ में से निन्यानबे बार यह कुछ न करने का बस एक बहाना होता है।

विफलता का पंद्रहवाँ कारण सात प्रकार के मौलिक भय में से एक या अधिक के आगे हथियार डाल देना है। पता नहीं आप जानते भी हैं या नहीं कि सात मौलिक भय क्या हैं? पहला है—गरीबी का भय। इस महान् देश में, जहाँ हर किसी के लिए

अवसरों की कमी नहीं, वहाँ मैं नहीं जानता कि किसी को भी गरीबी से डरने की क्या जरूरत है, लेकिन मैं इतना जानता हूँ कि बहुत सारे लोगों को यह डर रहता है कि उनके पास जो है, उसे वे गँवा देंगे। डरते हैं कि उनकी नौकरी चली जाएगी, डरते हैं कि घर चला जाएगा। इससे डर, उससे डर, किसी-न-किसी चीज का डर।

सात मौलिक भय में से दूसरे नंबर है आलोचना का डर। यह कितना विचित्र है न कि इस कारण भी लोग हार मान लेते हैं? वे डरते हैं कि 'वे' क्या कहेंगे। मैंने लोगों को बरसों से 'वे' के बारे में बात करते सुना है, मैंने 'वे' को कभी अपने सामने नहीं देखा। मैं नहीं जानता कि 'वे' हैं कौन, लेकिन ऐसे लाखों लोग हैं, जो यह सोचकर ही मरने लग जाते हैं कि अगर उन्होंने एक कदम आगे बढ़ाया, ढर्रे से कुछ अलग किया और किसी काम को नए तरीके से किया तो लोग क्या कहेंगे। हेनरी फोर्ड आलोचना से नहीं डरते थे और उन्होंने जब बिना घोड़ोंवाली गाड़ी को बनाया तो उनकी खूब आलोचना हुई। सच बताऊँ तो उन लोगों ने धमकी दी कि अगर वे उस गाड़ी को डेट्रायट की सड़कों पर लेकर उतरे तो वे उन्हें गिरफ्तार करवा देंगे। उन्हें उसे चलाने के लिए विशेष परमिट लेना पड़ा। वे केवल इस कारण पीछे नहीं हटे कि लोग उनकी आलोचना कर रहे थे।

आज मेरे पास आर्थिक और वित्तीय रूप से बहुत कुछ है, जो अधिकांश लोग जीवन में कभी हासिल नहीं कर पाते; क्योंकि मैंने न केवल इन सिद्धांतों को प्राप्त किया, बल्कि उन्हें अपने जीवन में लागू भी किया। मैं न केवल उनकी शिक्षा देता हूँ, बल्कि मैं उन्हें जीता हूँ और उनसे मुझे जीवन में इतनी खुशियाँ मिली हैं, जिन्हें अधिकांश लोग चाहते हैं; लेकिन कभी हासिल नहीं कर पाते।

मुझे याद है, जब मैं पहली बार इस दर्शन को तैयार कर रहा था। लोगों ने मेरी आलोचना की और कहा, "नेपोलियन हिल को लगता है कि वह संसार का पहला सफलता का दर्शन तैयार कर रहा है, जबकि उसकी जेब में चवन्नी तक नहीं है।" देवियो और सज्जनो, दुर्भाग्य से वे सच बोल रहे थे। मेरे पास चवन्नी नहीं थी, लेकिन आज है। आज मेरे पास आर्थिक और वित्तीय रूप से बहुत कुछ है, जो अधिकांश लोग जीवन में कभी हासिल नहीं कर पाते; क्योंकि मैंने न केवल इन सिद्धांतों को प्राप्त किया, बल्कि उन्हें अपने जीवन में लागू भी किया। मैं न केवल उनकी शिक्षा देता हूँ, बल्कि मैं उन्हें जीता हूँ और उनसे मुझे जीवन में इतनी खुशियाँ मिली हैं,

जिन्हें अधिकांश लोग चाहते हैं; लेकिन कभी हासिल नहीं कर पाते।

तीसरा मौलिक भय खराब स्वास्थ्य का भय है, चौथा है प्यार खो जाने का भय, पाँचवाँ बुढ़ापे का डर है, छठा है स्वतंत्रता खो जाने का भय और सातवाँ मौत का डर है।

देवियो और सज्जनो, यदि आप विफलता के वास्तविक कारणों को जानना चाहते हैं, तो वे यही हैं, इस प्रकार से एक साथ बताए गए हैं, जिन्हें आप समझ सकते हैं। वह कुटिल नदी याद है, जिसकी चर्चा मैंने पहले की थी, कुटिल, क्योंकि उसने सबसे कम विरोध के रास्ते को चुना? इसलिए विफलता के इन पंद्रह प्रमुख कारणों में से कई, जैसे कि भटकाव, एक निश्चित प्रमुख उद्देश्य की कमी, अपर्याप्त शिक्षा, आत्म-अनुशासन की कमी, महत्त्वाकांक्षा की कमी, दृढता का अभाव, बिना कुछ किए कुछ पाने की इच्छा और निर्णय लेने में विफलता इस रास्ते को अपनाने के कारण पैदा होती है। सफल व्यक्ति सदैव सही चीज करने के लिए कड़ा संघर्ष करता है और कम विरोध के रास्ते को कभी नहीं चुनता। सारी नदियाँ इस रास्ते को चुनती हैं, लेकिन सफल लोग कभी ऐसा नहीं करते।

कृपया अगली बार मेरे साथ जुड़िए, जब मैं बताऊँगा कि विफलता के इन कारणों से कैसे उबरें। इसके साथ ही आपका अभी के लिए धन्यवाद।

□

8

दृढता और निर्णय क्षमता

देवियो और सज्जनो, नमस्कार। मैं हूँ हेनरी एल्डरबर्ग, नेपोलियन हिल इंस्टीट्यूट के शिक्षा का सहायक निदेशक। मिस्टर हिल ने मुझे यहाँ पेरिस के लोगों से मिलने के लिए बुलाया है, जिसमें मुझे इस हफ्ते काफी मजा आया और आज हम अपनी चर्चा मिस्टर हिल के साथ करेंगे। पिछले प्रसारणों में मिस्टर हिल ने सफलता का वह फॉर्मूला प्रस्तुत किया है, जिसे लोग अपने काम और खेल के दौरान, अपने काम की जगह पर और घर पर अपना सकेंगे। हमारे श्रोताओं को आपने जहाँ यह बताया है कि सफलता पाने के लिए उन्हें क्या करना चाहिए, मिस्टर हिल, वहीं आपने हमारे दोस्तों को यह भी बताया है कि उन्हें क्या नहीं करना चाहिए, जिन्हें आपने अपने पिछले प्रसारण में विफलता के पंद्रह प्रमुख कारण गिनाते हुए विस्तार से समझाया है। क्या आज आप विफलता के कारणों पर चर्चा को जारी रखेंगे और यह बताएँगे कि उन पर काबू कैसे करें?

मि. हिल : हाँ, हम आज अपने कार्यक्रम की शुरुआत विफलता के दो सबसे सामान्य कारणों पर विस्तार से चर्चा के साथ करेंगे। आप यह समझ जाएँगे कि बाधाओं को उन नियमों का पालन कर तरक्की की सीढ़ी का रूप दिया जा सकता है, जिन्हें मैंने पहले प्रस्तुत किया है। इन कारणों और दृढता तथा निर्णय क्षमता से किस प्रकार उन पर काबू पाया जाए, इस पर चर्चा के बाद मैं अपने श्रोताओं को बताऊँगा कि विफलता को सफलता में कैसे बदलें।

विफलता का पहला कारण है, जब कठिनाई आती है तो हार मान लेना। इससे फर्क नहीं पड़ता कि आप कौन हैं या अपने पेशे में कितने कुशल हैं, ऐसा समय आएगा, जब कठिनाई बढ़ जाएगी और अप्रिय परिस्थितियाँ आप पर हावी हो जाएँगी। यदि आप इन अप्रिय परिस्थितियों के आगे आसानी से झुक गए तो जहाँ तक आपके जबरदस्त रूप से सफल होने की बात है तो आप उसे भूल ही जाएँ तो

अच्छा है, लेकिन यह मान लें कि आप सफलता के नियमों का पालन करेंगे, जिन्हें मैंने इन कार्यक्रमों में प्रस्तुत किया है, आप जब किसी प्रकार के विरोध का सामना करेंगे, तो हार मानने के बजाय आप अधिक इच्छाशक्ति को लागू करेंगे, अपनी क्षमता पर सुदृढ विश्वास के जोश को जगाएँगे और अपने मन को समझाएँगे कि चाहे जो हो जाए, आप आसानी से नहीं झुकेंगे। ऐसा कीजिए और आप जल्दी ही सफल हो जाएँगे।

जरा इस बारे में सोचकर देखिए कि दस हजार बार विफल होने के बाद भी एक व्यक्ति को भरोसा कम नहीं होता और अंत में उसके सिर सफलता का ताज सज जाता है। एक विफलता से ही औसत व्यक्ति हार मान लेता है। शायद यही वजह है कि इतने सारे औसत लोग थे और थॉमस एडिसन केवल एक ही हुए।

मुझे अपने जीवन का एक सबसे बड़ा सहज ज्ञान उस समय मिला था, जब थॉमस ए. एडिसन ने मुझे बताया कि जब वे बिजली के बल्ब को बेहतरीन बनाने का प्रयास कर रहे थे, तब विफलता को लेकर उनकी प्रतिक्रिया कैसी रहती थी। अपनी समस्या का हल निकलने से पहले तक उन्होंने अलग-अलग विचारों को दस हजार से भी अधिक बार आजमाया, जिनमें से सभी विफल हो गए। जरा इस बारे में सोचकर देखिए कि दस हजार बार विफल होने के बाद भी एक व्यक्ति को भरोसा कम नहीं होता और अंत में उसके सिर सफलता का ताज सज जाता है। एक विफलता से ही औसत व्यक्ति हार मान लेता है। शायद यही वजह है कि इतने सारे औसत लोग थे और थॉमस एडिसन केवल एक ही हुए।

विफलता का दूसरा कारण है टालमटोल, तुरंत और निश्चित निर्णय लेने की अक्षमता। टालमटोल काम में जुटने और किसी चीज को संभव बनाने की बजाय कुछ फायदे की चीज के हो जाने का इंतजार करने की आदत होती है। सारे सफल लोगों की आदत होती है कि वे परिस्थितियों और अवसरों को अपने अनुकूल बनाते हैं, न कि जो जीवन में मिला, उसे स्वीकार कर लें।

मि. एल्डरबर्ग : क्या आप हमें बता सकते हैं कि उस व्यक्ति के साथ क्या होता है, जो अवसर मिलने पर उसे हासिल करने और गले लगाने से चूक जाता है?

मि. हिल : हाँ, मैं इस अनिर्णय और टालमटोल की कीमत का आपको एक बेहतरीन उदाहरण दे सकता हूँ। कुछ साल पहले एक बहुत बड़ी ऑटोमोबाइल

कंपनी ने अपने विस्तार के कार्यक्रम को लागू करने का फैसला किया। उसके प्रेसीडेंट ने प्लांट के विभिन्न विभागों से सौ युवाओं को बुलाया और उनसे कहा, "साथियो, हम अपने प्लांट का विस्तार कर रहे हैं और गाड़ियों का उत्पादन भी बड़े पैमाने पर बढ़ा रहे हैं, जिसका मतलब होगा कि हमें मौजूदा स्टाफ से कहीं अधिक अधिकारियों और विभाग के मैनेजरों की जरूरत पड़ेगी। हम आप युवाओं में हर एक को प्रति दिन चार घंटे इस ऑफिस में काम करने का अवसर दे रहे हैं, जहाँ आप अधिकारी बनना सीखेंगे, जबकि चार घंटे आप प्लांट में अपना नियमित काम करेंगे। कुछ होमवर्क भी मिलेगा, जिसे आपको रात को करना पड़ेगा और ऐसा समय भी आएगा, जब आपको सामाजिक जिम्मेदारी को छोड़ना पड़ेगा और ओवरटाइम करना होगा। आपका वेतन वही रहेगा, जो अभी आपको प्लांट में मिल रहा है। मैं कार्ड दे रहा हूँ, जिस पर मैं चाहूँगा कि आपमें से जो भी इस ऑफर को स्वीकार करें, अपना नाम लिख दें और मैं इसके लिए आपको एक घंटे का समय दे रहा हूँ, जिसमें आप आपस में बात कर अपना मन बना सकें।"

मि. एल्डरबर्ग : बेशक इस अवसर को उन सभी ने कबूल कर लिया होगा?

मि. हिल : नहीं, उन्होंने नहीं किया। कंपनी के प्रेसीडेंट ने जब कार्ड निकाले, तो उन्हें अपने जीवन का सबसे बड़ा आश्चर्य हुआ। सौ में से केवल तेईस लोगों ने उस ऑफर को स्वीकार किया था। अगले दिन तीन और लोग आए, जिन्होंने कहा कि उन्होंने ऑफर स्वीकार करने का मन बनाया है, उनमें से कुछ ने बताया कि उन्होंने इस प्रस्ताव को स्वीकार करने का मन अपनी पत्नी से चर्चा के बाद बनाया है।

कंपनी के प्रेसीडेंट ने जब कार्ड निकाले, तो उन्हें अपने जीवन का सबसे बड़ा आश्चर्य हुआ। सौ में से केवल तेईस लोगों ने उस ऑफर को स्वीकार किया था। अगले दिन तीन और लोग आए, जिन्होंने कहा कि उन्होंने ऑफर स्वीकार करने का मन बनाया है, उनमें से कुछ ने बताया कि उन्होंने इस प्रस्ताव को स्वीकार करने का मन अपनी पत्नी से चर्चा के बाद बनाया है।

मि. एल्डरबर्ग : उन तीस लोगों का क्या हुआ, जिन्होंने ऐसा किया?

मि. हिल : प्रेसीडेंट ने कहा, "सज्जनो, मैंने जब अपने ऑफर के सिलसिले में सारी बातें बता दी थीं, तब आप सभी को अपना मन बनाने के लिए एक घंटे का समय दिया गया था। मैं बहुत, बहुत माफी

चाहूँगा; लेकिन यह अवसर अब हमेशा के लिए समाप्त हो चुका है, क्योंकि मैंने अनुभव से सीखा है कि जो व्यक्ति तुरंत और निश्चित रूप से अपना मन नहीं बना सकता या नहीं बनाएगा, जबकि उसके पास सारी आवश्यक जानकारी होती है, तो वह बाधाओं के पहले ही संकेत पर अपना विचार बदल लेता है, या वह दूसरे लोगों को मौका देता है कि वे उससे बातचीत करें और वह अपना फैसला बदल दे।"

मि. एल्डरबर्ग : मि. हिल, आपने बहुत अच्छी कहानी सुनाई और यह कुछ हद तक एंड्र्यू कार्नेगी के साथ आपके संबंध जैसा ही है, जो दिखाता है कि सकारात्मक अवसर मिलने पर तुरंत निर्णय लेने का कितना फायदा मिलता है। मुझे यकीन है कि हमारे श्रोता चाहेंगे कि आप अपने अनुभव बताएँ, जिसका लक्ष्य न केवल आपको, बल्कि पूरी दुनिया के लाखों स्त्री-पुरुषों को लाभ देना था।

मि. हिल : आपने जिस अनुभव का जिक्र किया, जो चालीस साल पहले हुआ, जब मैं पहली बार महान् उद्योगपति एंड्र्यू कार्नेगी से मिला, जिन्होंने यूनाइटेड स्टेट्स स्टील कॉरपोरेशन की स्थापना की थी। अपने पिछले प्रसारण में मैंने इस बारे में संक्षेप में बताया था। मुझे बॉब टेलर की पत्रिका के लिए सफलता पर एक कहानी लिखनी थी और मि. कार्नेगी की जबरदस्त उपलब्धियों के आधार पर मैंने उनसे मिलने का फैसला किया। शुरुआत में उन्होंने मुझे इंटरव्यू के लिए तीन घंटे का समय दिया, लेकिन वास्तव में यह तीन दिनों और तीन रातों तक खिंच गया। उस दौरान असल में एक खास मकसद से वे मेरा इंटरव्यू ले रहे थे, जबकि मुझे पता भी नहीं था कि उनके दिमाग में क्या चल रहा है। उन दिनों के दौरान उन्होंने मुझे बताया कि दुनिया को सफलता के एक नए दर्शन की आवश्यकता है, एक ऐसे दर्शन की, जो औसत पुरुष या स्त्री को उनके और उनके जैसे अन्य सफल लोगों द्वारा अपने जीवन में प्राप्त अनुभवों का पूरा लाभ दे सके। मि. कार्नेगी ने कहा कि यह बहुत बड़ा पाप होगा कि सफल लोग कड़े परिश्रम से

असल में एक खास मकसद से वे मेरा इंटरव्यू ले रहे थे, जबकि मुझे पता भी नहीं था कि उनके दिमाग में क्या चल रहा है। उन दिनों के दौरान उन्होंने मुझे बताया कि दुनिया को सफलता के एक नए दर्शन की आवश्यकता है, एक ऐसे दर्शन की, जो औसत पुरुष या स्त्री को उनके और उनके जैसे अन्य सफल लोगों द्वारा अपने जीवन में प्राप्त अनुभवों का पूरा लाभ दे सके।

कमाए अपने अनुभव को अपने साथ दफन हो जाने दें।

तीसरे दिन के अंत में मि. कार्नेगी ने कहा, "मैं तीन दिनों तक तुमसे सफलता के एक लिखित दर्शन की जरूरत के बारे में बातचीत कर रहा हूँ। मैं तुमसे एक सवाल पूछने जा रहा हूँ, जिसका जवाब मैं साधारण से 'हाँ' या 'नहीं' में चाहूँगा, लेकिन जब तक तुम अपना मन निश्चित तौर पर बना न लो, तब तक जवाब मत देना। अगर मैं तुम्हें दुनिया के पहले व्यावहारिक दर्शन को विधिवत् रूप देने के लिए चुनूँ, तो क्या तुम अपने बीस वर्ष शोध करने और सफल लोगों का इंटरव्यू लेने पर समर्पित करोगे और इस दौरान तुम्हें अपनी कमाई की व्यवस्था खुद करनी होगी, मेरी तरफ से कोई वित्तीय मदद नहीं मिलेगी तो तुम 'हाँ' कहोगे या 'न'?"

मि. एल्डरबर्ग : बेशक आपने उन्हें 'हाँ' कहा, क्योंकि अगर आपने ऐसा नहीं किया होता तो आज हम इस कार्यक्रम में यहाँ नहीं होते, है न?

मि. हिल : मैंने कहा, "हाँ, मि. कार्नेगी, मैं आपके प्रस्ताव को स्वीकार करता हूँ और आप मुझ पर भरोसा रखें, सर कि मैं इसे पूरा करूँगा।" मि. कार्नेगी ने कहा, "ठीक है, तो यह काम तुम्हें मिल गया और तुमने जिस मानसिक रुख के साथ इस काम को स्वीकार किया, वह मुझे अच्छा लगा।" कुछ साल बाद मुझे पता चला कि मि. कार्नेगी के हाथ में एक स्टॉपवॉच था, जो उनकी मेज के नीचे थे और मन-ही-मन उन्होंने मुझे ठीक साठ सेकंड दिए थे, जिसमें मुझे अपना मन बनाना था, उसके बाद उन्होंने मुझे पूरे दिन दिए, जिसमें मुझे सारी बातों की जानकारी मिली।

> *कुछ साल बाद मुझे पता चला कि मि. कार्नेगी के हाथ में एक स्टॉपवॉच था, जो उनकी मेज के नीचे थे और मन-ही-मन उन्होंने मुझे ठीक साठ सेकंड दिए थे, जिसमें मुझे अपना मन बनाना था, उसके बाद उन्होंने मुझे पूरे दिन दिए, जिसमें मुझे सारी बातों की जानकारी मिली।*

मि. एल्डरबर्ग : आपको क्या लगता है कि मि. कार्नेगी ने तुरंत निर्णय पर इतना जोर क्यों दिया?

मि. हिल : उन्होंने बताया कि किसी पर किसी महत्त्वपूर्ण काम की जिम्मेदारी को निभाने या महत्त्वपूर्ण जिम्मेदारी स्वीकार करने का भरोसा तब तक नहीं किया जा सकता, जब तक कि उसमें तुरंत और निश्चित निर्णय की आदत न हो। मि. कार्नेगी एक और खूबी की तलाश कर रहे थे, जिसके बिना वे जानते थे कि मैं कभी बीस साल तक शोध नहीं करता, जो गुण यह पता लगाने के लिए आवश्यक

था कि स्त्री–पुरुषों को क्या चीज सफल बनाती है।

मि. एल्डरबर्ग : वह गुण क्या था?

मि. हिल : यह कठिनाई का सामना करने पर हार मानने की बजाय, अधिक इच्छाशक्ति दिखाने की आदत थी। मि. कार्नेगी जानते थे कि किसी भी काम में अकसर ऐसा समय आता है, जब किसी को बाधाओं का सामना करना पड़ता है और वह विपरीत परिस्थिति में फँस जाता है। उन्होंने इस बात को जान लिया था कि हार माननेवाला कभी जीतता नहीं और जीतनेवाला कभी हार नहीं मानता।

तुम यह जानकर हैरान रह जाओगे। मेरी सबसे बड़ी बाधा दोस्त और रिश्तेदार थे, जिन्हें लगता था कि मैंने बहुत बड़ा काम ले लिया है। वे मुझे चिढ़ाते थे कि मैं दुनिया के सबसे अमीर आदमी के लिए बीस वर्षों तक उससे बिना पैसे लिये काम कर रहा हूँ।

मि. एल्डरबर्ग : सफलता के उस दर्शन को, जिसने आपको पूरी दुनिया में प्रसिद्ध कर दिया, उसे व्यवस्थित करने के लिए अपने बीस साल के शोध के दौरान आपकी सबसे बड़ी बाधा क्या थी, जिस पर आपको काबू करना पड़ा?

मि. हिल : तुम यह जानकर हैरान रह जाओगे। मेरी सबसे बड़ी बाधा दोस्त और रिश्तेदार थे, जिन्हें लगता था कि मैंने बहुत बड़ा काम ले लिया है। वे मुझे चिढ़ाते थे कि मैं दुनिया के सबसे अमीर आदमी के लिए बीस वर्षों तक उससे बिना पैसे लिये काम कर रहा हूँ। अधिकांश लोगों, विशेष रूप से अपने ही रिश्तेदारों में एक विचित्र आदत होती है कि वे अकसर परिवार के किसी सदस्य को हतोत्साहित करते हैं, जब वह भीड़ से अलग निकलने के लिए कदम बढ़ाता है और बड़ी सफलता प्राप्त करने की इच्छा रखता है।

मि. एल्डरबर्ग : अपने रिश्तेदारों से इस विरोध की स्थिति में इतने लंबे समय तक आपने अपने जोश और अपने विश्वास को किस प्रकार बनाए रखा?

मि. हिल : मैंने यह काम अकेले नहीं किया। मुझे दो लोगों के साथ बने मास्टरमाइंड गठजोड़ से मदद मिली, जिन्होंने कठिन समय पर मेरा उत्साह बढ़ाया। इनमें से एक मि. कार्नेगी थे, जो मेरे प्रायोजक थे और दूसरी मेरी सौतेली माँ थीं, जो मेरे परिवार की अकेली ऐसी सदस्य थीं, जिन्हें लगता था कि मैं बीस साल के मुश्किल वक्त को सह लूँगा। मानव संबंधों का एक सबसे बड़ा चमत्कार जीवन

चलाते रहने की शक्ति है, जिसे कोई एक या अधिक व्यक्ति के साथ मित्रवत् गठजोड़ से प्राप्त कर सकता है।

मि. एल्डरबर्ग : आप जब सफलता के दर्शन को तैयार कर रहे थे, तब मि. कार्नेगी के अलावा आपको अन्य सफल लोगों से सहायता मिली?

मि. हिल : अ···हाँ-हाँ और अगर मुझे नहीं मिलती तो आज मैं यहाँ इस कार्यक्रम में नहीं होता। मि. कार्नेगी के साथ मेरे जुड़े रहने के दौरान शायद ही कोई व्यक्ति होगा, जिसने सफलता के इस विज्ञान को तैयार करने में अपने योगदान से मेरा सहयोग नहीं किया होगा, लेकिन मैं जब अपने काम को पूरा करने के लिए और पहचान पाने के लिए जूझ रहा था, तब मुझे कई लोगों के बारे में एक दिलचस्प बात जानने का अवसर मिला। मैंने सीखा कि जब किसी को किसी चीज की सख्त जरूरत रहती थी, तो उसके लिए किसी ऐसे व्यक्ति को ढूँढ़ना बेहद मुश्किल होता है, जो उसे पाने में उसकी मदद करे, लेकिन जब कोई कठिन समय को पीछे छोड़ देता है, पहचान पा लेता है और उसे मदद की जरूरत नहीं रह जाती, तो धरती पर लगभग हर कोई उसके लिए कुछ-न-कुछ करना चाहता है।

मैंने सीखा कि जब किसी को किसी चीज की सख्त जरूरत रहती थी, तो उसके लिए किसी ऐसे व्यक्ति को ढूँढ़ना बेहद मुश्किल होता है, जो उसे पाने में उसकी मदद करे, लेकिन जब कोई कठिन समय को पीछे छोड़ देता है, पहचान पा लेता है और उसे मदद की जरूरत नहीं रह जाती, तो धरती पर लगभग हर कोई उसके लिए कुछ-न-कुछ करना चाहता है।

मि. एल्डरबर्ग : आपने अभी-अभी जो कहा, क्या बाइबिल में भी ऐसा ही नहीं लिखा, जो इसकी पुष्टि करता है?

मि. हिल : हाँ, ऐसा लिखा है और मैं यहाँ उसे शब्दशः उद्धृत नहीं करूँगा, वहीं यह बता दूँ कि वह कुछ इस तरह है—वह जिसके पास है, उसे दिया जाएगा और जिसके पास नहीं है, उससे वह भी ले लिया जाएगा, जो उसके पास है। मैंने जब पहली बार बाइबिल में इसे पढ़ा तो मुझे इसके सही होने पर शक हुआ, लेकिन बाद के वर्षों में आँखें खोल देने वाले अनुभव ने अंतिम रूप से सिद्ध किया कि यह मानवता का लक्षण है। कोई भी विफलता के साथ जुड़ना या उसमें मदद नहीं करना चाहता, जबकि लगभग सभी लोग उसकी मदद के लिए तैयार रहते हैं, जिसे मदद की जरूरत नहीं होती। इसकी व्याख्या

उस कानून से की जाती है, जिसमें कहा जाता है कि समान लोग समान लोगों को ही आकर्षित करते हैं।

चलिए, मैं आपका ध्यान इस तथ्य की ओर ले जाता हूँ कि प्रत्येक विफलता, प्रत्येक विपरीत परिस्थिति और प्रत्येक अप्रिय स्थिति अपने साथ समान लाभ या अवसर के बीज लेकर आती है और जिस व्यक्ति के पास जीने का ठोस दर्शन है, वह तुरंत समान लाभ के उस बीज को फायदे में अंकुरित कर लेता है। जहाँ तक किस्मत की बात है, तो यह सही हो सकता है कि अकसर यह लोगों के जीवन में अस्थायी हिस्सा निभाता है, लेकिन इसे याद रखिए—यदि किस्मत अस्थायी हार या विफलता लेकर आती है, तो किसी को भी इसे स्थायी नहीं मान लेना चाहिए और समान लाभ के उस बीज की खोज कर कोई व्यक्ति किसी विफलता को स्थायी सफलता में बदल सकता है।

मि. एल्डरबर्ग : क्या आप मुझे अपनी इस बात को समझाने के लिए कोई उदाहरण दे सकते हैं कि दुर्भाग्य के साथ समान लाभ का बीज रहता है?

मि. हिल : हाँ, यदि समय इजाजत दे तो मैं इसके सैकड़ों उदाहरण दे सकता हूँ, लेकिन मैं दो उदाहरण दूँगा, जिनमें से एक ने मेरे जीवन की राह को बदलकर रख दिया और मेरे प्रयासों से इसने कई लोगों के जीवन को बदला है। मेरी माँ उस वक्त दुनिया छोड़कर चली गई, जब मैं केवल आठ साल का था। अधिकांश लोगों के लिए यह बेहद दुःखदायी क्षति हो सकती है, लेकिन मेरे नुकसान के साथ समान लाभ का जो बीज मुझे मिला, वह एक बुद्धिमान और समझदार सौतेली माँ के रूप में था, जिन्होंने मेरी माँ की जगह ली और उस साहस और विश्वास के साथ मुझे प्रेरित किया, जिसकी मुझे जरूरत थी।

मेरी माँ उस वक्त दुनिया छोड़कर चली गई, जब मैं केवल आठ साल का था। अधिकांश लोगों के लिए यह बेहद दुःखदायी क्षति हो सकती है, लेकिन मेरे नुकसान के साथ समान लाभ का जो बीज मुझे मिला, वह एक बुद्धिमान और समझदार सौतेली माँ के रूप में था, जिन्होंने मेरी माँ की जगह ली और उस साहस और विश्वास के साथ मुझे प्रेरित किया, जिसकी मुझे जरूरत थी।

दूसरा उदाहरण अब्राहम लिंकन के उस बड़े शोक का है, जिसका अनुभव उन्हें उनके पहले प्यार, एन रूटलेज की मौत के बाद हुआ था। यह अनुभव महान् लिंकन की आत्मा की आध्यात्मिक ताकतों की गहराई तक पहुँच गया और दुनिया

के सामने उन गुणों का इजहार किया, जिनके कारण वह ऐसे समय में महानतम राष्ट्रपतियों में से एक बने, जब हमें इसकी सबसे अधिक जरूरत थी। आप कह सकते हैं कि यह खराब किस्मत या बदकिस्मती थी, जिसने लिंकन से उनका पहला प्यार छीन लिया, लेकिन लिंकन की प्रतिक्रिया और इस क्षति की उन्होंने जिस प्रकार भरपाई की, वह उनकी आत्मा की महानता को दिखाता है। उन्होंने इसके जवाब में अपनी पेशेवर और व्यक्तिगत आकांक्षाओं के प्रति अपने संकल्प को फिर से मजबूत किया तथा कठिन लक्ष्यों को पाने का प्रयास किया। किसी भी मानवीय क्षति पर संपूर्ण क्षति का आरोप नहीं लगाना चाहिए, क्योंकि हमारे जीवन की प्रत्येक परिस्थिति, चाहे सुखद हो या दुःखद, हमें यह सीखने की राह पर ले जाती है कि कैसे जिएँ और लोगों के साथ किस प्रकार मिलकर रहें।

मि. एल्डरबर्ग : दुर्भाग्य की बात करें तो मि. एडिसन के साथ आपके संपर्कों के दौरान क्या आपको ऐसा लगा कि सुनने की अक्षमता उनके लिए बाधा बन गई हो?

मि. हिल : नहीं, इसके विपरीत मुझे हैरानी भी हुई, जब मुझे पता लगा कि मि. एडिसन का बधिर होना अभिशाप के बजाय वरदान था, क्योंकि उनके बधिर होने के साथ उन्हें लाभ का एक समान बीज मिला और उन्होंने उस बीज का आश्चर्यजनक उपयोग किया। एक बार मैंने मि. एडिसन से पूछा कि उनका बधिर होना उनके लिए बाधा तो नहीं, तो उन्होंने कहा, "नहीं, इसकी बजाय यह वरदान है, क्योंकि इसने मुझे अंदर से सुनना सिखाया है।"

मि. एल्डरबर्ग : मि. एडिसन क्या कहना चाहते थे?

मि. हिल : उनका मतलब था कि बधिर होने के कारण उन्होंने ज्ञान के उन स्रोतों के साथ सामंजस्य बिठाया और गहरा संपर्क साधा, जो सुनने की क्षमता के दायरे से बाहर उपलब्ध थे। इन स्रोतों से उन्हें अधिकांशतः वैसा ज्ञान मिला, जिसने उन्हें अब तक का महानतम आविष्कारक बनाया। मैं जब

मि. एडिसन का बधिर होना अभिशाप के बजाय वरदान था, क्योंकि उनके बधिर होने के साथ उन्हें लाभ का एक समान बीज मिला और उन्होंने उस बीज का आश्चर्यजनक उपयोग किया। एक बार मैंने मि. एडिसन से पूछा कि उनका बधिर होना उनके लिए बाधा तो नहीं, तो उन्होंने कहा, "नहीं, इसकी बजाय यह वरदान है, क्योंकि इसजे मुझे अंदर से सुनना सिखाया है।"

इस विषय पर चर्चा कर रहा हूँ, तब आपको बता दूँ कि मैंने जो बीस वर्ष सफल लोगों के विश्लेषण से यह जानने में बिताए कि क्या चीज उन्हें सफलता दिलाती है, तो मुझे पता चला कि सफल लोग उसी अनुपात में सफल हुए, जिस हद तक उन्हें बाधाओं और हार का सामना करना पड़ा तथा उन्होंने उन पर काबू पाया।

मि. एल्डरबर्ग : इसे आप किस प्रकार समझाएँगे?

प्रकृति लोगों को अपने शरीर के उचित उपयोग में लापरवाही बरतने का दंड देती है, जैसा कि सभी जानते हैं और यही बात मस्तिष्क की कोशिकाओं पर लागू होता है, जिससे वे सोचते हैं। यदि हम दिमाग का उपयोग न करें तो यह आलसी और गैर-भरोसेमंद बन जाता है। इनसान की समस्या मजबूर करती है कि लोग दिमाग का इस्तेमाल कर उसे विकसित करें।

मि. हिल : इसे यह मानकर समझाया जा सकता है कि प्रकृति ने इनसानों के मामले को इस प्रकार व्यवस्थित किया है कि शक्ति संघर्ष से पैदा होती है। यदि इनसान को कोई समस्या न होती और उन्हें कभी मेहनत करने के लिए मजबूर न होना पड़ता, तो वे कमजोर हो जाते और अपने दिमाग की कोशिकाओं के इस्तेमाल न होने से उस प्रकार नष्ट हो जाते, जिस प्रकार हाथ या पैर के साथ होता है, अगर उन्हें कसरत न कराई जाए। प्रकृति लोगों को अपने शरीर के उचित उपयोग में लापरवाही बरतने का दंड देती है, जैसा कि सभी जानते हैं और यही बात मस्तिष्क की कोशिकाओं पर लागू होता है, जिससे वे सोचते हैं। यदि हम दिमाग का उपयोग न करें तो यह आलसी और गैर-भरोसेमंद बन जाता है। इनसान की समस्या मजबूर करती है कि लोग दिमाग का इस्तेमाल कर उसे विकसित करें।

अब उन अमीरों के बच्चों को ही देख लीजिए, जो अपने बच्चों को इस भ्रम में रखते हैं कि चूँकि उनके माँ-बाप के पास पैसा है, इसलिए उन्हें काम नहीं करना होगा या उन्हें अपने दम पर जीने के लिए तैयार नहीं करते। विरला ही ऐसा व्यक्ति पूरी तरह से आत्मनिर्भर या स्वयं निर्णय लेने के काबिल बन पाता है।

मि. एल्डरबर्ग : आपको भी बचपन में मुश्किलों का सामना करना पड़ा था, है न?

मि. हिल : हाँ, जन्म के समय मुझे संघर्ष के चार कारणों का वरदान मिला था, जिनके नाम हैं, गरीबी, भय, अंधविश्वास और अशिक्षा।

मि. एल्डरबर्ग : आप इन्हें वरदान कहते हैं?

मि. हिल : हाँ, वरदान, क्योंकि मेरा जीवन विफलता के इन चार कारणों से उबरने में अपने साथी मनुष्यों की सहायता के लिए नियत किया गया था और मुझे उनकी उत्पत्ति के बारे में जानने की जरूरत थी। मेरे वरदानों का एक दिलचस्प पहलू भी है, जिसके बारे में आप सब जानना चाहते होंगे। मेरे माता-पिता ने मेरे नाम के साथ नेपोलियन इस उम्मीद के साथ जोड़ा कि इसी नाम के मेरे पैसेवाले चाचा अपनी दौलत का एक हिस्सा अपनी मौत के बाद मेरे लिए छोड़ जाएँगे। सौभाग्य से उन्होंने ऐसा नहीं किया, क्योंकि मैं जानता हूँ कि उन लोगों के साथ क्या हुआ, जिनके लिए वे दौलत छोड़ गए थे। मैंने जहाँ गरीबी, भय, अंधविश्वास और अशिक्षा से जंग लड़ते हुए उस छिपे ज्ञान से परदा उठाया, जिसे मुझे उन लाखों लोगों को बताने का अवसर मिला, वहीं उन लोगों को केवल दौलत मिली, जो ज्यादा दिनों तक नहीं टिक सकी।

मि. एल्डरबर्ग : यदि आपका कोई दोस्त या बेटा या कोई श्रोता होता, जो इस संसार में अपना रास्ता बनाने की तैयारी कर रहा होता और आपको एक गुण चुनना होता, जिस पर वह अपनी सफलता के लिए काफी हद तक भरोसा कर सकता था, तो वह गुण क्या होता?

मि. हिल : यह 64 डॉलर का सवाल है, लेकिन मैं बेहिचक कहूँगा कि मैं उस गुण को चुनता, जो किसी व्यक्ति को मुश्किल वक्त में उस रास्ते को छोड़ने या हार मानने पर विवश करने की बजाय चलते रहने की प्रेरणा देता है या विवश कर देता है। मैं आकलन के किसी भी पैमाने के मुताबिक, इस लक्षण को चुनूँगा, क्योंकि यही वह गुण है, जिसने ऐसे समय में मेरी मदद अन्य किसी भी गुण से अधिक की, जब मेरा भविष्य निराशाजनक दिखने लगा और मैं इसे

> ***मैं आकलन के किसी भी पैमाने के मुताबिक, इस लक्षण को चुनूँगा, क्योंकि यही वह गुण है, जिसने ऐसे समय में मेरी मदद अन्य किसी भी गुण से अधिक की, जब मेरा भविष्य निराशाजनक दिखने लगा और मैं इसे चुनूँगा; क्योंकि मैंने आज तक ऐसे किसी के बारे में न सुना, न ही देखा, जिसने इसके बिना औसत दर्जे से अधिक की सफलता प्राप्त की हो और मैं इसे चुनूँगा, क्योंकि मेरे पास यह मानने का कारण है कि परमात्मा चाहता है कि लोग संघर्ष के जरिए बुद्धिमान और शक्तिशाली बनें।***

चुनूँगा; क्योंकि मैंने आज तक ऐसे किसी के बारे में न सुना, न ही देखा, जिसने इसके बिना औसत दर्जे से अधिक की सफलता प्राप्त की हो और मैं इसे चुनूँगा, क्योंकि मेरे पास यह मानने का कारण है कि परमात्मा चाहता है कि लोग संघर्ष के जरिए बुद्धिमान और शक्तिशाली बनें।

मि. एल्डरबर्ग : अमीर लोगों के बेटों के बारे में आपकी टिप्पणी मुझे यह पूछने पर विवश कर रही है कि दौलतमंद अमेरिकी लोगों से संपर्क के दौरान क्या आपको किसी अमीर आदमी का कोई बेटा मिला, जिसने अपने पिता की बराबरी या उससे अधिक सफलता व्यापार या दूसरे क्षेत्र में प्राप्त की?

मि. हिल : सिर्फ एक और वे थे जॉन डी रॉकफेलर जूनियर, जिन्होंने न केवल अपने पिता की उपलब्धियों की बराबरी की, बल्कि मुझे लगता है कि कई मायने में अपने पिता से भी आगे निकल गए। विरासत में मिली दौलत करीब-करीब अकसर ही बहुत बड़ा श्राप होती है। गरीबी भी अकसर बड़ा श्राप होती है, लेकिन सिर्फ तब, जब लोग उसे उसी रूप में स्वीकार कर लेते हैं, न कि ऐसी प्रेरणा के रूप में कि किसी प्रकार की सेवा देकर गरीबी से उबर सकें।

मि. एल्डरबर्ग : आप जो कह रहे हैं, उससे मुझे लगता है कि किसी गरीब आदमी के बेटे के सफल होने की संभावना अमीर आदमी के बेटे से अधिक होती है।

मि. हिल : बीते चालीस साल में मैंने जितना कुछ देखा है, उससे मैं इस नतीजे पर पहुँचा हूँ कि गरीब आदमी के बेटे की संभावना अधिक होती है, बशर्ते वह यह न मान ले कि गरीबी ऐसी चीज है, जिसे सहना होगा और उस पर काबू पाने का मन बना ले।

मि. एल्डरबर्ग : एंड्र्यू कार्नेगी ने जब इस शर्त पर सफलता का दर्शन लिखने के लिए आपको प्रायोजित किया कि आपको अपने तरीके से आय अर्जित करनी होगी, क्योंकि उनसे आपको नकद सहायता नहीं मिलेगी तो आपकी पहली प्रतिक्रिया क्या थी?

मि. हिल : मेरी पहली प्रतिक्रिया वैसी ही थी, जैसी कि किसी भी अन्य व्यक्ति की होती। मुझे लगा कि उनकी जो माँग है, वह उनकी अकूत दौलत की दृष्टि से अनुचित है, लेकिन यह बात मुझे बाद में पता चली कि यह सबसे चालाकी भरा कदम था, जो मिस्टर कार्नेगी ने मेरे संबंध में उठाया था; क्योंकि उन्होंने मुझे

अपने साधन खुद जुटाने और मेरे ऊपर जब सफलता के कारणों पर शोध के अलाभकारी काम को करने की जिम्मेदारी थी, तब अपनी आजीविका चलाने में सफलता के सिद्धांतों को लागू करना सीखने पर मजबूर किया। मि. कार्नेगी की इस दूरदर्शिता के कारण मैं आज इस दिन को देखने के लिए जीवित हूँ और उनके साथ काम की शुरुआत के बाद ज्यादा समय नहीं बीता था, जब मुझे आर्थिक मदद की जरूरत पड़ गई।

मि. एल्डरबर्ग : मुझे लगता है, हमारे कई साथी यह जानना चाहते होंगे कि आपने शोध में जो बीस वर्ष बिताए, उनके लाभकारी होने से पहले तक आपने अपना खर्च कैसे चलाया?

मि. हिल : मुझसे यही प्रश्न कई बार पूछा गया है। मैं जब पहली बार मि. कार्नेगी से मिला था, तब एक अनुभवी पत्रकार बन चुका था और इस क्षेत्र में मेरे काम की बदौलत मेरा खर्च चलता रहा। बाद में मैं स्त्री-पुरुषों को सेल्समैनशिप की ट्रेनिंग देने लगा और मुझे लगा कि इस क्षेत्र में मेरे पास योग्यता है। सेल्समैनशिप के क्षेत्र में अपने काम के दौरान मैंने तीस हजार से अधिक लोगों को ट्रेनिंग दी, उनमें से कई बेहतरीन सेल्समैन बने।

मि. एल्डरबर्ग : बस एक और व्यक्तिगत सवाल और फिर मैं आपका पीछा छोड़ दूँगा। पैंसठ साल की उम्र में भी आप इतने ऊर्जावान और चुस्त-दुरुस्त कैसे रहते हैं?

मि. हिल : शुक्रिया! मैं निस्स्वार्थ भाव से किसी काम को करने में व्यस्त रहकर और हर जन्मदिन पर अपनी उम्र में एक साल जोड़ने की बजाय एक साल घटाकर जवान बना रहता हूँ। मैं अब फिर से तीस की उम्र में हूँ, लेकिन थोड़ी गंभीरता के साथ बात करूँ तो मैं हर दिन के काम का समापन प्रार्थना के साथ करता हूँ, जो वरदानों के मेरे भंडार को हमेशा के लिए

मेरी पहली प्रतिक्रिया वैसी ही थी, जैसी कि किसी भी अन्य व्यक्ति की होती। मुझे लगा कि उनकी जो माँग है, वह उनकी अकूत दौलत की दृष्टि से अनुचित है, लेकिन यह बात मुझे बाद में पता चली कि यह सबसे चालाकी भरा कदम था, जो मिस्टर कार्नेगी ने मेरे संबंध में उठाया था; क्योंकि उन्होंने मुझे अपने साधन खुद जुटाने और मेरे ऊपर जब सफलता के कारणों पर शोध के अलाभकारी काम को करने की जिम्मेदारी थी, तब अपनी आजीविका चलाने में सफलता के सिद्धांतों को लागू करना सीखने पर मजबूर किया।

भरा रखती है और आज मुझे वह प्रार्थना बता ही देनी चाहिए—'हे, अनंत बुद्धि, मैं और दौलत नहीं माँगूँगा, बल्कि अधिक बुद्धि चाहूँगा, जिससे वरदानों का सही उपयोग किया जा सके, जो मुझे जन्म के समय मिला था, ताकि अपने दिमाग को साथ लेकर लक्ष्य तक पहुँच सकूँ और इससे अपनी पसंद के काम को पूरा कर सकूँ। तथास्तु।'

मि. एल्डरबर्ग : मि. हिल, अब समय आ गया है, जब आप कई प्रश्नों में से कुछ एक के उत्तर दें, जो लोगों के दिमाग में समस्याओं के संबंध में उठे हैं और हमारे ऑफिस तक पहुँचे हैं। क्या आप उनके उत्तर देकर हमारे श्रोताओं को अपनी बुद्धिमानी भरी सलाह का लाभ देंगे? पहला सवाल एक महिला का है, जो कहती है, "मैं एक व्यक्ति की सेक्रेटरी हूँ, जिसे लगता है कि एक महिला को प्रमोशन पाकर अधिकारी बनने का हक नहीं होता। मेरे भीतर एक अधिक जिम्मेदार पद पर काम करने की योग्यता है। मुझे वह पद कैसे मिलेगा?"

> *'हे, अनंत बुद्धि, मैं और दौलत नहीं माँगूँगा, बल्कि अधिक बुद्धि चाहूँगा, जिससे वरदानों का सही उपयोग किया जा सके, जो मुझे जन्म के समय मिला था, ताकि अपने दिमाग को साथ लेकर लक्ष्य तक पहुँच सकूँ और इससे अपनी पसंद के काम को पूरा कर सकूँ। तथास्तु।'*

मि. हिल : मैं कहूँगा कि तुम पहले उस उच्च पद से जुड़े कुछ काम करने की इजाजत माँगो और उस काम को तुम अपने ही समय में बिना किसी पैसे के करो। ऐसा नहीं लगता कि बिना पैसे ओवरटाइम करने पर तुम्हारे बॉस को कोई आपत्ति होगी और ऐसा करते हुए तुम उस बेहतर पद पर काम करने की अपनी योग्यता को भी साबित कर दोगी।

मि. एल्डरबर्ग : अगला सवाल एक ऐसे व्यक्ति का है, जो अपने लिए कारोबार करना चाहता है। वह कहता है, "मैं एक बड़ी ट्रक कंपनी के लिए काम करता हूँ और उनके कारोबार को शुरू से अंत तक जानता हूँ। मैं ट्रक का अपना ही कारोबार शुरू करना चाहता हूँ, लेकिन मेरे पास जरूरी साजो-सामान खरीदने के लिए पैसे नहीं हैं। आप ही बताइए कि मुझे जरूरी पैसे कहाँ से मिलेंगे?"

मि. हिल : पहले तो तुम्हें एक पार्टनर के लिए विज्ञापन देना चाहिए, जो तुम्हें जरूरी पूँजी उधार दे सके और कारोबार में एक जिम्मेदारी भी सँभाले। इस

तरीके से तुम्हारा अनुभव और दूसरे व्यक्ति के पैसे की जोड़ी बनेगी और तुम्हें सही आदमी मिल गया तो यह व्यवस्था तुम दोनों के लिए संतोषजनक होगी। स्थानीय अखबार और 'द वॉल स्ट्रीट जनरल' के फाइनेंशियल सेक्शन में विज्ञापन देकर देखो और तुम्हें ऐसा आदमी मिल जाएगा, जिसकी तुम्हें जरूरत है।

मि. एल्डरबर्ग : यह सवाल एक युवक का है, जो हाईस्कूल पास करनेवाला है। वह कहता है, "मैं इस साल ग्रैजुएट हो जाऊँगा और मैं चाहता हूँ कि एक योग्य कारोबारी के साथ किसी पद पर काम करूँ, जिससे कि मुझे उसके अनुभव का लाभ मिले। मुझे ऐसा पद पाने के लिए क्या करना चाहिए?"

मि. हिल : तुम्हारे लिए एक रास्ता बिजनेस कॉलेज का कोई ट्रेनिंग कोर्स करने का हो सकता है, जब तक कि तुम हाईस्कूल में बिजनेस की ट्रेनिंग नहीं ले लेते और फिर सेक्रेटरी के रूप में अपने आपको तैयार करो। अच्छे सेक्रेटरी मिलना हद से अधिक मुश्किल है और तुम्हें पद की तलाश करने में ज्यादा दिक्कत नहीं आएगी। आप इस बात को लेकर व्यावहारिक रूप से निश्चित हो सकते हैं। इस तरह की नौकरी में कारोबारी संपर्क तक तुम्हारी पहुँच होगी और सफल कारोबारियों के अनुभव का तुम्हें लाभ मिलेगा, जो कुछ बेहतर करने के लिए एक अच्छी शुरुआत की दृष्टि से अनमोल होगा।

पहले तो तुम्हें एक पार्टनर के लिए विज्ञापन देना चाहिए, जो तुम्हें जरूरी पूँजी उधार दे सके और कारोबार में एक जिम्मेदारी भी सँभाले। इस तरीके से तुम्हारा अनुभव और दूसरे व्यक्ति के पैसे की जोड़ी बनेगी और तुम्हें सही आदमी मिल गया तो यह व्यवस्था तुम दोनों के लिए संतोषजनक होगी।

मि. एल्डरबर्ग : यह सवाल एक गृहणी का है, जो लिखती हैं, "क्या आप मुझे बता सकते हैं कि मुझे घर से ही करनेवाला काम कैसे मिलेगा, जिससे मैं अपने परिवार की आय को बढ़ा सकूँ। मेरी जब शादी नहीं हुई थी, तब मैं एक टेलीफोन कंपनी की चीफ ऑपरेटर थी और टेलीफोन पर मेरी आवाज काफी सुखद लगती है।"

मि. हिल : आप टेलीफोन के अपने अनुभव का लाभ उठा सकती हैं और अपनी सुमधुर आवाज से टेलीफोन पर सामान बेच सकती हैं, या जीवन बीमा, गाड़ियों की बिक्री, या किसी भी प्रकार की कोई सेवा या सामानों की बिक्री के

लिए ग्राहक ढूँढ़ सकती हैं। आपको तारों के माध्यम से टेलीफोन द्वारा परिवारों के मुखिया तक पहुँचने में ज्यादा दिक्कत नहीं होगी। मैं एक ऐसी महिला को जानता हूँ, जिसके पास न्यूयॉर्क शहर में दर्जन भर से अधिक चालू टेलीफोन की व्यवस्था है। उसके पास प्रशिक्षित ऑपरेटर स्टाफ है, जो उसकी मदद कर सकें और वह औसत कारोबारी से अधिक पैसा कमा रही है।

आपको तारों के माध्यम से टेलीफोन द्वारा परिवारों के मुखिया तक पहुँचने में ज्यादा दिक्कत नहीं होगी। मैं एक ऐसी महिला को जानता हूँ, जिसके पास न्यूयॉर्क शहर में दर्जन भर से अधिक चालू टेलीफोन की व्यवस्था है। उसके पास प्रशिक्षित ऑपरेटर स्टाफ है, जो उसकी मदद कर सकें और वह औसत कारोबारी से अधिक पैसा कमा रही है।

मि. एल्डरबर्ग : कॉलेज के एक प्रोफेसर का कहना है, "बढ़ते परिवार के कारण मेरे लिए अधिक पैसे कमाने की जरूरत है, जबकि शिक्षक पद पर मेरी आय अभी उतनी नहीं है। ऐसे में मैं क्या करूँ ?"

मि. हिल : इसका जवाब स्पष्ट है। किसी अन्य क्षेत्र में जाने का प्रयास करो, जैसे कि किसी चीज की बिक्री करने के क्षेत्र में। जब तक तुम यह न साबित कर दो कि तुम बेच सकते हो, तब तक शाम के दौरान थोड़े समय के लिए सामान बेचो, जिससे तुम्हें अपनी मौजूदा नौकरी से कुछ अलग करने का भी मौका मिल जाएगा।

मि. एल्डरबर्ग : मि. हिल, इन समस्याओं पर अपने सुझावों के लिए आपका धन्यवाद। हमारे पास प्रसारण का समय समाप्त हो चला है। देवियो और सज्जनो, अगली बार हमारे साथ जुड़िए, जब नेपोलियन हिल सफलता के उन सिद्धांतों पर और विस्तार से बताएँगे, जिन्हें उन्होंने अपने बरसों के शोध के बाद ढूँढ़ निकाला है।

मि. हिल : आप सभी का शुक्रिया। मुझे उम्मीद है कि आपने आज यह सीखा कि कैसे निर्णय क्षमता और दृढता की मदद से आप दुर्भाग्य को भी लाभ में बदल सकते हैं और विफलता के कारणों पर काबू पा सकते हैं। अगली बार मैं आत्म-अनुशासन पर चर्चा करूँगा, जो सफलता का एक और महत्त्वपूर्ण सिद्धांत है।

□

9

आत्म-अनुशासन

नमस्कार देवियो और सज्जनो! सफलता के विज्ञान के अनिवार्य सिद्धांतों पर एक और प्रसारण में आप सभी का स्वागत है। आज की शाम का विषय है आत्म-अनुशासन। मुझे लगता है कि यदि लोगों को सारी चीजों को मिलाकर किसी एक चीज की जरूरत है, तो वह है अपने ऊपर अनुशासन। इतने महत्त्वपूर्ण विषय पर हममें से अधिकांश लोग कितना कम ध्यान देते हैं।

मैं आपको कुछ बताना चाहता हूँ—इस प्रसारण के आरंभ में मैं आपको बता दूँ कि आत्म-अनुशासन का सर्वाधिक लाभ उठाने के लिए आपको एक व्यवस्था के अंतर्गत चलना होगा। आपके पास एक योजना होनी चाहिए। आपको सदैव तमाम चीजों से तमाम परिस्थितियों में अपनी मर्जी की सारी इच्छाओं से अपने मन को व्यस्त रखना होगा और कठोरता से उन बातों से दूर रहना होगा, जिन्हें आप नहीं चाहते।

सर्वोच्च कोटि का आत्म-अनुशासन इस प्रकार का होता है—अपने दिमाग को उन चीजों पर निश्चित रखना, जिन्हें आप जीवन में चाहते हैं और उन चीजों से दूर रखना, जिन्हें नहीं चाहते। क्या आप जानते हैं कि अधिकांश लोग पूरा जीवन बिता देते हैं और उस दौरान उन पर वैसी चीजें हावी रहती हैं, जिन्हें वे नहीं चाहते? खराब स्वास्थ्य का डर, गरीबी का डर और आलोचना का डर। यदि आप सभी प्रकार के भय के पितामह को जानना चाहते हैं, तो वह है आलोचना का भय। मैं अपने शुरुआती दिनों को याद करता हूँ, जब मैंने पहली बार अपना शोध शुरू किया था, तो मेरे लिए वह सबसे बड़ी मुश्किल थी। मैं इस बात से डरा हुआ था कि 'वे' क्या कहेंगे। मैं कभी यह नहीं जान पाया कि 'वे' कौन थे, लेकिन मैं उनसे डरा हुआ जरूर था।

आत्म-अनुशासन के प्रयोग का मेरा जो तरीका है, वह जिससे बना है, उसे

मैं आठ राजकुमार कहता हूँ, जो आठ काल्पनिक जीव हैं, जिन्हें मैंने बनाया और अपने आंतरिक अहं से जोड़ा है, जिनका काम मुझे वैसी सारी चीजें उपलब्ध कराना है, जिनकी जरूरत मुझे खुश और सफल तथा समृद्ध व स्वस्थ रहने के लिए है। मैं आपको इस तकनीक को अपनाने का सुझाव दूँगा, लेकिन आप अगर किसी और तकनीक को पसंद करते हैं, तो शायद आपका आइडिया भी इतना ही कारगर हो सकता है।

परमात्मा भी चाहता है कि प्रत्येक मनुष्य अपने दिमाग पर स्वयं पूर्ण नियंत्रण रखे और उस दिमाग का प्रयोग वह अपनी सफलता तथा मन की शांति के लिए, जो जरूरी हो, उसे प्राप्त करने के लिए करे। कभी-कभी हम इस बड़े कदम को उठाते हैं और इस संसार की यह सबसे बड़ी बात है कि हम उसे उठाते हैं, लेकिन उन चीजों को प्राप्त करने की दिशा में नहीं ले जाते, जिन्हें हम चाहते हैं, बल्कि उन चीजों के लिए जिन्हें हम नहीं चाहते।

अपने दिमाग को अपने काबू में रखना तथा आप जिन चीजों को चाहते हैं, उन पर स्थिर रखने का इनाम अनंत बुद्धि के मार्गदर्शन से अपने भाग्य को तय करने के रूप में होता है और मैं कहूँगा कि यह अच्छा-खासा इनाम है। परमात्मा भी चाहता है कि प्रत्येक मनुष्य अपने दिमाग पर स्वयं पूर्ण नियंत्रण रखे और उस दिमाग का प्रयोग वह अपनी सफलता तथा मन की शांति के लिए, जो जरूरी हो, उसे प्राप्त करने के लिए करे। कभी-कभी हम इस बड़े कदम को उठाते हैं और इस संसार की यह सबसे बड़ी बात है कि हम उसे उठाते हैं, लेकिन उन चीजों को प्राप्त करने की दिशा में नहीं ले जाते, जिन्हें हम चाहते हैं, बल्कि उन चीजों के लिए जिन्हें हम नहीं चाहते।

अपने दिमाग को वश में न रखने, अनुशासित न रखने का दंड इस बात से मिलता है कि आप परिस्थिति की निरुद्देश्य बयार के शिकार हो जाते हैं, जो कभी आपके काबू में नहीं आ पाती है। दूसरे शब्दों में, अगर आप अपने मन को वश में रखना, उन कामों में लगाना नहीं सीखते, जो आपके लिए फायदेमंद हैं और उन चीजों में लगाते हैं, जिनसे कोई लाभ नहीं होता तो आप जीवन में इधर-से-उधर डोलते रहते हैं, जैसे हवा में सूखी पत्ती।

आपमें यह जानने की इच्छा होगी कि मैं जब सफलता के विज्ञान की रचना कर रहा था, तब मुझे भी नेपोलियन हिल का पुनर्निर्माण करना पड़ा था। यह बेहतरीन

काम था, क्योंकि मुझे लगभग शून्य से या शायद उससे भी पीछे से शुरुआत करनी पड़ी थी। वैसे भी मुझे काफी घिसना पड़ा था। तेरह अलग-अलग मोड़ पर मुझे आत्म-अनुशासन से अपने चरित्र का पुनर्निर्माण करना पड़ा। मैं चाहता हूँ कि आप इन तेरह बिंदुओं पर गौर करें और जहाँ तक मैं उनकी तुलना आपसे करता हूँ और आप देखते हैं कि जिस आत्म-अनुशासन के प्रयोग से मुझे लाभ मिला और आपको भी मिल सकता है, वहाँ तक आप भी उसी प्रकार बढ़ते रहिए, जहाँ तक मैं गया था।

सबसे पहले एकदम शुरुआती दिनों में मुझे अपने ऊपर विश्वास नहीं था। आप मुझे आज जानते हैं, इसलिए शायद आपको यकीन न हो, लेकिन मुझे अपने ऊपर भरोसा नहीं था। नेपोलियन हिल के सिवाय मुझे लगभग सबकुछ पर भरोसा था। मैं सोचता था कि अगर मुझे हेनरी फोर्ड और थॉमस एडिसन तथा ऐसे ही लोगों का व्यक्तिगत सहयोग मिल जाता, तो फिर मुझे बड़ी-बड़ी चीजें मिल जातीं और शायद उनके जैसी सफलता मैं भी प्राप्त कर लेता। मैं उस प्रकार के सहयोग को माँगता था और उनकी इच्छा रखता था, लेकिन बाद में समझ आ गया कि मुझे उसकी जरूरत नहीं थी। मैं जान गया कि अगर मैं अपने ऊपर भरोसा करूँ तो यह काम मैं खुद कर सकता हूँ।

दूसरा, सात बुनियादी भय, विशेष रूप से गरीबी और आलोचना के डर पर काबू पाने के लिए मुझे अनुशासित रहना होगा। मैं आपको बता दूँ कि वे दो सबसे बड़े रोड़े थे। मैंने जब तक उन पर काबू पाना नहीं सीखा, तब तक मैं जिंदगी में बहुत आगे नहीं बढ़ पाया। अब कोई मेरी आलोचना करता है, तब पहले की तरह मैं उसे लेकर होश नहीं खोता हूँ, बल्कि अपने आपको परखने लगता हूँ। सबसे पहले मैं आलोचना करनेवाले व्यक्ति को परखता हूँ, ताकि समझ सकूँ कि वह समझदारी भरी आलोचना के काबिल है या नहीं। यदि वह है, तो फिर मैं अपने आपको बड़े ध्यान से परखता हूँ, ताकि यह देख सकूँ कि आलोचना सही है या नहीं और अकसर पाता हूँ

सबसे पहले मैं आलोचना करनेवाले व्यक्ति को परखता हूँ, ताकि समझ सकूँ कि वह समझदारी भरी आलोचना के काबिल है या नहीं। यदि वह है, तो फिर मैं अपने आपको बड़े ध्यान से परखता हूँ, ताकि यह देख सकूँ कि आलोचना सही है या नहीं और अकसर पाता हूँ कि आलोचना सही है। दूसरों की आलोचना के लाभ को देखते हुए मैंने साल-दर-साल अपने आप में सुधार करना सीखा है।

कि आलोचना सही है। दूसरों की आलोचना के लाभ को देखते हुए मैंने साल-दर-साल अपने आप में सुधार करना सीखा है।

तीसरा, मुझे अपने द्वारा अपने ही ऊपर लगाई गई सीमाओं को हटाने के लिए आत्म-अनुशासन का प्रयोग करना पड़ा। मेरे साथियो! अगर आप इन दिनों बैठें और उन स्थानों तथा परिस्थितियों की सूची बनाएँ, जहाँ आप अपने ऊपर सीमा निश्चित कर देते हैं, जिसकी शुरुआत मान लें कि आप अपनी आय से करते हैं तो बड़ी दिलचस्प तसवीर सामने आएगी। कुछ लोग लगभग जीवन भर एक निश्चित आय के दायरे में ही रह जाते हैं। ऐसा मुख्य रूप से इस कारण होता है, क्योंकि वे उन सीमाओं को नहीं बढ़ाते, न ही कोई बड़ा लक्ष्य रखते हैं। इस जैसे महान् देश में, जहाँ अवसरों की भरमार है, कोई कारण नहीं कि कोई व्यक्ति अपनी आय को सीमित करे।

> ***अगर आप कठिन परिश्रम करेंगे और अपना काम बुद्धिमानी के साथ करेंगे तथा आप इस दर्शन का उपयोग करते हैं और इसे लागू करते हैं, तो वह दिन भी आएगा, जब आप प्रसिद्ध भी होंगे और शायद इतने अमीर, जिसकी आपको जरूरत है।***

चौथा, मुझे अपने दिमाग का प्रयोग आगे बढ़कर करने तथा मैं जिस लक्ष्य को चुनूँ, उसकी दिशा में उसे ले जाने के लिए आत्म-अनुशासन के उपयोग की जरूरत थी। मैं पूरे साहस के साथ कहता हूँ कि इन श्रोताओं में से एक भी व्यक्ति ऐसा नहीं होगा, जिसने इस शक्ति का प्रयोग न करने की वही गलती नहीं की होगी और ऐसा कोई नहीं, जिसे इस हद तक मन के ऊपर अनुशासन रखने की जरूरत नहीं कि जिन चीजों को आप जीवन में चाहते हैं, उनकी ओर मन को नहीं ले जाएँगे तथा इसे उन परिस्थितियों की दिशा में भटकने न दें, जिन्हें आप नहीं चाहते।

मुझे उस बिंदु पर अपने आपको कई साल तक अनुशासित करना पड़ा और मुझे आश्चर्य है कि इस विषय पर आज आपका क्या रुख है। मैं आपसे न हाथ उठाने, न ही वोट करने या मुझे बताने को कहूँगा। मैं आपसे कहूँगा कि आप अपने दिल और दिमाग से सोचिए—किसी हद तक आप अपने दिमाग पर नियंत्रण रखते हैं।

पाँचवाँ, मुझे आत्म-अनुशासन का प्रयोग कई वर्षों तक करना पड़ा, ताकि मैं अपने आपको शोहरत और धन-दौलत से विनम्रता के साथ जोड़ सकूँ। अगर आप कठिन परिश्रम करेंगे और अपना काम बुद्धिमानी के साथ करेंगे तथा आप इस

दर्शन का उपयोग करते हैं और इसे लागू करते हैं, तो वह दिन भी आएगा, जब आप प्रसिद्ध भी होंगे और शायद इतने अमीर, जिसकी आपको जरूरत है। उस समय आपको अपने आपको बड़ी सावधानी से देखना होगा, क्योंकि अगर आपको शोहरत और पैसा मिल गया और उनके साथ-साथ आप विनम्र नहीं हुए, तो इसकी आशंका है कि आप उस शोहरत या पैसे का मजा नहीं ले पाएँगे।

ऐसा वक्त था, जब उस पहचान और नाम के बदले मैं बेहिसाब धन लुटा सकता था, जैसी शोहरत आज मुझे मिली है, लेकिन वह मुझे अगर तब मिल जाती, तो शायद मैं उतना विनम्र न होता, जितना आज हूँ, क्योंकि मैं आपको आश्वस्त कर दूँ कि मैंने जिस रास्ते पर चलकर इसे प्राप्त किया, वह लंबा और कठिन था।

इस संसार में अधिकांश लोगों को इस बात को समझकर खुद को अनुशासित करने की आवश्यकता है कि फसल काटने से पहले आपको उसकी बुआई करनी पड़ती है। आज की दुनिया में अधिकांश लोग बुआई से पहले उसे काट लेना चाहते हैं। कहने का अर्थ यह है कि वे बिना कुछ किए कुछ पाना चाहते हैं, या किसी चीज को उससे काफी कम कीमत पर हासिल करना चाहते हैं, जिंदगी के बाजार में मोल-भाव करना चाहते हैं।

छठा, इनाम की फसल काटने से पहले मुझे सेवा का बीज बोने के लिए आत्म-अनुशासन का उपयोग करना पड़ा था। मुझे संदेह है कि आपमें से अधिकांश लोग इस बात को ध्यान से समझेंगे। इस संसार में अधिकांश लोगों को इस बात को समझकर खुद को अनुशासित करने की आवश्यकता है कि फसल काटने से पहले आपको उसकी बुआई करनी पड़ती है। आज की दुनिया में अधिकांश लोग बुआई से पहले उसे काट लेना चाहते हैं। कहने का अर्थ यह है कि वे बिना कुछ किए कुछ पाना चाहते हैं, या किसी चीज को उससे काफी कम कीमत पर हासिल करना चाहते हैं, जिंदगी के बाजार में मोल-भाव करना चाहते हैं। मैं आपको बेहिचक कह सकता हूँ कि जीवन में मोल-भाव नहीं होता। आपको जो कुछ भी मिलता है, उसकी एक कीमत होती है। अगर आप उस कीमत को नहीं चुकाते, तो वह आपको नहीं मिलती। उसके बदले आपको कुछ मिल जाएगा, कुछ ऐसा, जो वैसा ही दिखता है, लेकिन उसके जितना अच्छा नहीं होता।

सातवाँ, मुझे आत्म-अनुशासन का इस्तेमाल करना पड़ा, जिसमें मुझे अपना

पंचानबे फीसदी समय देना पड़ता था और उसका दस फीसदी ही बेचता था। मैं आपको बताना चाहता हूँ कि इस तरह की असमानता गलत थी। आज ऐसे कई लोग हैं, जिन्हें मैं जानता हूँ कि वे जीवन में इतना अच्छा नहीं कर रहे; क्योंकि वे बहुत कुछ सेवा के नाम पर दे देते हैं। इस दर्शन में मैं अधिक परिश्रम करने की वकालत करता हूँ, जितना पैसा आपको मिलता है, उससे अधिक परिश्रम, हाँ, लेकिन मैं यह हिमायत भी करता हूँ कि आपने जब अधिक परिश्रम कर लिया और उपयोगी सेवा दे दी, तो आपको यह देखना चाहिए कि जीवन उसे किसी-न-किसी रूप में आपको लौटाए, मतलब आप अपनी उपेक्षा मत कीजिए। मुझे लगता है कि अपना नब्बे फीसदी समय बेचना और दस प्रतिशत वैसे ही दे देना सही कीमत है।

उद्देश्य की ईमानदारी और निष्ठा, बेशक अच्छाई के सबसे पसंदीदा गुण हैं, लेकिन सफलता सुनिश्चित करने के लिए वे काफी नहीं हैं। आपको उनके साथ-साथ और भी कई चीजों की जरूरत पड़ती है। ठीक-ठीक कहूँ, तो इस संसार में सफलता को लेकर आश्वस्त होने से पहले आपके पास वह सबकुछ होना चाहिए, जिनसे सफलता के सत्रह सिद्धांतों का पता चलता है।

नंबर आठ, मुझे इस झूठी धारणा पर आत्म-अनुशासन का उपयोग करना पड़ा कि ईमानदारी और उद्देश्य को लेकर निष्ठा सफलता के लिए पर्याप्त है। मेरे साथियो! यदि आप ऐसा सोचते हैं तो इसे अभी से छोड़ दीजिए। उद्देश्य की ईमानदारी और निष्ठा, बेशक अच्छाई के सबसे पसंदीदा गुण हैं, लेकिन सफलता सुनिश्चित करने के लिए वे काफी नहीं हैं। आपको उनके साथ-साथ और भी कई चीजों की जरूरत पड़ती है। ठीक-ठीक कहूँ, तो इस संसार में सफलता को लेकर आश्वस्त होने से पहले आपके पास वह सबकुछ होना चाहिए, जिनसे सफलता के सत्रह सिद्धांतों का पता चलता है। नहीं भी तो आपको उन सत्रह सिद्धांतों में से कुछ एक को मिला-जुलाकर लागू करना चाहिए।

मैंने कुछ साल पहले वर्जीनिया में गरीबों के लिए सरकार की ओर से चलाए जानेवाले घरों का सर्वेक्षण किया और मैंने पाया कि लगभग उन सभी सार्वजनिक घरों में, जिनकी देखभाल सरकार कर रही थी, लोग ईमानदार थे, बिल्कुल थे, लेकिन वे न तो अपने हितों का, न ही अपने अधिकारों का खयाल रखते थे। उन्हें सफलता के लिए ईमानदारी के अलावा भी कुछ चीजों की जरूरत थी।

नौवाँ, बजट को लेकर अपनी विफलता और अपने समय का उपयोग अधिक फायदेमंद रूप से करने के लिए मुझे आत्म-अनुशासन का सहारा लेना पड़ा। मैं आपसे यह नहीं कहूँगा कि हाथ उठाएँ और बताएँ कि आपमें से कितने लोगों का एक टाइम बजट है, जिसके अनुसार आप काम करते हैं, लेकिन मैं आपसे कहूँगा कि आपको विचार करना चाहिए कि इसका होना कितना महत्त्व रखता है। यदि आपके पास नहीं है, तो बना लीजिए। अपने समय का बँटवारा इस प्रकार कीजिए कि इसके कुछ निश्चित हिस्से हों, जिनका इस्तेमाल आप प्रत्येक आवश्यक चीज के लिए करें, जिन्हें आप जीवन में प्राप्त करना चाहते हैं। उस बजट के साथ किसी भी चीज की दखलंदाजी नहीं होनी चाहिए।

दस, अपने जीवन के प्रमुख उद्देश्य, विशेष रूप से सफलता पर मैंने जब शोध की शुरुआत की, तब उसमें जुटे रहने के लिए मुझे आत्म-अनुशासन का प्रयोग करना पड़ा। ऐसा समय भी आया, जब मेरे सामने कमाई के आकर्षक प्रस्ताव थे, जिनका इस्तेमाल मैं अपनी योग्यता और क्षमता से पैसे कमाने और इस दर्शन की रचना से बाहर निकलने के लिए कर सकता था। जब भी मैं लालच के आगे हथियार डालकर राह से भटकनेवाला होता, तब किसी तरह खुद को सँभाल लेता। आसान नहीं होता, जब बीस साल तक आप अपने प्रमुख उद्देश्य के साथ खड़े रहें, जबकि इसकी कीमत आपको डॉलर और सेंट में न मिलती हो और मैं आप से कहना चाहता हूँ कि अगर आपको भी ऐसा करना है तो आपके भीतर काफी आत्म-अनुशासन होना चाहिए।

धैर्य की कमी के कारण मुझे आत्म-अनुशासन की आवश्यकता थी। शुरुआत में मेरे भीतर इतना धैर्य नहीं था। मैं नहीं जानता कि आपके पास अभी इतना है या नहीं, या मेरे पास पर्याप्त है या नहीं, लेकिन मैं आपको एक बात बता सकता हूँ—मेरे पास पहले के मुकाबले अब काफी धैर्य है।

धैर्य की कमी के कारण मुझे आत्म-अनुशासन की आवश्यकता थी। शुरुआत में मेरे भीतर इतना धैर्य नहीं था। मैं नहीं जानता कि आपके पास अभी इतना है या नहीं, या मेरे पास पर्याप्त है या नहीं, लेकिन मैं आपको एक बात बता सकता हूँ—मेरे पास पहले के मुकाबले अब काफी धैर्य है। अगर आप खुश रहना चाहते हैं और मन की शांति चाहते हैं और इस उथल-पुथल भरी जिंदगी में लोगों के साथ शांत मन से जीना चाहते हैं, तो आपमें काफी धैर्य होना चाहिए। आज अमेरिका के बड़े-बड़े

पदों पर जो कुछ चल रहा है, उनसे जुड़ी तमाम बातों को लेकर भी आपके भीतर पर्याप्त धैर्य होना चाहिए। हर दिन, हर दिन कुछ ऐसा हो रहा है, जिससे नागरिकों के धैर्य की परीक्षा ली जा रही है। हमें धैर्य रखना चाहिए।

नंबर बारह, मैंने जितनी अकूत संपत्ति कमाई, उसके बदले आभार व्यक्त करने और उसकी सूची बनाने में विफलता से निपटने के लिए मुझे आत्म-अनुशासन का प्रयोग करना पड़ा। मैं नहीं जानता कि आपमें से कितने लोगों ने ऐसा किया, या कभी अपने जीवन में अर्जित संपत्ति की सूची बनाई भी है या नहीं। मैं उस संपत्ति की बात नहीं कर रहा, जिसे आप बैंक में रख सकते हैं। जहाँ तक मैं जानता हूँ, सफलता के विज्ञान की रचना करने के लिए अपने शोध के दौरान, मुझे अब तक जितने लोगों का सहयोग मिला, अधिक और सफल लोगों का सहयोग, जितना किसी एक दार्शनिक या लेखक या व्याख्याता को आज तक दुनिया के इतिहास में नहीं मिला होगा। लंबे समय तक, अपने वयस्क जीवन के कम-से-कम बीस या पच्चीस साल तक, मैं कभी इस बेहतरीन अवसर को समझ नहीं सका, जो मुझे मिला था और शानदार अनुभव के लाभ को मैंने दौलत खाते में शामिल नहीं किया, जो मुझे उन लोगों से मिली, जिन्होंने मेरी सहायता की थी। दूसरे शब्दों में, मेरे भीतर कृतज्ञता की गहरी समझ पैदा ही नहीं हुई थी।

मुझे लगता है, अगर आप जिन उपहारों का लाभ उठाते हैं, उनके बदले आप में कृतज्ञता की गहरी समझ नहीं और उन लोगों के प्रति आपमें वफादारी नहीं, जिनके प्रति आपको वफादार होना चाहिए, तो आप गरीब हैं, चाहे आपके पास जीवन में और कुछ भी क्यों न हो।

मेरे दोस्तो! मुझे लगता है, अगर आप जिन उपहारों का लाभ उठाते हैं, उनके बदले आप में कृतज्ञता की गहरी समझ नहीं और उन लोगों के प्रति आपमें वफादारी नहीं, जिनके प्रति आपको वफादार होना चाहिए, तो आप गरीब हैं, चाहे आपके पास जीवन में और कुछ भी क्यों न हो।

तेरहवाँ और आखिरी, मुझे अपनी दौलत का दिखावा करने की अपनी इच्छा को नियंत्रित करने के लिए आत्म-अनुशासन का प्रयोग करना पड़ा। दो बड़ी जायदाद, एक कैट्सकिल माउंटेन में और दूसरी फ्लोरिडा में तथा दो रॉल्स-रॉयस, जिनमें से हर एक की कीमत 22,500 डॉलर थी, इनके बाद ही मैं सादगी भरे जीवन के महत्त्व को समझ सका। मेरे लिए यह एक बड़ी स्वीकारोक्ति है, लेकिन

मैं आपसे इतना जरूर कहूँगा कि मैंने भी गलतियाँ की हैं। मुझे लगता है कि आज मिसेज हिल और मैं जितनी सादगी से जीते हैं, उतनी सादगी से जीनेवाले किसी आदमी को ढूँढ़ने में आपको काफी मशक्कत करनी पड़ेगी और हम इसका आनंद ले रहे हैं। हमारे पास आजादी है, हमारे पास मन की शांति है, हमारे पास सेहत है, हमें जो कुछ चाहिए या जिसका हम उपयोग कर सकते हैं, वह सब हमारे पास है।

मैं अपने साथ दुनिया भर की चीजें लेकर चलता था, जिनका मैं कभी इस्तेमाल नहीं करता था। मुझे लगता था कि दिखावा जरूरी है। दुनिया को यह बताना जरूरी है कि मैं न केवल सफलता के नियम की शिक्षा देता हूँ, बल्कि मैं सफल हूँ, यह दिखाना भी जरूरी है। अब मैं इस विषय को इस नजरिए से नहीं देखता। आत्म-अनुशासन से मैंने जैसा हूँ, वैसा ही हर परिस्थिति में रहना सीख लिया है। मैं वही कहता हूँ, जैसा सोचता हूँ और जो सोचता हूँ, वही कहता हूँ। अगर मुझे कोई पुरानी, सस्ती कार चलाने की इच्छा होती है, तो मैं ऐसा कर सकता हूँ। मेरे पास कोई नई रॉल्स-रॉयस होना जरूरी नहीं। अगर मैं किसी सार्वजनिक जगह पर ड्रेस सूट या टक्सीडो की जगह बिजनेस सूट पहनकर जाना चाहता हूँ, जैसा कि सचमुच में मैं अकसर करता हूँ, तो मुझे टक्सीडो या ड्रेस सूट खरीदने की जरूरत नहीं, मैं उसे ही पहन सकता हूँ। मैंने खुद को जैसा हूँ, वैसा रहने, नेपोलियन हिल रहने के आत्म-अनुशासन में ढाल लिया है और किसी भी कारण से मैं किसी की नकल नहीं करता या उसे देखकर अपने रंग-ढंग नहीं बदलता। इस प्रकार की सोच पैदा करने के लिए आपको काफी आत्म-अनुशासन की जरूरत पड़ेगी।

मैंने खुद को जैसा हूँ, वैसा रहने, नेपोलियन हिल रहने के आत्म-अनुशासन में ढाल लिया है और किसी भी कारण से मैं किसी की नकल नहीं करता या उसे देखकर अपने रंग-ढंग नहीं बदलता। इस प्रकार की सोच पैदा करने के लिए आपको काफी आत्म-अनुशासन की जरूरत पड़ेगी।

इन तेरह बातों को सुनने के बाद आप आत्म-अनुशासन के महत्त्व को समझ चुके हैं। इसके बिना कोई भी जीवन में भटकता रहता है। इसके बिना कोई सबसे कम संघर्ष के रास्ते पर चलता है, जैसा कि सारी नदियाँ और दुर्भाग्य से कुछ लोग भी अपने फायदे के लिए चलते हैं, जिन्हें इसका नुकसान उठाना पड़ता है। मैं एक विशेष विषय के संबंध में अपने आपको अनुशासित करने की आवश्यकता पर बल देना चाहता हूँ और वह विषय है समय का उपयोग। इस दुनिया में समय मनुष्य की

बुराइयों का सबसे अच्छा इलाज करता है, जिसके पास ऊर्जा का प्रमुख बल होता है, जो इस संसार में सारी चीजों को आपस में एक-दूसरे से जोड़ देता है। समय के उपयोग के लिए हमें आत्म-अनुशासन का प्रयोग करना ही चाहिए।

समय, शरीर और मन, दोनों के घावों को भर देता है। यह सभी कारणों को उनके उपयुक्त परिणामों में बदलनेवाला परिवर्तक है। देवियो और सज्जनो, कुछ चीजें ऐसी होती हैं, जिन्हें हम बुराई और दुःख तथा घाटा और दुर्भाग्य कहते हैं, जिन्हें केवल समय से ही दूर किया जा सकता है। कोई दूसरा नहीं कर सकता है। आपको सीखना होगा कि दुर्भाग्य और निराशा से उबरने में समय लगता है। आपको सीखना होगा कि सबकुछ सही समय पर किया जाए। समय अज्ञानी युवावस्था का सौदा समय और बुद्धि की परिपक्वता से करता है। क्या यह अद्‍भुत बात नहीं कि समय युवावस्था की भूल का सौदा बुद्धिमानी और लंबे अनुभव से करता है? आज जब सुनते हैं कि कोई व्यक्ति शिकायत करता है कि वह बूढ़ा हो चला है, तो आपको उसे यह खबर दे देनी चाहिए कि यदि वह अपनी उम्र के साथ सही मात्रा में बुद्धिमानी प्राप्त कर रहा है, जैसा कि कुदरत भी चाहती है, तो यह बहुत बड़ा वरदान है।

समय दिलों के जख्मों को दूसरा रूप दे सकता है और हमारे दैनिक जीवन की हताशा को साहस, सहनशक्ति तथा समझ में बदल सकता है। इस दयालु और लाभकारी सेवा के बिना अधिकांश व्यक्ति अपनी जवानी की शुरुआत में ही खो जाएँगे। यह बात कितनी सही है। अगर आप अपनी जवानी के दिनों की ओर पलटकर देखें, तो आप समझ सकते हैं कि अगर समय आपके साथ नहीं होता तो आपको सही में दुःख होता।

समय दिलों के जख्मों को दूसरा रूप दे सकता है और हमारे दैनिक जीवन की हताशा को साहस, सहनशक्ति तथा समझ में बदल सकता है। इस दयालु और लाभकारी सेवा के बिना अधिकांश व्यक्ति अपनी जवानी की शुरुआत में ही खो जाएँगे। यह बात कितनी सही है। अगर आप अपनी जवानी के दिनों की ओर पलटकर देखें, तो आप समझ सकते हैं कि अगर समय आपके साथ नहीं होता तो आपको सही में दुःख होता। समय खेतों में अनाज को और पेड़ों पर लगे फल को पकाता है तथा उन्हें मनुष्य के खाने लायक और उसे जीवित रखने के लायक बनाता है। समय गरम दिमागवाले को ठंडा होने का समय देता है—अब यह भी कितने कमाल की बात है न? मुझे

लगता है इस बात पर जोर दिया जाना चाहिए। हममें से कौन है, जिसकी किस्मत इतनी अच्छी नहीं कि उसे ठंडा होने की जरूरत न पड़ी हो?

समय हमें प्रकृति के महान् नियमों के बारे में गलती करने और भी सीखने, तथा अपनी गलतियों से सही फैसला करने का लाभ देता है। यह हमारी सबसे कीमती संपत्ति होती है, क्योंकि अगली बार हमें सेकंड भर के लिए भी उस नुकसान को उठाना नहीं पड़ता। इस बात को लेकर आप यकीन मानिए कि एक सेकंड भी आपका बेकार नहीं जाएगा। समय दया का घटक होता है, जिसके माध्यम से हम अपने पापों और गलतियों का पश्चात्ताप कर सकते हैं और उनसे उपयोगी ज्ञान प्राप्त कर सकते हैं। वास्तव में आप अपने पापों और गलतियों को लाभ में बदल सकते हैं, लेकिन आप ऐसा केवल समय के माध्यम से कर सकते हैं।

समय परिवर्तन के उस महान् नियम में भी बड़ा फेरबदल करनेवाला है, जो सभी चीजों और लोगों को निरंतर परिवर्तन की स्थिति में रखता है और कभी दो मिनट के लिए भी उन्हें उसी स्थिति में नहीं रहने देता। यह सच्चाई बेहिसाब अच्छाई से भरी है, क्योंकि यह ऐसे साधन उपलब्ध कराती है, जिनसे हम अपनी गलतियों में सुधार ला सकते हैं और अपने बेबुनियाद भय तथा कमजोर आदतों को दूर कर सकते हैं।

समय उन लोगों का साथ देता है, जो प्रकृति के नियमों की सही व्याख्या करते हैं और जो उन्हें सही आदतों के साथ जीने के लिए मार्गदर्शक के रूप में अपनाते हैं, लेकिन समय उन लोगों पर दंड का करारा प्रहार करता है, जो इन नियमों की अनदेखी या उपेक्षा करते हैं। समय उस लौकिक प्रवृत्ति बल के सार्वभौमिक नियम का सबसे बड़ा फेरबदल करनेवाला होता है, जो जीवित और मृत, दोनों की ही सारी आदतों को निश्चित करता है। समय क्षतिपूर्ति के नियम में भी सबसे बड़ा फेरबदल करनेवाला होता है, जिसके अमल में आने से हर एक को वह प्राप्त होता है, जो वह बोता है। समय क्षतिपूर्ति के नियम को सदैव सुचारु रूप से नहीं चलाता, लेकिन निश्चत आदतों और तरीकों के अनुसार निश्चित रूप से चलाता है, जिसे दार्शनिक समझते हैं और जिससे वह होनेवाली घटनाओं को उन कारणों को देखते हुए पहले ही बता देते हैं, जिनसे वे पैदा हो सकती हैं।

समय परिवर्तन के उस महान् नियम में भी बड़ा फेरबदल करनेवाला है, जो

सभी चीजों और लोगों को निरंतर परिवर्तन की स्थिति में रखता है और कभी दो मिनट के लिए भी उन्हें उसी स्थिति में नहीं रहने देता। यह सच्चाई बेहिसाब अच्छाई से भरी है, क्योंकि यह ऐसे साधन उपलब्ध कराती है, जिनसे हम अपनी गलतियों में सुधार ला सकते हैं और अपने बेबुनियाद भय तथा कमजोर आदतों को दूर कर सकते हैं। अपने पुराने अनुभवों की ओर जाइए और उन अवसरों को याद कीजिए, जब आपके परेशान दिल को अपनी दु:ख-तकलीफ से डॉक्टर समय के दयालु हाथों के सिवाय कहीं चैन नहीं मिलता था।

यह जानते हुए कि सोच-विचार की मेरी आदतें ऐसी पद्धति बन जाती हैं, जो समय के साथ-साथ मेरे जीवन की सभी परिस्थितियों को प्रभावित करती है, मैं अपने मन को उन परिस्थितियों में इस प्रकार व्यस्त रखूँगा, जिन्हें मैं चाहता हूँ कि भय और हताशा तथा दूसरी चीजों के लिए समय ही नहीं बचेगा, जिन्हें मैं पसंद नहीं करता। मुझे लगता है, इस स्थिति में यह सबसे अच्छा तरीका है।

यह एक निबंध का सार है, जिसे मैंने लिखा था और जिसका शीर्षक था, 'डॉक्टर समय के प्रति मेरी निष्ठा।' नंबर एक, समय मेरी सबसे बड़ी पूँजी है और मैं इसके साथ एक बजट प्रणाली से जुड़ा हूँ, जो यह कहती है कि प्रत्येक सेकंड, जिसे नींद पर खर्च नहीं किया जाएगा, उसका इस्तेमाल किसी-न-किसी तरीके से अपने आप में सुधार के लिए किया जाएगा। दो, भविष्य में अपने समय के किसी भी नुकसान को मैं एक ऐसा पाप मानूँगा, जिसके लिए मुझे पश्चात् करना ही होगा, ताकि आगे चलकर मैं उतने ही समय का उपयोग बेहतर तरीके से करूँ। मैं थोड़ा समय जरूर बरबाद करता हूँ, लेकिन बाद में मैं आमतौर पर अपने समय का सदुपयोग कर इसकी भरपाई का प्रयास करता हूँ। तीन, यह समझते हुए कि मैं वही काटूँगा, जो मैंने बोया है, मुझे केवल सेवा के बीज बोने चाहिए, जिससे दूसरों के साथ-साथ मुझे भी लाभ मिले और इस प्रकार मैं अपने आपको क्षतिपूर्ति के महान् नियम की राह पर छोड़ देता हूँ और उससे लाभान्वित होता हूँ। चार, भविष्य में मैं अपने समय का उपयोग इस प्रकार करूँगा कि हर दिन मेरे लिए अधिक मन की शांति लेकर आए, जिसके बिना मैं यह मानूँगा कि मैं जिस बीज को बो रहा हूँ, उसकी फिर जाँच की जरूरत है।

पाँच, यह जानते हुए कि सोच-विचार की मेरी आदतें ऐसी पद्धति बन जाती

हैं, जो समय के साथ-साथ मेरे जीवन की सभी परिस्थितियों को प्रभावित करती है, मैं अपने मन को उन परिस्थितियों में इस प्रकार व्यस्त रखूँगा, जिन्हें मैं चाहता हूँ कि भय और हताशा तथा दूसरी चीजों के लिए समय ही नहीं बचेगा, जिन्हें मैं पसंद नहीं करता। मुझे लगता है, इस स्थिति में यह सबसे अच्छा तरीका है।

और फिर इस बात को समझते हुए कि धरती पर मेरा समय अनिश्चित और सीमित है, मैं हर संभव तरीके से अपने हिस्से के समय का उपयोग इस प्रकार करूँगा कि जो लोग मेरे दिल के सबसे करीब हैं, उन्हें मेरे प्रभाव का लाभ मिले और मेरे उदाहरण से प्रेरित होकर वे अपने समय का यथासंभव सबसे अच्छा इस्तेमाल कर सकें। आखिर में अपने जीवन के बाकी बचे समय में मैं इस संकल्प को हर दिन दोहराऊँगा और इसे इस धारणा से संबल प्रदान करूँगा कि यह मेरे चरित्र में निखार लाएगा और उन लोगों को प्रेरित करेगा, जिन्हें मैं उनके जीवन में इसी प्रकार का सुधार लाने के लिए प्रभावित कर सकूँगा।

इसलिए आप देख सकते हैं कि समय कमाल की चीजें कर सकता है। लेकिन यह हाथ से निकल भी सकता है। समय का अपने हक में उपयोग करने के लिए आत्म-अनुशासन को सतर्कता के साथ लागू करना पड़ता है।

देवियो और सज्जनो, सुनने के लिए आपका शुक्रिया! कृपया अगले सप्ताह मेरे साथ जुड़िए, जब मैं आपके सामने सफलता प्राप्त करने के लिए आकर्षक व्यक्तित्व विकसित करने के महत्त्व पर दो कार्यक्रमों में से पहला कार्यक्रम लेकर आऊँगा।

□

10

आकर्षक व्यक्तित्व

नमस्कार, देवियो और सज्जनो! आज की शाम और अगले सप्ताह के लिए हमारा विषय आकर्षक व्यक्तित्व का महत्त्व है। ऐसे तीन मौके आते हैं, जब लोग आपसे संपर्क करते हैं और आपके व्यक्तित्व का आकलन करते हैं, भले ही आपको इसका अंदाजा हो या न हो। पहला, वे आपका आकलन इस आधार पर करते हैं कि जब वे पहली बार आपको देखते हैं, तब देखने में आप उन्हें कैसे लगते हैं। किसी ने कहा है कि कपड़ों से किसी आदमी की पहचान होती है। मैं नहीं जानता कि यह कितना सही है। सच कहूँ तो मुझे लगता है कि यह सही है, लेकिन मैं एक बात जरूर जानता हूँ—पहली बार जान-पहचान के दौरान कपड़े किसी व्यक्ति के बारे में बहुत कुछ बता देते हैं। इसमें कोई शक नहीं और पहला प्रभाव छोड़ने का एक ही मौका मिलता है।

दूसरी मुलाकात में लोग आपके व्यक्तित्व का आकलन इससे करते हैं कि आपकी आवाज उन्हें कैसी लगती है। क्या आप जानते हैं कि हम अकसर दूसरों के बारे में अपनी राय उनके शब्दों से कहीं अधिक उनके बातचीत के लहजे से बनाते हैं? मैं नहीं मानता कि जब आप किसी व्यक्ति को बोलते हुए सुनते हैं, तब यह पता लगाने के लिए कि वह ईमानदार है या नहीं, आपके लिए मनोविज्ञान का एक्सपर्ट होना जरूरी है। मैं इतना जानता हूँ कि आपको तब तक किसी व्यक्ति पर विश्वास नहीं होता, जब तक कि वह जो कह रहा है, उसके पीछे उसकी ईमानदारी झलकती है।

तीसरी बार जब लोग आपके व्यक्ति का आकलन करते हैं, तब वे यह देखते हैं कि जब वे आपके करीब होते हैं, तब उन्हें कैसा लगता है। मेरा मतलब है, आपके बिना कुछ कहे या बिना कुछ किए उन्हें कैसा महसूस होता है। आप चाहे जानते हों या नहीं, आप मुँह खोले बिना एक शब्द कहे बिना ही दूसरे लोगों तक

अपने मानसिक रुख के संकेत निश्चित रूप से पहुँचा रहे होते हैं।

व्यक्तित्व के इस कारोबार पर बातचीत करते हुए मेरे एक मित्र ने अपनी पत्नी के बारे में बताया कि उसकी पत्नी अकसर उसके साथ बाहर जाना चाहती है, लेकिन वह उसे नहीं ले जाता; क्योंकि उसका व्यक्तित्व कभी किसी को आकर्षित नहीं कर पाता है। दूसरे शब्दों में, वह कभी उसके काम नहीं आई, बल्कि हमेशा एक बोझ ही रही। उसे अपने पति की बात अच्छी नहीं लगी और उसने कहा, "तुम चाहे जो शर्त लगा लो, मैं दावे के साथ कहती हूँ कि अगर तुम मेरे साथ सड़क पर निकलो और मेरे ठीक पीछे रहो, जहाँ से तुम मुझे देख सकते हो, तो देखना, जब भी कोई व्यक्ति मेरे करीब से गुजरेगा, वह मुड़ेगा और मेरी तरफ देखेगा।" पति ने कहा, "चलो, मैं तुम्हें अभी ले चलता हूँ।" इस तरह दोनों सड़क पर निकल गए और सच में, विशेष रूप से मर्द उसे मुड़कर देख रहे थे, उनमें से एक-एक मुड़ता और उसे निहारता जा रहा था। महिलाओं ने भी देखा और कभी-कभी कुछ महिलाएँ मुड़ीं और अपनी नाक को भी उसकी तरफ घुमाया, लेकिन इन सबके बावजूद वे मुड़-मुड़कर उसे देख रही थीं। उसके पीछे-पीछे चल रहे उसके पति को जो बात पता नहीं चल सकी, वह यह थी कि जब भी वह किसी के सामने से गुजरती तो उसे देखकर अपना चेहरा विकृत बना लिया करती थी। स्वाभाविक रूप से वे मुड़ते और हैरानी व अचंभे से उसे देखते थे।

उसे अपने पति की बात अच्छी नहीं लगी और उसने कहा, "तुम चाहे जो शर्त लगा लो, मैं दावे के साथ कहती हूँ कि अगर तुम मेरे साथ सड़क पर निकलो और मेरे ठीक पीछे रहो, जहाँ से तुम मुझे देख सकते हो, तो देखना, जब भी कोई व्यक्ति मेरे करीब से गुजरेगा, वह मुड़ेगा और मेरी तरफ देखेगा।"

आपकी सफलता या विफलता के लिए जिम्मेदार अनेक बातों में से एक आपका व्यक्तित्व भी है, जिसमें करीब पच्चीस प्रमुख कारक होते हैं। आज की शाम और अगले सप्ताह के प्रसारणों का उद्देश्य यह है कि आपको इन पच्चीस कारकों की सूची बनाने का मौका मिले, जिसकी मुझे आशा है कि आप बना लेंगे और जल्दी ही किसी समय पर आप उनमें से हर एक पर अपना आकलन करेंगे। रेटिंग अच्छे, सामान्य और खराब की होनी चाहिए। मैं आपको उनके विषय में धीरे-धीरे और इतना स्पष्ट रूप से बताऊँगा कि आप उन्हें लिख सकें। यह विश्लेषण आपके लिए और भी फायदेमंद होगा, अगर अपने आकर्षक व्यक्तित्व के इन

पच्चीस कारकों पर अपना आकलन करने के बाद, उस लिस्ट को पलट दें और उसे किसी ऐसे को थमा दें, जो आपको अच्छी तरह जानता हो, जैसे आपकी पत्नी या आपके पति और फिर उस व्यक्ति को रेटिंग देने दें। आप इनमें से कुछ बिंदुओं पर रेटिंग में फर्क को देखकर हैरान हो सकते हैं।

आपका व्यक्तित्व कुल मिलाकर आपके मानसिक और शारीरिक गुणों से बना होता है, जो आपको अन्य सभी लोगों से अलग करता है। यह ऐसा कारक है, जो अन्य सभी की तुलना में यह निर्धारित करता है कि आपको पसंद किया जाता है या नापसंद। यह ऐसा माध्यम है, जिससे आप जीवन में अपने रास्ते पर आगे बढ़ते हैं और यह काफी हद तक दूसरों के साथ कम-से-कम टकराव के साथ काम करने की आपकी योग्यता को भी निर्धारित करता है।

आपका व्यक्तित्व कुल मिलाकर आपके मानसिक और शारीरिक गुणों से बना होता है, जो आपको अन्य सभी लोगों से अलग करता है। यह ऐसा कारक है, जो अन्य सभी की तुलना में यह निर्धारित करता है कि आपको पसंद किया जाता है या नापसंद।

व्यक्तित्व के वित्तीय मूल्य का आकलन यह देखकर किया जा सकता है कि जिनका व्यक्तित्व नकारात्मक है, उन्हें विरले ही आय के उच्च वर्ग वाले पदों पर देखा जाता है, जबकि आकर्षक व्यक्तित्व वाले लोगों को सभी मानवीय संबंधों में, सामाजिक और घरेलू रिश्तों में तथा दफ्तर या दुकान तक में अपना सिक्का जमाने में अधिक कठिनाई नहीं होती। मेरे प्रायोजक, महान् परोपकारी और उद्योगपति, एंड्रयू कार्नेगी ने एक बार कहा था कि उन्होंने चार्ल्स एम. श्वाब को यूनाइटेड स्टेट्स स्टील कॉरपोरेशन के प्रेसीडेंट के रूप में सालाना 75,000 डॉलर का वेतन दिया था और कुछ वर्षों में ही लगभग दस लाख डॉलर और उस अच्छाई एवं सौहार्द के लिए दिए, जिसे मिस्टर श्वाब ने अपने आकर्षक व्यक्तित्व के कारण कर्मचारियों के बीच पैदा किया। इस कारण उनका व्यक्तित्व उनके दिमाग व उनके अनुभव से दस गुना अधिक कीमती था, यह तथ्य कितना चौंकानेवाला है न? मि. कार्नेगी ने कहा कि मि. श्वाब दुकान या फैक्टरी में जाते थे, वैसे ही टहलते हुए, जबकि न कुछ कहते, न किसी को देखते, न कुछ करते और उस जगह मौजूद प्रत्येक व्यक्ति पूरे दिन कम-से-कम दस प्रतिशत अधिक और बेहतर काम करता था; यह सब बस उनके वहाँ से गुजरने भर से हो जाता था।

मैं अब उन कारकों को विस्तार से बताना और समझाना शुरू करूँगा, जिनसे एक आकर्षक व्यक्तित्व बनता है। देवियो और सज्जनो, आकर्षक व्यक्तित्व में प्रवेश करनेवाला पहला कारक सकारात्मक मानसिक रुख का होता है। यह नंबर एक है, जो सूची में सबसे ऊपर आता है और इससे महत्त्वपूर्ण कुछ और नहीं होता। मन, वचन या कर्म से किसी के द्वारा अभिव्यक्त सकारात्मक मानसिक रुख उन भावनाओं से निर्धारित होता है, जिनमें से चौदह सबसे महत्त्वपूर्ण इस प्रकार हैं—जो सकारात्मक हैं, उनमें विश्वास, आशा, प्रेम, उत्साह, यौन भावना, वफादारी तथा प्रसन्नता है। नकारात्मक भावनाओं में है भय, कहें तो सात मौलिक भय—गरीबी का डर, खराब स्वास्थ्य का डर, आलोचना का डर, किसी के प्रेम के खो जाने का भय, व्यक्तिगत स्वतंत्रता के छिन जाने का डर, बुढ़ापे का डर और मौत का डर। आपका मानसिक रुख इससे तय होता है कि इन चौदह भावनाओं में से कौन सी भावनाएँ आपके दिमाग पर हावी हैं।

मानसिक रुख आप पर हावी विचारों के शारीरिक समकक्षों को उतना ही निश्चित रूप से आकर्षित करता है, जितना कि एक चुंबक लोहे को। अपने मानसिक रुख को सदैव सकारात्मक रखें और आप अपनी ही शर्तों पर अपने जीवन का लाभ उठा सकते हैं।

एक सकारात्मक मानसिक रुख—सदैव सकारात्मक मानसिक रुख रखनेवाला व्यक्ति कैसा दिखता है और किस प्रकार काम करता है ? कई बातों के साथ ही वह सदैव जीवन के आशावादी पहलू को देखता है। वह अप्रिय परिस्थितियों को इस प्रकार स्वीकार करता है कि वे उसे हतोत्साहित नहीं करतीं। वह सबसे अच्छी चीज को देखता है, सबसे अच्छी चीज की आशा करता है और अगर उसे सबसे बुरी चीज

मन, वचन या कर्म से किसी के द्वारा अभिव्यक्त सकारात्मक मानसिक रुख उन भावनाओं से निर्धारित होता है, जिनमें से चौदह सबसे महत्त्वपूर्ण इस प्रकार हैं–जो सकारात्मक हैं, उनमें विश्वास, आशा, प्रेम, उत्साह, यौन भावना, वफादारी तथा प्रसन्नता है। नकारात्मक भावनाओं में है भय, कहें तो सात मौलिक भय–गरीबी का डर, खराब स्वास्थ्य का डर, आलोचना का डर, किसी के प्रेम के खो जाने का भय, व्यक्तिगत स्वतंत्रता के छिन जाने का डर, बुढ़ापे का डर और मौत का डर।

मिलती है तो वह उसका सर्वाधिक उपयोग करता है, लेकिन उसे अपने मन को कभी निराश करने नहीं देता। वह कभी शिकवा-शिकायत नहीं करता, दूसरों में गलतियाँ नहीं निकालता, भले ही उसके पास ऐसा करने के पर्याप्त कारण हों।

आकर्षक व्यक्तित्व के निर्माण में जो दूसरा कारक काम करता है, वह है लचीला रुख। लचीलापन एक कमाल का गुण है। यह मानसिक और शारीरिक रूप से झुकने तथा अपने आपको किसी भी परिस्थिति या माहौल में आत्म-नियंत्रण या होश खोए बिना ढालने की क्षमता है। मैं मानता हूँ कि ऐसा करना थोड़ा कठिन होता है, लेकिन आप चाहते हैं कि आपका व्यक्तित्व सौम्य और आकर्षक हो, तो आपको कुछ हद तक रबरबैंड जैसा बनना पड़ेगा। जब भी कोई आपके साथ गलत व्यवहार करे, तब आप अपने को झट से वापस अपनी स्थिति में आने में समर्थ बनाना होगा।

अगर आप हमारे इस देश के महान् लोगों का अध्ययन करेंगे, उनके विषय में दस्तावेजों से आपको पढ़ने का मौका मिला होगा, तो आप पाएँगे कि जो सबसे आगे तक गए, वे वही थे, जिनके व्यक्तित्व में सबसे अधिक लचीलापन था। उदाहरण के लिए, व्हाइट हाउस में मैं थियोडोर रूजवेल्ट से लेकर मौजूदा राष्ट्रपति तक के सभी राष्ट्रपतियों को जानता हूँ। मुझे उनमें से दो के साथ काफी करीब रहकर काम करने का मौका मिला था। मैं उनके प्रशासन में शामिल था। मुझे यह देखने का अवसर मिला कि दुनिया के सबसे बड़े दफ्तर को चलाने में लचीलेपन का यह मामला कितना महत्त्वपूर्ण कारक था।

अगर आप हमारे इस देश के महान् लोगों का अध्ययन करेंगे, उनके विषय में दस्तावेजों से आपको पढ़ने का मौका मिला होगा, तो आप पाएँगे कि जो सबसे आगे तक गए, वे वही थे, जिनके व्यक्तित्व में सबसे अधिक लचीलापन था। उदाहरण के लिए, व्हाइट हाउस में मैं थियोडोर रूजवेल्ट से लेकर मौजूदा राष्ट्रपति तक के सभी राष्ट्रपतियों को जानता हूँ।

मैं कहूँगा कि अगर हरबर्ट हूवर में लचीलापन होता, यदि वे परिस्थितियों के अनुसार खुद को ढाल लेते, थोड़ा झुक जाते, तो इतिहास में वे हमारे एक महान् राष्ट्रपति कहलाते। सच कहूँ तो वे काफी महान् राष्ट्रपति थे, लेकिन वे लोगों के बीच अलोकप्रिय हो गए; क्योंकि वे झुक नहीं सकते थे और अपने आपको परिस्थिति के अनुसार ढाल नहीं पाते थे। घोर आर्थिक मंदी

के कारणों और प्रभावों से निपटने के दौरान उनका रुख अड़ियल था।

लचीलापन बहिर्मुखियों का गुण होता है। कहने का अर्थ है कि ऐसा व्यक्ति, जो लोगों में गहरी दिलचस्पी ले सकता है तथा लेता है और अपने आपको खुलकर या मुक्त होकर अभिव्यक्त करता है। आपने किसी अंतर्मुखी को कभी लचीला होते नहीं सुना होगा। एक अंतर्मुखी व्यक्ति अपने स्वार्थ पर अपने दिमाग को स्थिर कर लेता है और दूसरे लोगों में उसकी कोई दिलचस्पी नहीं होती। लचीले व्यक्ति में हमेशा भावनाओं पर पूरा नियंत्रण रहता है। यह एक तरह का कथन भी है—सदैव भावनाओं पर पूर्ण नियंत्रण।

कारक नंबर तीन है, किसी आवाज का प्रिय सुर, यानी ऐसी आवाज, जिसे किसी मनचाही भावना को व्यक्त करने के लिए नियंत्रित और विकसित किया गया है और जो कर्कश, नाक से निकलनेवाले सुर से मुक्त हो, जिससे गलती ढूँढ़नेवाली मनोवृत्ति का संकेत मिलता है। आप जो कहना चाहते हैं, उसे कहने के कई तरीके हो सकते हैं। अगर मैं आपको यह छोटा सा उदाहरण दूँ तो आप मुझसे सहमत होंगे कि आप जो कहते हैं, उससे कहीं अधिक महत्त्वपूर्ण होता है कि आप उसे किस लहजे में कहते हैं।

दुनिया का सबसे महत्त्वपूर्ण भाषण, ऐसा, जो अकसर दिया जाता है, चार शब्दों का होता है और मैं आपके लिए उस भाषण को तीन अलग-अलग तरीके से देने जा रहा हूँ, ताकि आप आवाज के लहजे, उसके प्रिय होने के महत्त्व को समझ सको। यह स्पीच है, "आई लव यू, डार्लिंग।"

दुनिया का सबसे महत्त्वपूर्ण भाषण, ऐसा, जो अकसर दिया जाता है, चार शब्दों का होता है और मैं आपके लिए उस भाषण को तीन अलग-अलग तरीके से देने जा रहा हूँ, ताकि आप आवाज के लहजे, उसके प्रिय होने के महत्त्व को समझ सको। यह स्पीच है, "आई लव यू, डार्लिंग।" अगर आप इसे बहुत तेजी से कहते हैं, जैसे "आई लव यू, डार्लिंग," तो उसका मतलब होता है, आप इसे पत्नी या प्रेमिका से कहते हैं, "जल्दी करो और तैयार हो जाए, मुझे जल्दी है। मुझे जाना है।" लेकिन आप इसे बहुत जोर से और ड्रामाई अंदाज में कहते हैं, "आई लव यू, डार्लिंग," तो वे जान जाएँगे कि आप नाटक कर रहे हैं। इसका कोई मतलब नहीं रह जाएगा और आप पर ध्यान नहीं दिया जाएगा, लेकिन आप इसे आहिस्ते और कोमलता के साथ कहेंगे, "आई लव यू, डार्लिंग," तो आपको नहीं लगता कि इसका मतलब एकदम अलग ही निकाला जाएगा, आपको नहीं लगता कि आपकी

आवाज का लहजा उस व्यक्ति को वह कहेगा, जो शब्द नहीं कह सकते?

आप जब किसी दूसरे व्यक्ति से पेशेवर रूप से या कारोबार में बातचीत कर रहे होते हैं, जैसे कोई डॉक्टर करता है, तो उसकी दवाइयाँ और चिकित्सा तकनीक और थैरैपी की तकनीक, जो कुछ भी है, सबकुछ महत्त्व रखती है, लेकिन देवियो और सज्जनो! उससे कहीं अधिक महत्त्व होता है कि वह डॉक्टर अपने मरीज के सामने क्या कहता है। किसी डॉक्टर का अपने मरीज से यह कहने का अपना ही तरीका होता है कि उसे लगता है कि मरीज की हालत ठीक हो रही है और वह ठीक हो जाएगा। इसी बात को उन्हीं शब्दों से कहने का दूसरा तरीका भी होता है, जिससे मरीज भय से काँप उठता है, सोचने लगता है कि वह मरनेवाला है।

> ***व्यक्तिगत रूप से मुझे लगता है कि पब्लिक स्कूल प्रणाली की सबसे बड़ी कमजोरी यह है कि पब्लिक स्कूल से निकला शायद ही कोई छात्र जानता है कि ऊँची आवाज में कैसे पढ़ा जाए। मुझे लगता है कि सभी स्कूलों में बच्चों को अनिवार्य रूप से रेडियो अनाउंसर बनना सिखाया जाना चाहिए।***

आवाज का लहजा। अपनी आवाज के लहजे पर गौर कीजिए। उसे रिकॉर्डिंग मशीन में रिकॉर्ड कीजिए और बार-बार सुनिए। कुछ वाक्यों को ले लीजिए, जैसे मैंने अभी-अभी जिसका इस्तेमाल किया, "आई लव यू, डा़र्लिंग।" अपनी पत्नी से आप इसे कितनी बार भी कह लीजिए, आपको कोई नुकसान नहीं होगा। पता कीजिए कि उसे किस तरीके से सुनना सबसे अच्छा लगता है और आपको आश्चर्य होगा कि अपनी आवाज के लहजे को नियंत्रित कर आप क्या कुछ कर सकते हैं।

व्यक्तिगत रूप से मुझे लगता है कि पब्लिक स्कूल प्रणाली की सबसे बड़ी कमजोरी यह है कि पब्लिक स्कूल से निकला शायद ही कोई छात्र जानता है कि ऊँची आवाज में कैसे पढ़ा जाए। मुझे लगता है कि सभी स्कूलों में बच्चों को अनिवार्य रूप से रेडियो अनाउंसर बनना सिखाया जाना चाहिए। ऐसे लोग हैं, जो जानते हैं कि अपनी आवाज के लहजे का सही इस्तेमाल कैसे किया जाए, और कैसे ऊँची आवाज में पढ़ा जाए। आकर्षक व्यक्तित्व का यह एक बेहतरीन कारक है—बातों को कैसे कहा जाए, कैसे शब्दों को नाटकीय बनाया जाए, अपनी आवाज के लहजे को कैसे ऐसा बनाया जाए कि आप अपनी चुनी हुई भावना को व्यक्त कर सकें।

आकर्षक व्यक्तित्व में चौथा कारक सहनशीलता का होता है। एकदम

साधारण सहनशीलता—हर समय सभी प्रकार के लोगों और विषयों के प्रति खुला रुख। यह काम आसान नहीं, देवियो और सज्जनो! सभी लोगों और सभी विषयों पर सदैव खुला दिमाग रखना। किसी ने कहा है कि आप जब अपने दिमाग को बंद कर लेते हैं, तो यह ऐसा हो जाता है, जैसे पेड़ पर पका फल। जब फल पक जाता है, तो उसके बाद वह पेड़ से गिर जाता है और सड़ जाता है। आप जब तक हरे रहते हैं, तब तक बढ़ते रहते हैं। मुझे लगता है कि मैं हमेशा हरा रहूँगा, खुला मन रखूँगा और बढ़ता रहूँगा, क्योंकि मुझे शक है कि कोई व्यक्ति सही मायने में जीवित है, जो कहे कि वह किसी भी विषय पर सबकुछ जानता है। कुछ-न-कुछ हमेशा ऐसा होता है, जिसे आप खुला दिमाग रखकर सीख सकते हैं। अगर आप अपने आस-पास देखें तो आपको कई बंद दिमाग मिलेंगे, जो काफी समय पहले बंद कर दिए गए थे और शायद अब तक उनमें बंद पड़े-पड़े इतना जंग लग चुका होगा कि उन्हें फिर खोला न जा सके। अभी मैं अपने श्रोताओं की बात नहीं कर रहा, मुझे नहीं लगता, वे उस कैटेगरी में हैं। यदि हैं, तो मैं चाहूँगा कि वे बाहर निकल आएँ।

आकर्षक व्यक्तित्व में पाँचवाँ कारक हास्य-व्यंग्य की गहरी समझ होती है। देवियो और सज्जनो! यदि आपको हास्य-व्यंग्य की गहरी समझ नहीं है, तो आपका जीवन बस एक लिफ्ट ऑपरेटर जैसा बन जाएगा—कभी नीचे तो कभी ऊपर जाते रहना, और आप इस बात को निश्चित मान लीजिए कि आप जब भी ऊपर जाएँगे, तब-तब नीचे भी आ जाएँगे।

आकर्षक व्यक्तित्व में पाँचवाँ कारक हास्य-व्यंग्य की गहरी समझ होती है। देवियो और सज्जनो! यदि आपको हास्य-व्यंग्य की गहरी समझ नहीं है, तो आपका जीवन बस एक लिफ्ट ऑपरेटर जैसा बन जाएगा—कभी नीचे तो कभी ऊपर जाते रहना, और आप इस बात को निश्चित मान लीजिए कि आप जब भी ऊपर जाएँगे, तब-तब नीचे भी आ जाएँगे। हँसना सीखिए। चीजों के मजाकिया पहलू को देखना सीखिए। हल्के-फुल्के पक्ष को देखना सीखिए और इन सबसे भी कहीं अधिक, अपने आपको या अपने काम को कुछ ज्यादा ही गंभीरता से मत लीजिए। आराम से रहना सीखिए और थोड़ा विनोदी बनिए।

नंबर छह कारक तौर-तरीके और बोलचाल में बेबाकी का है, लेकिन बेबाकी के साथ ही बोली पर हमेशा अच्छे-बुरे के हिसाब से नियंत्रण होना चाहिए, जिसमें बोलने से पहले सोचने की आदत शुमार हो। कई लोग पहले बोलते हैं और फिर

सोचते हैं, मतलब कभी-कभी वे बाद में सोचते हैं, लेकिन अकसर वे बस बोल देते हैं और वे बोलकर ही रह जाते हैं। बोली पर नियंत्रण और अपने शब्दों को तौलना जरूरी है। क्या यह अच्छी बात नहीं होगी कि सारे लोग अपने शब्दों को तौलें और उन्हीं बातों को बोलें, जो फायदे की हैं और उनसे कोई नुकसान न पहुँचे, न कोई क्षति हो, न ठेस पहुँचे?

देवियो और सज्जनो! मुझे लगता है कि हमारे जमाने की एक बुराई यह भी है कि राजनीतिज्ञ अपनी योग्यता और विशेषता को बढ़ाकर पद की माँग नहीं करते, बल्कि अपने विरोधियों पर आरोप लगाकर, उन पर कीचड़ उछालकर ऐसा करते हैं। व्यवहार और बोलचाल में बेबाकी, साथ में बोली पर हर समय सही-गलत के अनुसार नियंत्रण—कमाल की चीज है यह भी। मैं इस बात पर इससे अधिक जोर नहीं दे सकता कि आपको अपनी बोली पर नियंत्रण रखना चाहिए और तब तक अपना मुँह बंद रखना चाहिए, जब तक कि कोई ऐसी बात न कहनी हो, जो मददगार साबित हो सके।

> ***किसी आकर्षक व्यक्तित्व का सातवाँ कारक चेहरे पर सौम्य भाव रखना होता है। ऐसे मत दिखिए, जैसे आप किसी से बात करते समय उसकी गरदन पकड़ लेंगे। अपनी बात को थोड़ी मुसकान के साथ आप हमेशा प्यार से रख सकते हैं, चाहे आप अंदर से खुश हों या नहीं।***

किसी आकर्षक व्यक्तित्व का सातवाँ कारक चेहरे पर सौम्य भाव रखना होता है। ऐसे मत दिखिए, जैसे आप किसी से बात करते समय उसकी गरदन पकड़ लेंगे। अपनी बात को थोड़ी मुसकान के साथ आप हमेशा प्यार से रख सकते हैं, चाहे आप अंदर से खुश हों या नहीं। यह मुसकराने के धंधे की एक विचित्र बात है, जब आपका मन न हो, तब भी आपको मुसकराना पड़ता है। ऐसा क्यों, क्योंकि जल्दी ही आपका मन करने लगेगा। यह आपके शरीर की केमिस्ट्री को बदल देता है। अब जरा मुसकराइए। मुझे लगता है कि यह दुनिया की सबसे शानदार चीजों में से एक है। मैं बाथरूम में जोर-जोर से ठहाके लगाने का अभ्यास किया करता था। आप समझिए कि मैं इतने जोर से भी ठहाके नहीं लगाता था, क्योंकि मैं नहीं चाहता था कि कोई सुन ले, लेकिन मैं उस समय ऐसे काम को कर रहा था, जिसमें मुझे खुद को और अपने काम को बहुत गंभीरता से लेना पड़ता था। मैं हालात को थोड़ा बेहतर बनाना चाहता था।

आकर्षक व्यक्तित्व के निर्माण में जो आठवाँ कारक है, वह है सभी लोगों

के प्रति न्याय की गहरी भावना, जो सारे मानवीय संबंधों पर लागू हो, भले ही ऐसा करना बिना किसी फायदे का लगता हो। न्याय के प्रति गहरी समझ। आप जानते हैं, दो या तीन या चार अलग-अलग तरह की ईमानदारी होती है, लेकिन क्या आपने इस बारे में कभी सोचा है? एक ईमानदारी होती है, जिसका पालन आप करते हैं; क्योंकि आप जेल नहीं जाना चाहते। एक-दूसरे किस्म की ईमानदारी होती है, जिसका प्रयोग आप करते हैं, क्योंकि आप अपने पड़ोसियों, परिचितों के बीच बदनाम होना नहीं चाहते। फिर एक और प्रकार की ईमानदारी होती है, जो मुझे लगता है कि सबसे अच्छी होती है। यह इस तरह की ईमानदारी होती है, जिसके जरिए आपको अपने भीतर हृदय और आत्मा तक अच्छा लगता है, भले ही उसका नतीजा अच्छा हो या बुरा। मैं आपको बता दूँ कि यह आप पर असर दिखाती है। इस बात को जानकार कि सारी बातों को लेकर आप अंदर से, सबकुछ जानकर भी ईमानदार हैं, आपके हृदय और आपके मन तथा आपकी आत्मा को शक्ति मिलती है। आप जब इस कारक पर अपना आकलन कीजिए, तो सावधान रहिएगा, आपको बिल्कुल ईमानदार होना पड़ेगा।

आकर्षक व्यक्तित्व का नौवाँ कारक सारे मानवीय संबंधों में उद्देश्य को लेकर निष्ठा रखना है। याद रखिए कि बेईमानी विफलता का कारण होती है। उद्देश्य के प्रति निष्ठा। मुझे इससे फर्क नहीं पड़ता कि बोलनेवाले के हाव-भाव सही हैं या नहीं। मैं नहीं देखता कि उसकी मुद्रा सही या गलत। मैं इसकी परवाह नहीं करता कि उसकी अंग्रेजी बिल्कुल सही है या नहीं। यदि वह किसी बात को सच्चाई और ईमानदारी की भावना के साथ कहता है, और आपको उसका अनुभव हो जाता है, तो आप उसकी किसी

आकर्षक व्यक्तित्व का नौवाँ कारक सारे मानवीय संबंधों में उद्देश्य को लेकर निष्ठा रखना है। याद रखिए कि बेईमानी विफलता का कारण होती है। उद्देश्य के प्रति निष्ठा। मुझे इससे फर्क नहीं पड़ता कि बोलनेवाले के हाव-भाव सही हैं या नहीं। मैं नहीं देखता कि उसकी मुद्रा सही या गलत। मैं इसकी परवाह नहीं करता कि उसकी अंग्रेजी बिल्कुल सही है या नहीं। यदि वह किसी बात को सच्चाई और ईमानदारी की भावना के साथ कहता है, और आपको उसका अनुभव हो जाता है, तो आप उसकी किसी भी खामी को नजरअंदाज कर सकते हैं।

भी खामी को नजरअंदाज कर सकते हैं। जहाँ तक सार्वजनिक भाषण देनेवालों या वार्त्ताकारों की बात है तो वे कई लोगों का भला करते हैं, लेकिन उनके व्यक्तित्व में ऐसा कुछ भी नहीं होता, जो उनकी बातचीत के लहजे, मानसिक रुख और शब्दों से उद्देश्य के प्रति ईमानदारी की भावना को दिखाता है।

आकर्षक व्यक्तित्व का दसवाँ कारक है विविधता—कहने का अर्थ है, लोगों तथा आपकी अपनी दिलचस्पी के विषय से बाहर की दुनिया की घटनाओं के बारे में विभिन्न प्रकार की जानकारी। मुझे लगता है कि इस दुनिया में सबसे दुःखी करनेवाली बात किसी ऐसे व्यक्ति का मिलना है, जो बस एक ही चीज को जानता है और उसे दूसरी चीजों के बारे में जानने की कोई दिलचस्पी नहीं होती। कुछ खास पेशे होते हैं, जैसे कि ऑफिस का ऐसा काम, जिसमें बही-खाते का हिसाब रखना पड़ता है। ऐसे लोग अकसर आँकड़ों में माहिर हो जाते हैं, लेकिन उन्हें बाकी चीजों में कोई दिलचस्पी नहीं होती और आमतौर पर बात करें, तो उनका व्यक्तित्व बहुत आकर्षक नहीं होता। यह बात कभी-कभी उन लोगों पर लागू होती है, जो कानून के पेशे में होते हैं। उन्हें कानून की अच्छी-खासी जानकारी होती है, लेकिन वे अपने पेशे से बाहर की दूसरी चीजों में दिलचस्पी नहीं दिखाते। उनमें विविधता नहीं होती।

> ***इस दुनिया में क्या कुछ चल रहा है, मैं उन सारी बातों की थोड़ी-बहुत जानकारी रखता हूँ। चाहे रेडियो के माध्यम से, टी.वी. के जरिए, पत्रिकाओं से, बाकी चीजों को पढ़कर मैं उन महत्त्वपूर्ण बातों से अपनी जानकारी बढ़ाता रहता हूँ, जो पूरी दुनिया में हो रही हैं। मैं हर दिन अपना थोड़ा समय इस पर लगाता हूँ, क्योंकि मुझे लगता है कि मुझे विविधता बनाए रखनी है।***

इस दुनिया में क्या कुछ चल रहा है, मैं उन सारी बातों की थोड़ी-बहुत जानकारी रखता हूँ। चाहे रेडियो के माध्यम से, टी.वी. के जरिए, पत्रिकाओं से, बाकी चीजों को पढ़कर मैं उन महत्त्वपूर्ण बातों से अपनी जानकारी बढ़ाता रहता हूँ, जो पूरी दुनिया में हो रही हैं। मैं हर दिन अपना थोड़ा समय इस पर लगाता हूँ, क्योंकि मुझे लगता है कि मुझे विविधता बनाए रखनी है। मैं जब शोध कर रहा था, और सफलता के दर्शन के विज्ञान की रचना कर रहा था, तब मैंने सभी प्रकार के विज्ञान का अध्ययन किया था। मैंने उनमें से किसी में महारत प्राप्त नहीं की, लेकिन ऊपरी तौर पर मैंने सबके बारे में थोड़ी-बहुत जानकारी जुटा

ली। इसलिए लोग जब विज्ञानों की बात करते हैं, तब कम-से-कम मुझे इतनी जानकारी होती है कि मैं समझ लेता हूँ कि वे किस बारे में बातचीत कर रहे हैं।

आकर्षक व्यक्तित्व का ग्यारहवाँ कारक बातचीत और तौर-तरीके में व्यावहारिकता है। याद रखिए कि मन की सारी बातों को कहा नहीं जाता, भले ही वे सच हों। मेरी पत्नी की एक सहेली उसे एक ड्रेस के बारे में बता रहा थी, जिसे उसकी एक सहेली ने खरीदा था और उसने मेरी पत्नी को बताया कि उसका रंग बहुत खराब था। उसने कहा, "क्या बताऊँ, मैंने आज तक अपने जीवन में इतनी भद्दी, बेकार, घटिया ड्रेस नहीं देखी।" फिर उसने वैसी ही ड्रेस पहनी, साथ खड़ी महिला की ड्रेस की बाजू पकड़ी और कहा, "देखो, यह जो है न, वह इससे भी बेकार थी।" अब आप भी समझ सकते हैं कि उसमें कितनी व्यावहारिकता थी। बातचीत में व्यावहारिकता जरूरी है। ऐसी कितनी ही बातें हैं, जिन्हें कहकर आप लोगों को ठेस पहुँचा सकते हैं, लेकिन आप नहीं कहते। अगर आप कह दें और वे बुरा मान जाएँ, तब भी आपको फर्क नहीं पड़ेगा, लेकिन आपको उनकी भावनाओं को ठेस पहुँचानेवाली बात नहीं कहनी चाहिए।

आकर्षक व्यक्तित्व का तेरहवाँ कारक अनंत बुद्धि पर भरोसा रखना है, जो इस दुनिया तथा आपके आस-पास की घटनाओं और प्रकृति के नियमों में सुव्यवस्था पर आधारित होती है। मेरा व्यक्तिगत मत है कि जिसने पहले कारण या अनंत बुद्धि के अस्तित्व को नहीं पहचाना, वह इस जाग्रत् युग में न पूरी तरह से लोकप्रिय हो सकता है, न ही हर लिहाज से उसका व्यक्तित्व सौम्य हो सकता है। आकर्षक व्यक्तित्व का यह एक अनिवार्य हिस्सा है।

बारहवाँ कारक तुरंत निर्णय लेने की आदत है। टालमटोल करनेवाले का कुछ नहीं होता और उसे कोई पसंद भी नहीं करता। मैं ऐसे लोगों की भी परवाह नहीं करता, जो मुलाकात के समय को लेकर पाबंद नहीं रहते। मैं मुलाकात के समय को लेकर पाबंद रहता हूँ। अगर आप बदनाम होना चाहते हैं, तो बस हमेशा देरी से आने की आदत डाल लीजिए और मैं यकीन के साथ कह सकता हूँ कि जल्दी ही आपको और भी कई बातों को लेकर बदनाम कर दिया जाएगा। सही समय पर निर्णय, समय पर मुलाकात, किसी भी काम को जिसे आप करने जा रहे हैं, बिना टालमटोल सही समय पर करना जरूरी होता है।

आकर्षक व्यक्तित्व का तेरहवाँ कारक अनंत बुद्धि पर भरोसा रखना है, जो इस दुनिया तथा आपके आस-पास की घटनाओं और प्रकृति के नियमों में सुव्यवस्था पर आधारित होती है। मेरा व्यक्तिगत मत है कि जिसने पहले कारण या अनंत बुद्धि के अस्तित्व को नहीं पहचाना, वह इस जाग्रत् युग में न पूरी तरह से लोकप्रिय हो सकता है, न ही हर लिहाज से उसका व्यक्तित्व सौम्य हो सकता है। आकर्षक व्यक्तित्व का यह एक अनिवार्य हिस्सा है। इस बारे में आपको पूरी दुनिया में शोर मचाने या कंधे पर निशान लेकर चलने की जरूरत नहीं कि आप अनंत बुद्धि में विश्वास रखते हैं, बल्कि आपको जीवन के प्राकृतिक नियमों के अनुसार जीने और उनमें इस प्रकार ढलने की जरूरत है, जिससे यह दिखे कि आपको उस पर भरोसा है। संयोगवश, इससे न केवल दूसरे लोग आपको पसंद करने लगेंगे, बल्कि आपको जीवन में विरोध को भी कम-से-कम करने में सफलता मिलेगी।

आकर्षक व्यक्तित्व में शामिल होनेवाला जो चौथा कारक है, वह है प्रयोग किए गए शब्दों की उपयुक्तता, जिनमें अशिष्ट शब्दों, फब्तियों और गालियों की जगह न हो। इस पीढ़ी में समय के साथ-साथ फब्तियाँ कसने, मजाक उड़ाने, द्विअर्थी शब्दों का इस्तेमाल करने, मसखरी करने की आदत पड़ गई है। कभी-कभी हँसी-मजाक चल सकता है, लेकिन आप इसे आदत बना लेंगे तो लोग इसका विरोध करने से नहीं हिचकेंगे। अंग्रेजी भाषा एक सुंदर भाषा है। यह बहुत कुछ कहती है। इसमें सिद्धि पाना आसान नहीं, लेकिन इसका इस्तेमाल आप सही ढंग से करेंगे, तो आपकी बात में हमेशा वजन रहेगा। अगर आप फब्तियाँ कसेंगे, मसखरापन दिखाएँगे या गाली-गलौज करेंगे तो ऐसा संभव नहीं होगा।

अंग्रेजी भाषा एक सुंदर भाषा है। यह बहुत कुछ कहती है। इसमें सिद्धि पाना आसान नहीं, लेकिन इसका इस्तेमाल आप सही ढंग से करेंगे, तो आपकी बात में हमेशा वजन रहेगा। अगर आप फब्तियाँ कसेंगे, मसखरापन दिखाएँगे या गाली-गलौज करेंगे तो ऐसा संभव नहीं होगा।

आकर्षक व्यक्तित्व का पंद्रहवाँ कारक नियंत्रित जोश है, अपने उत्साह को अपनी इच्छा से कम या अधिक करने की क्षमता, जिसमें बोली में जोश पर खास ध्यान दिया जाता है। जोश शांत या सक्रिय हो सकता है। शांत जोश ऐसा होता है, जिसे आप अंदर से महसूस करते हैं, जो आपको सक्रिय बनाता है और आप पहल

करते हैं तथा अपने सोच को अमल में लाते हैं, लेकिन इससे दूसरों से आपका टकराव नहीं होता; क्योंकि आपने न तो बहुत कुछ कहा है, न ही गलत समय पर कुछ कहा है। जोश सफलता के सत्रह सिद्धांतों में से एक है और मेरी किताबों में इसे नियंत्रित जोश माना गया है। यह कुछ ऐसा होता है, जिसे आप उस वक्त चालू करते हैं, जब उस व्यक्ति की दिलचस्पी को जगाना चाहते हैं, जो आपको सुन रहा है और इससे पहले कि आप उसमें ऊब पैदा करें, उसे बंद कर देते हैं।

खैर, देवियो और सज्जनो! मुझ में आज की शाम काफी जोश बाकी है, लेकिन समय समाप्त हो रहा है। आकर्षक व्यक्तित्व के महत्त्व पर आगे की चर्चा के लिए मेरे साथ अगले सप्ताह अवश्य जुड़िए।

□

11

आकर्षक व्यक्तित्व के अन्य कारक

आप सब कैसे हैं। एक बार फिर से मेरे साथ जुड़ने के लिए आपका धन्यवाद। पिछली बार जब हम मिले थे, तब हमने आकर्षक व्यक्तित्व के पंद्रह प्रमुख कारकों पर चर्चा की थी। हम बाकी बचे दस कारकों पर चर्चा करेंगे और अगर आप आकर्षक व्यक्तित्व चाहते हैं तो मैं आपको पंद्रह बातें बताऊँगा, जिन्हें आपको नहीं करना है।

नंबर सोलह है नेक और साफ-सुथरी खुशमिजाजी। हारकर शिकायत करनेवाले को कोई पसंद नहीं करता। 1928 में जब राष्ट्रपति पद के उम्मीदवार अल स्मिथ की हार हुई थी, तब वे हार को लेकर बवाल खड़ा नहीं करते और गुस्सा दिखाने की बजाय, उसे साफ मन से स्वीकार कर लेते, तो शायद उन्हें फिर से मौका मिल जाता और हो सकता है कि वे अमेरिका के राष्ट्रपति बन जाते। हार को स्वीकार कीजिए। हारकर शिकायत करनेवाले को कोई पसंद नहीं करता। आपने कभी किसी ऐसे व्यक्ति के बारे में नहीं सुना होगा, जिसने हार के बाद शिकायत की या गुस्सा दिखाया और फिर उसे लाभ मिल गया हो। क्या हम सब जीवन में कभी-न-कभी हार का सामना नहीं करते, क्या हार को स्वीकार करना सीख लें तो हम सभी को फायदा नहीं होगा? हार को स्वीकार करनेवाले के पास फिर से वापसी का एक मौका होता है। हारकर शिकायत करनेवाले को शायद ही कभी वह मौका मिलता है।

आकर्षक व्यक्तित्व बनाने में सत्रहवें नंबर का कारक है सामान्य शिष्टाचार, एकदम आम, सादगी भरा, घूमते-फिरते, पुराने टाइप का शिष्टाचार, जो किसी की बातचीत और उसकी सोच से भी दिखना चाहिए। दिन भर में शायद ही कभी एक घंटा ऐसा बीतता होगा, जब आपके पास शिष्टाचार दिखाने या अशिष्ट होने का मौका नहीं मिलता होगा। किसी भी मौके को हाथ से जाने मत दीजिए। हमेशा शिष्टाचार दिखाइए।

अब हमारे सामने है कारक नंबर अठारह, जो आकर्षक व्यक्तित्व बनाए रखने में एक भूमिका निभाता है और वह है आपकी व्यक्तिगत वेशभूषा की उपयुक्तता। किसी की वेशभूषा इस पर निर्भर करती है कि कोई क्या काम करता है और उसकी सामाजिक गतिविधियाँ किस प्रकार की हैं और मैं पुरुष श्रोताओं से कहूँगा कि पुराने जमाने के सूट अब कोई नहीं पहनता। मैं महिला श्रोताओं से कहूँगा कि कुछ खास किस्म के हैट भी फैशन से बाहर हो चुके हैं। वेशभूषा की उपयुक्तता बड़े कमाल की चीज है, जिसमें आप अपने पेशे या उस काम के हिसाब से तैयार होते हैं, जिस काम को आप कर रहे होते हैं।

ऐसा समय हो सकता है, जब आप मुझसे मिलने आएँ तो आप मुझे कुछ भी पहने देख सकते हैं, जैसे कोई स्पोर्ट्स शर्ट या शायद मैंने कोई भी शर्ट न पहनी हो। मैं अपने गार्डन में मिल जाऊँगा, धूप सेंकता नजर आऊँगा और कसरत करते हुए अपना मन बहलाता या इसी तरह की सारी चीजें करता मिल सकता हूँ, लेकिन मैं वैसे ही पहनावे के साथ लैक्चर देने स्टेज पर चला जाऊँ, तो मुझे लगता है कि मुझे कम-से-कम पागल तो समझ ही लिया जाएगा। इसलिए ऐसा कोई नियम नहीं कि उपयुक्तता में क्या-क्या शामिल रहता है। यह अलग-अलग मौके और उस परिस्थिति पर निर्भर करता है कि आप कब क्या कर रहे हैं।

आकर्षक व्यक्तित्व का उन्नीसवाँ कारक होता है अच्छा शोमैन होना, मतलब यह कि आपके भीतर सही समय पर सही बात करने और सही काम करने की क्षमता, जिससे आप अपनी तरफ लोगों का ध्यान इस तरह आकर्षित करते हैं कि आपको उसका फायदा मिलता है। उदाहरण के लिए, मैं चाहूँ तो मुख्य सड़क पर चला जाऊँ और बीच सड़क पर शीर्षासन कर ट्रैफिक रोक दूँ, शायद मेरा चालान भी कर दिया जाए और तुरंत ही मैं कुख्यात हो जाऊँ, लेकिन यह मेरे हक में नहीं होगा, होगा क्या?

मैं ऐसे कई तरीके सोच सकता हूँ, जिससे मैं ध्यान आकर्षित कर सकूँ। मैं वेशभूषा में पागलपन के साथ भी ऐसा कर सकता हूँ, जैसा कि मैंने कुछ वक्ताओं को देखा भी है। मैं ऐसा अपने बालों को लंबे कर, कंधे पर झूलने देकर यह नाटक भी कर सकता हूँ कि मेरा दिमाग खराब हो चुका है, लेकिन मैं नहीं समझता कि इससे मेरा भला होगा। यह पागलपन का प्रदर्शन होगा, शोमैन बनना नहीं कहलाएगा। अच्छा शोमैन बनने में एक ऐसी तकनीक शामिल रहती है, जिसे आप खुद अपने लिए तैयार करते हैं, उन खास लोगों के सामने खुद को रखते हैं, जिन्हें

आप बेचना चाहते हैं, चाहे वह कोई भी चीज क्यों न हो। वे आपके पड़ोसी या आपके कारोबारी सहयोगी हो सकते हैं, आपके ग्राहक या आपके मरीज या कोई भी हो सकते हैं।

आकर्षक व्यक्तित्व बनाने में बीसवाँ कारक है अतिरिक्त मेहनत करने की आदत। मेरा मतलब ऐसा केवल एक या दो बार करना नहीं है, बल्कि मेरा मतलब है कि इस बेहतरीन सिद्धांत को आप अपनी आदत के रूप में अपना लें और आप इस बात को गाँठ बाँध लें कि ऐसा एक भी दिन जाने नहीं देंगे, जब किसी-न-किसी तरीके से इस आदत को लागू नहीं करेंगे। यह किसी ऐसे व्यक्ति से फोन पर बात करना भी हो सकता है, जिसे आप जानते हैं और उससे पिछले कुछ समय से आपने मुलाकात या बात नहीं की है और उससे आप कुशल-क्षेम पूछें तथा उसे अपनी शुभकामनाएँ दें और आशा जताएँ कि वह खुश और स्वस्थ रहे। हर दिन इस तरह के एक-दो फोन करने से आपको कोई नुकसान नहीं होगा, ज्यादा खर्च भी नहीं लगेगा।

आकर्षक व्यक्तित्व बनाने में बीसवाँ कारक है अतिरिक्त मेहनत करने की आदत। मेरा मतलब ऐसा केवल एक या दो बार करना नहीं है, बल्कि मेरा मतलब है कि इस बेहतरीन सिद्धांत को आप अपनी आदत के रूप में अपना लें और आप इस बात को गाँठ बाँध लें कि ऐसा एक भी दिन जाने नहीं देंगे, जब किसी-न-किसी तरीके से इस आदत को लागू नहीं करेंगे।

यदि मैं डॉक्टर होता, तो मुझे पूरा यकीन है कि मैं जब-तब अपने पुराने मरीजों को फोन करता और अच्छी सेहत के लिए उन्हें शुभकामनाएँ देता। इससे मेरा बटुआ थोड़ा हल्का हो सकता है, लेकिन आखिर में इसका लाभ मिलेगा। अपने मरीज को यह बताइए कि उसके स्वस्थ हो जाने से ही उसमें आपकी दिलचस्पी समाप्त नहीं हुई है। आप उसे सही डॉक्टर को चुनने के लिए बधाई दे सकते हैं, जिससे वह इतनी जल्दी स्वस्थ हो गया।

आकर्षक व्यक्तित्व में इक्कीसवें नंबर का कारक है संयम। खाने-पीने में, काम और खेल में तथा सोच में संयम। अगर आप कॉकटेल पीना चाहें तो कोई नुकसान नहीं, बशर्ते आप एक लें, न कि बहुत ज्यादा और अगर गलत समय पर न लें। कुछ सिगार पी लें तो उससे भी आपको कोई घाटा नहीं, बशर्ते आप बहुत ज्यादा न पी लें। अगर आप बहुत अधिक न खा लें तो स्वादिष्ट भोजन करने में कोई हर्ज नहीं। आप अपने आपको अत्यधिक शराब पीकर

या हद से अधिक धूम्रपान कर नुकसान पहुँचा सकते हैं, उतना ही नुकसान आपको बहुत अधिक भोजन करने से हो सकता है। सभी चीजों में संयम और एक संतुलित जीवन आकर्षक व्यक्तित्व के लिए अनिवार्य है। देवियो और सज्जनो, मेरे भीतर इस उम्र में भी सदैव इतना जोश और संघर्ष क्षमता तथा तंदुरुस्ती है तो इसका कारण यह है कि मैंने अपने आपको संयमित जीवन जीकर संतुलित रखा है। किसी भी चीज का न बहुत अधिक, न बहुत कम, बल्कि सबकुछ पर्याप्त मात्रा में। शायद मेरे लिए जो पर्याप्त है, वह आपके लिए न हो। प्रत्येक व्यक्ति को अपने जीवन का अध्ययन अच्छी तरह से करना चाहिए और यह पता लगाना चाहिए कि उसे कितना संयम रखना चाहिए।

मेरे भीतर इस उम्र में भी सदैव इतना जोश और संघर्ष क्षमता तथा तंदुरुस्ती है तो इसका कारण यह है कि मैंने अपने आपको संयमित जीवन जीकर संतुलित रखा है। किसी भी चीज का न बहुत अधिक, न बहुत कम, बल्कि सबकुछ पर्याप्त मात्रा में। शायद मेरे लिए जो पर्याप्त है, वह आपके लिए न हो। प्रत्येक व्यक्ति को अपने जीवन का अध्ययन अच्छी तरह से करना चाहिए और यह पता लगाना चाहिए कि उसे कितना संयम रखना चाहिए।

बाईसवें नंबर का कारक है धैर्य, जिसे सभी परिस्थितियों में रखा जाना चाहिए। धैर्य और लोगों के साथ तालमेल। धैर्य इस बात को समझने की इच्छा है कि यदि कोई व्यक्ति उस तरीके से जीवन नहीं जी रहा है, जिस तरीके से आप चाहते हैं, तो इसका कोई बहुत अच्छा कारण हो सकता है। उस व्यक्ति के साथ धैर्य रखना, जिसे जीवन के बारे में आपके जितनी समझ नहीं है। हाईवे पर वाहन चलानेवाले व्यक्ति के साथ धैर्य, जो आपके जितनी अच्छी तरह ड्राइव नहीं कर सकता और मैंने आज तक ऐसा व्यक्ति नहीं देखा, जो यह सोचे कि दूसरा कोई भी वाहन चलानेवाला उसके जितना अच्छी तरह ही ड्राइव कर सकता है। धैर्य और समझ उन लोगों के दो बहुत अच्छे गुण हैं, जिनका व्यक्तित्व आकर्षक होता है। दूसरे लोगों की निंदा इस कारण नहीं करना, क्योंकि वे आपसे सहमत नहीं हैं। बच्चों के पालन–पोषण में तथा बुजुर्गों से व्यवहार में, आपको धैर्य रखना होगा। आपको समझदारी दिखानी होगी। सभी प्रकार की स्थिति में, सभी प्रकार के लोगों के साथ धैर्य रखने के लिए बहुत अधिक इच्छाशक्ति की आवश्यकता नहीं होती।

किसी भी नई नौकरी की शुरुआत करनेवाले युवकों, या किसी भी अन्य

व्यक्ति में काफी धैर्य होना चाहिए, क्योंकि आपकी शुरुआत सबसे ऊँचे पद से नहीं होती है। अगर आपकी शुरुआत सबसे ऊँचे पद से हुई है तो यह आपके लिए बहुत बुरा होगा, क्योंकि आप यहाँ से सिर्फ एक ही दिशा में जा सकेंगे। आपकी शुरुआत सबसे नीचे से हुई है और आपमें यदि धैर्य है तथा अधिक परिश्रम और सही काम करेंगे, तो आखिर में आप सबसे ऊँचे पद पर पहुँच जाएँगे।

आकर्षक व्यक्तित्व में शामिल तेईसवाँ कारक मुद्रा तथा चाल-ढाल में शालीनता का है। मुझे ऐसे लोग पसंद नहीं, जो अलसाए से भटकते रहते हैं, सुस्त दिखते हैं और उनकी चाल-ढाल में सुस्ती दिखती है। चलने-फिरने और बैठने या खड़े रहने में आपकी मुद्रा चुस्त और शालीन हो तो देखने में अच्छा लगता है। जरूरी नहीं कि किसी एक्टर की नकल करनेवाली मुद्रा हो, मगर फिर भी शालीन तो होनी ही चाहिए।

आकर्षक व्यक्तित्व में शामिल तेईसवाँ कारक मुद्रा तथा चाल-ढाल में शालीनता का है। मुझे ऐसे लोग पसंद नहीं, जो अलसाए से भटकते रहते हैं, सुस्त दिखते हैं और उनकी चाल-ढाल में सुस्ती दिखती है। चलने-फिरने और बैठने या खड़े रहने में आपकी मुद्रा चुस्त और शालीन हो तो देखने में अच्छा लगता है। जरूरी नहीं कि किसी एक्टर की नकल करनेवाली मुद्रा हो, मगर फिर भी शालीन तो होनी ही चाहिए।

एक आकर्षक व्यक्तित्व का चौबीसवाँ कारक हृदय से विनम्र होना है, जहाँ विनम्रता की गहरी समझ हो। हृदय से विनम्र, कितनी अच्छी बात है न! देवियो और सज्जनो, मुझे लगता है कि अपने जीवन के शुरुआती दिनों में मुझे इतनी पहचान, इतनी शोहरता नहीं मिली; क्योंकि तब शायद मैं इसे इतनी अच्छी तरह नहीं सँभाल पाता, जितनी अच्छी तरह अब सँभालता हूँ। मुझे हृदय की विनम्रता को प्राप्त करना पड़ा। सभ्य संसार के 65 मिलियन लोगों में से दो तिहाई के द्वारा तीस साल पहले पहचान मिली होती तो मेरा व्यक्तित्व ऐसा होता, जो शायद इतना आकर्षक नहीं होता। मैं इसके लिए आभारी हूँ कि इतनी पहचान और शोहरत मुझे ऐसे समय के बाद ही मिली, जब मैंने हृदय की विनम्रता को प्राप्त कर लिया था। आज न पैसा, न शोहरत, न प्रशंसा और न ही ऐसा कुछ मुझे बिगाड़ सकता है, जिसके बारे में मैं सोच सकता हूँ; क्योंकि मेरे हृदय में विनम्रता है।

पच्चीसवाँ कारक व्यक्तिगत आकर्षण है, जो एक जन्मजात गुण होता है

और व्यक्तित्व का एकमात्र ऐसा गुण है, जिसे विकसित नहीं किया जा सकता है, लेकिन फायदे के लिए इस्तेमाल के उद्देश्य से नियंत्रित किया जा सकता है। मैं जब व्यक्तिगत आकर्षण की बात करता हूँ तो हमें एक-दूसरे को समझ लेना चाहिए, मैं मुख्य रूप से सेक्स की भावना की बात कर रहा हूँ, वह जो बहुत बड़ी, रचनात्मक, सृजनात्मक भावना है, जो इस संसार के विकास और उसकी तरक्की के लिए जिम्मेदार है।

व्यक्तित्वों और लोगों की बात करते हुए मैं सोच रहा हूँ कि क्या आपने कभी इस पर गौर किया है कि घरों और दुकानों तथा दफ्तरों और व्यापार के स्थानों व सड़कों और शहरों तथा महानगरों में से सभी के व्यक्तित्व होते हैं, जो एक-दूसरे से अलग और विशिष्ट होते हैं। आप न्यूयॉर्क सिटी के फिफ्थ एवेन्यू चले जाइए और फिफ्थ एवेन्यू के व्यक्तित्व से आपको एक विशेष प्रकार की अनुभूति होगी, जो समृद्धि का अनुभव कराएगी। भले ही आपकी जेब में ज्यादा पैसे न हों, आप खुद को गरीब महसूस नहीं करेंगे। आप उन लोगों के साथ घुल-मिल जाएँगे, जो फिफ्थ एवेन्यू की उन बड़ी-बड़ी दुकानों के ग्राहक हैं और आप अमीर भले ही न हों; लेकिन कुछ समय के लिए महसूस करेंगे कि आप कम-से-कम गरीब तो नहीं ही हैं। आप यहाँ से पाँच ब्लॉक आगे हडसन नदी की दिशा में जाइए, जिसे हेल्स किचन कहा जाता है, जहाँ लोग दरिद्रता और गरीबी में जीते, सोचते और रहते हैं और मैं नहीं जानता कि आप क्या हैं, लेकिन इसकी आशंका है कि आप यदि वहाँ दस मिनट ठहर गए तो आपको वहाँ के माहौल में पैदा हो रही नकारात्मकता के कारण चीखने की इच्छा होगी।

आपको याद रखना चाहिए कि आपका मस्तिष्क एक प्रसारण केंद्र भी है और रिसीविंग स्टेशन भी तथा आपकी मनोवृत्ति कैसी भी हो, वह निरंतर दूसरे लोगों तक प्रसारित होती रहती है। यदि आपने अपनी मनोवृत्ति को सकारात्मक रखना नहीं सीखा, तो दूसरे लोग इसे उठाएँगे और वापस आपको अपनी मनोवृत्ति के साथ नकारात्मक रूप में लौटा देंगे।

आपको याद रखना चाहिए कि आपका मस्तिष्क एक प्रसारण केंद्र भी है और रिसीविंग स्टेशन भी तथा आपकी मनोवृत्ति कैसी भी हो, वह निरंतर दूसरे लोगों तक प्रसारित होती रहती है। यदि आपने अपनी मनोवृत्ति को सकारात्मक रखना नहीं सीखा, तो दूसरे लोग इसे उठाएँगे और वापस आपको अपनी मनोवृत्ति के साथ नकारात्मक

रूप में लौटा देंगे। क्या इस बात को समझना अद्‌भुत और अहम नहीं है?

एक बार शिकागो में एक व्यक्ति मेरे सेल्समैनशिप स्कूल में दाखिला लेने आया। उसने कहा, "मि. हिल, मैं एक हजार मील से आया हूँ, ताकि आप मुझे देख सकें। आप अभी से शुरू हो जाइए और मुझे अच्छी तरह सिखाइए, क्योंकि मैं सेल्स के कारोबार में जाना चाहता हूँ।" और फिर वह बोलता ही चला गया। उसने मुझसे बोलने को कहा था, लेकिन बोलता वह खुद ही जा रहा था। वह लगभग एक घंटे तक बोलता रहा। इस बीच मैं उसकी बात का जवाब दे रहा था, लेकिन मैं मुँह से नहीं, दिमाग से बात कर रहा था। उसका बोलना जब बंद हुआ, तब वह उठा, उसने हाथ मिलाए और कहा, "बस मैं ऐसा ही कोर्स चाहता हूँ और सेल्स पर इतनी अच्छी बातचीत के लिए और अब आप दाखिले की अर्जी दे दीजिए, ताकि मैं दाखिला ले लूँ।" मैंने अब तक मुँह नहीं खोला था, लेकिन मैं अपने विचार उस तक पहुँचा रहा था, वह भी एकदम निश्चित रूप से। आप लोगों को जो कुछ समझने देना चाहते हैं, उसके अनुसार अपने विचार व्यक्त करने की कला को सीखिए और सुनिश्चित कीजिए कि वे सदैव रचनात्मक और दूसरों के लिए लाभकारी हों। आप जब उन दूसरे लोगों के संपर्क में आएँगे, तब देखेंगे कि आपकी ओर उनके विचार और कार्य मित्रतापूर्ण होंगे।

आज तक ऐसा कोई जबरदस्त सेल्समैन नहीं हुआ, जिसने बिक्री से पहले अपने दिमाग से स्पष्ट संकेत न दे दिए हों। वह संभावित खरीदार से संपर्क करने से काफी पहले वहाँ जाता है और अपने संभावित खरीदार के मन को अनुकूल बना लेता है। सभी मास्टर सेल्समैन ऐसा करते हैं। जो ऐसा नहीं करते, वे मास्टर सेल्समैन नहीं होते। शायद वे ऑर्डर लेनेवाले होते हैं, लेकिन मास्टर सेल्समैन नहीं होते।

आज तक ऐसा कोई जबरदस्त सेल्समैन नहीं हुआ, जिसने बिक्री से पहले अपने दिमाग से स्पष्ट संकेत न दे दिए हों। वह संभावित खरीदार से संपर्क करने से काफी पहले वहाँ जाता है और अपने संभावित खरीदार के मन को अनुकूल बना लेता है। सभी मास्टर सेल्समैन ऐसा करते हैं। जो ऐसा नहीं करते, वे मास्टर सेल्समैन नहीं होते। शायद वे ऑर्डर लेनेवाले होते हैं, लेकिन मास्टर सेल्समैन नहीं होते।

यहाँ आकर्षक व्यक्तित्व के कुछ उदाहरण दिए जा रहे हैं—मैंने आपको चार्ल्स एम श्वाब के बारे में पहले ही बताया था। उन्होंने स्कूली शिक्षा ज्यादा नहीं

ली थी, लेकिन उनका व्यक्तित्व काफी आकर्षक था और लोगों से बातचीत करते समय वे अपनी व्यक्तिगत खूबसूरती से उन्हें मोहित कर लेते थे। इसी का नतीजा था कि अकसर मि. कार्नेगी ने उन्हें जितना पैसा उनके कौशल और उनके दिमाग के लिए दिया, उससे दस गुना उन्हें उस व्यक्तित्व के लिए दिया।

फ्रैंकलिन डी रूजवेल्ट का व्यक्तित्व शानदार था, केवल रेडियो पर भी उस व्यक्तित्व की कीमत लाखों डॉलर थी। वह इतना जबरदस्त था कि वे चार बार व्हाइट हाउस में रहे, जिसका हमारे देश के इतिहास में कोई सानी नहीं है। मैं कहूँगा कि चौथी बार चुने जाने का जो कारण था, इसमें नब्बे प्रतिशत योगदान उस आकर्षक व्यक्तित्व का था, जिसके वे स्वामी थे। अगर आप पीछे मुड़कर देखें और उन्हें जिस रूप में याद करते हैं, उसका आकलन इन पच्चीस कारकों के आधार पर करे, तो आप पाएँगे कि उनमें से प्रत्येक में उनका स्कोर शत-प्रतिशत है, जिसमें उनकी आवाज का नियंत्रित लहजा भी शामिल है।

केट स्मिथ अपनी मनोवृत्ति के कारण अमेरिका के राष्ट्रपति से अधिक पैसे कमा लेती हैं। केट गायिका हैं, लेकिन उन अर्थों में नहीं, जैसे अन्य महान् ओपेरा स्टार होते हैं। वे गीतों की मलिका, रेडियो तथा टी.वी. की स्टार हैं। मैं कहूँगा कि वे सुरीली गायिका हैं—मैं कहना चाहता था एक सुरीली, छोटी गायिका, लेकिन मैं उन्हें ऐसा नहीं बता सकता। वे मोटी-तगड़ी हैं। उनका व्यक्तित्व सौम्य है, उनकी आवाज मीठी है और आपको चाहे उनके गाने पसंद आएँ या नहीं, आपको गाने वाली अच्छी लगेगी और जीवन में यह मायने रखता है।

केट स्मिथ अपनी मनोवृत्ति के कारण अमेरिका के राष्ट्रपति से अधिक पैसे कमा लेती हैं। केट गायिका हैं, लेकिन उन अर्थों में नहीं, जैसे अन्य महान् ओपेरा स्टार होते हैं। वे गीतों की मलिका, रेडियो तथा टी.वी. की स्टार हैं। मैं कहूँगा कि वे सुरीली गायिका हैं—मैं कहना चाहता था एक सुरीली, छोटी गायिका, लेकिन मैं उन्हें ऐसा नहीं बता सकता। वे मोटी-तगड़ी हैं।

आप जब भी कुछ कहने के लिए अपना मुँह खोलते हैं, यदि वह व्यक्ति जिससे आप कह रहे हैं, उसे आपकी बात पसंद नहीं आती तो कम-से-कम उसे इस तरीके से कहिए कि वह उस व्यक्ति को पसंद करे, जो कह रहा है। पैपी ओ डेनियल नाम का एक फूल विक्रेता था। वह अपने परिवार और कुछ वाद्य यंत्रों

को लेकर टेक्सास राज्य पहुँचा और उसने तहलका मचा दिया। उसने वहाँ रेडियो पर गीत गाए, खुद को उस महान् राज्य का गवर्नर और आगे चलकर अमेरिका का सीनेटर बनाया। उन दो उच्च पदों पर चुने जाने के लिए उसे जनता का समर्थन चाहिए था, जिसके लिए वह उन्हें कुछ दे सकता था तो वह था उसका मोहक व्यक्तित्व और उस मोहक आकर्षण को उन पर उस वक्त तक बनाए रखने की क्षमता, जब वह उन्हें संबोधित कर रहा हो, चाहे उसके श्रोता उसकी कही बातों को पसंद करें या नहीं।

मुझे नहीं लगता कि मेरे श्राताओं में, चाहे वे मेरे रेडियो के श्रोता हों या यहाँ स्टूडियो में मौजूद हों, ऐसे आधा दर्जन लोगों के नाम नहीं गिना सकते, जो किसी भी बातचीत में कूदने और उसमें हावी होने के लिए बदनाम हैं तथा दूसरों को बोलने का मौका नहीं देते। यदि आप लोकप्रिय होना चाहते हैं, तो अच्छे श्रोता होने की कला सीख लीजिए, क्योंकि आप जब भी सुनते हैं तो कुछ-न-कुछ सीखते हैं।

विल रोजर्स चुटकुले सुनाकर अमीर बन गए, कहने की जरूरत नहीं कि इसके लिए उन्होंने अमेरिका के लोगों का दिल जीत लिया, क्योंकि उनका व्यक्तित्व बेहद शानदार था।

चलिए, अब ऐसी कुछ बातों पर विचार करते हैं, जिन्हें आपको नहीं करना चाहिए, अगर आप चाहते हैं कि आपका व्यक्तित्व आकर्षक हो। हम तसवीर के दोनों पहलुओं पर गौर करेंगे। दूसरे शब्दों में, ये हैं 'क्या नहीं करें' और ऐसी पंद्रह बातें हैं। पहली है, जब दूसरे बात कर रहे हों तो बीच में कूद पड़ना। यह पूरी तरह से क्या नहीं करें की लिस्ट में शामिल है। अगर आप आकर्षक व्यक्तित्व चाहते हैं, आप चाहते हैं कि लोग आपको पसंद करें, तो जब वे बात कर रहे हों, तब कूदने और बातचीत को मोड़ने से पहले उनके धीमे होने का इंतजार करें। मुझे नहीं लगता कि मेरे श्राताओं में, चाहे वे मेरे रेडियो के श्रोता हों या यहाँ स्टूडियो में मौजूद हों, ऐसे आधा दर्जन लोगों के नाम नहीं गिना सकते, जो किसी भी बातचीत में कूदने और उसमें हावी होने के लिए बदनाम हैं तथा दूसरों को बोलने का मौका नहीं देते। यदि आप लोकप्रिय होना चाहते हैं, तो अच्छे श्रोता होने की कला सीख लीजिए, क्योंकि आप जब भी सुनते हैं तो कुछ-न-कुछ सीखते हैं। आप जब बोल रहे होते हैं, तब आप कुछ भी नहीं सीखते; क्योंकि आप सिर्फ कह रहे होते हैं और वही सुनते हैं, जो पहले से जानते हैं।

'क्या नहीं करें' की सूची में नंबर दो पर वचन या कर्म से अभिव्यक्त किया गया स्वार्थ शामिल है। आपके भीतर स्वार्थ की भावना हो सकती है। यदि है, तो इस पर जितनी जल्दी संभव हो, काबू कर लीजिए। निश्चित रूप से इसे किसी भी प्रकार से बाहर आने मत दीजिए।

तीसरा, किसी भी प्रकार का तंज नहीं करना चाहिए, चाहे शब्द से या कर्म से और यह 'क्या नहीं करें' की लिस्ट में शामिल है। तंज को शब्द या कर्म के अतिरिक्त भी एक तरीके से व्यक्त किया जा सकता है और यह आपके चेहरे के हाव-भाव से होता है। हो सकता है कि इससे आपको अंदर की भड़ास निकालने और वैसी चीजों को लेकर तंज की अभिव्यक्ति से आत्मा की शांति मिल जाती है, जिन्हें आप पसंद नहीं करते; लेकिन इससे आपकी लोकप्रियता नहीं बढ़ने वाली।

नंबर चार, बढ़ा-चढ़ाकर बोलना 'क्या नहीं करें' की सूची में शामिल है। सच्चाई को बढ़ा-चढ़ाकर बताने की बजाय, उसे समझना कहीं ज्यादा अच्छा है। संयमित ही रहें। अगर लोगों को रत्ती भर भी लगा कि आपके बयान में खोट है, तो वे आपकी पूरी बात को ही खारिज कर देंगे।

नंबर पाँच है अहंकार, जो वास्तविक या इशारों में अपनी प्रशंसा से व्यक्त किया जाता है। यह बात स्पष्ट है और यह 'क्या नहीं करें' की सूची में शामिल है। किसी भी प्रकार की आत्म-प्रशंसा, चाहे सीधे शब्दों से हो या कर्मों से, यह वर्जित है।

'क्या नहीं करें', में छठे नंबर पर दूसरे लोगों और उनकी रुचि की उपेक्षा है। यदि आप सच में और वास्तविक रूप से लोकप्रिय होना चाहते हैं, तो आपको यह पता लगाना ही होगा कि दूसरे लोग किन बातों में दिलचस्पी रखते हैं और ऐसा कीजिए कि वे उन पर आपसे बात करें, जबकि आप

यदि आप सच में और वास्तविक रूप से लोकप्रिय होना चाहते हैं, तो आपको यह पता लगाना ही होगा कि दूसरे लोग किन बातों में दिलचस्पी रखते हैं और ऐसा कीजिए कि वे उन पर आपसे बात करें, जबकि आप उनकी बातों को ध्यान से सुनें और भाइयो-बहनो! आप चाहें तो इनमें से एक या किसी भी नियम को तोड़ सकते हैं और इसके बावजूद अच्छे बने रह सकते हैं, अगर आप अच्छे श्रोता बन सकें तथा अपनी दिलचस्पी उन बातों में पैदा कर सकें, जिन पर दूसरे लोगों को कुछ-न-कुछ कहना है।

उनकी बातों को ध्यान से सुनें और भाइयो-बहनो! आप चाहें तो इनमें से एक या किसी भी नियम को तोड़ सकते हैं और इसके बावजूद अच्छे बने रह सकते हैं, अगर आप अच्छे श्रोता बन सकें तथा अपनी दिलचस्पी उन बातों में पैदा कर सकें, जिन पर दूसरे लोगों को कुछ-न-कुछ कहना है।

मैं जब तक जीवित हूँ, तब तक उन पलों को कभी भूल नहीं सकता, जब मैं पहली बार व्हाइट हाउस गया था और जब थियोडोर रूजवेल्ट राष्ट्रपति थे। उस समय मैं एक नवयुवक था, लेकिन वे मुझे अपने दफ्तर में लेकर गए, मुझे एक बड़ी सी अच्छी कुरसी दी, जो गद्देदार थी और राष्ट्रपति की सीट के साथ रखी थी, मेरी तरफ मुड़े और मेरी तरफ देखते हुए मेरे कंधे को थपथपाया। वहाँ बैठकर वे मुझसे इस तरह बातें करते रहे, जैसे मैं भी अमेरिका के राष्ट्रपति जितना ही महत्त्वपूर्ण हूँ। कुछ देर तक तो मुझे लगा कि मैं ही राष्ट्रपति हूँ। मैं उस पल को कभी नहीं भूला। आगे चलकर मैंने उन लोगों के बारे में पढ़कर जाना, जिनके साथ मुझे काम करने का अवसर मिला और जो सही मायने में महान् थे कि उन सभी में आपको सहज महसूस कराने की बहुत बड़ी क्षमता होती है। वे कभी उदासीन नहीं रहते थे। वे अच्छे श्रोता थे।

ईर्ष्या को कृतज्ञता में बदल देना चाहिए। जब भी आप किसी ऐसे व्यक्ति को देखते हैं, जिसके पास वह है, जिसे आप पाना चाहते हैं; लेकिन आपके पास नहीं है, तो अपने हृदय में आभार प्रकट कीजिए कि उस व्यक्ति के पास वह चीज है और उम्मीद कीजिए कि आप उसके जैसा बनेंगे और बाद में अपने लिए भी उसे प्राप्त करेंगे, लेकिन ईर्ष्या बिल्कुल मत कीजिए।

नंबर सात पर अगला कारक है—ईर्ष्या, जिसे प्रत्यक्ष या परोक्ष रूप से दिखना नहीं चाहिए। यह क्या नहीं करें में शामिल है। अगर आपको दूसरे लोगों से ईर्ष्या होगी, यदि आप अपने शहर या पड़ोस के लोगों से ईर्ष्या करेंगे, जिन्होंने शायद आपसे कुछ अधिक सफलता प्राप्त कर ली है, तो वे लोग आपको पसंद नहीं करेंगे, आपके पड़ोसी आपको पसंद नहीं करेंगे, कोई भी आपको प्रिय नहीं समझेगा; क्योंकि ईर्ष्यालु व्यक्ति को कोई पसंद नहीं करता। ईर्ष्या को कृतज्ञता में बदल देना चाहिए। जब भी आप किसी ऐसे व्यक्ति को देखते हैं, जिसके पास वह है, जिसे आप पाना चाहते हैं; लेकिन आपके पास नहीं है, तो अपने हृदय में आभार प्रकट कीजिए कि उस व्यक्ति के पास वह चीज है और उम्मीद कीजिए कि

आप उसके जैसा बनेंगे और बाद में अपने लिए भी उसे प्राप्त करेंगे, लेकिन ईर्ष्या बिल्कुल मत कीजिए।

आठवाँ कारक है, जहाँ उचित नहीं, वहाँ चाटुकारिता का प्रदर्शन। अगर आप चाहते हैं कि आपके बारे में गलतफहमी हो, यदि आप नजरअंदाज कर दिया जाना चाहते हैं, तो किसी की चाटुकारिता इस हद तक से भी ज्यादा कीजिए, जहाँ उसे भी मालूम है कि उसके लिए यह जरूरत से ज्यादा है और आपके प्रति उसमें संदेह पैदा होने में देर नहीं लगेगी। सार्वजनिक जीवन में काम करने के दौरान मुझे सभी तरह के लोगों के संपर्क में आने का मौका मिला है। मेरे अधिकांश छात्र यह बताने में काफी उदार रहे हैं कि मैंने इस दुनिया को क्या कुछ दिया है। उनमें से अधिकांश काफी संयमित रहे और बेहद, बेहद कम ऐसे थे, जो चाटुकारिता या प्रशंसा को उस हद से आगे ले गए, जिसका मैं हकदार नहीं था। आप जब भी जरूरत से ज्यादा प्रशंसा करेंगे, आपके प्रति संदेह पैदा होगा और सामनेवाला आप पर सख्त हो जाएगा। उसे लगेगा कि आपका कोई मकसद है और सामान्य रूप से बात करें तो वह शक बेबुनियाद नहीं होता। प्रेरक पुस्तकों के मेरे एक समकालीन लेखक ने एक किताब लिखी और उस पुस्तक में प्रमुख बात यह थी कि आप जीवन में लोगों की चाटुकारिता कर आगे बढ़ सकते हैं। मैं कहूँगा कि वह दुनिया की सबसे पुरानी और सबसे खतरनाक चालबाजी में से एक थी। लोगों को उस बात का श्रेय देना, जिस पर उनका अधिकार नहीं, या उनके सामने बढ़ा-चढ़ाकर उसे कहना, क्या नहीं करें की लिस्ट में शामिल है।

बातचीत पर एकाधिकार जमा लेना और सामनेवाले को एक शब्द भी बोलने न देना। बातचीत में आप बजोड़ हो सकते हैं, आपके पास दुनिया भर की दिलचस्प बातें हो सकती हैं, लेकिन आपको यह मालूम न हो कि कहाँ रुकना है और आप अगर दूसरे व्यक्ति को बीच में एकाध बार भी कुछ कहने का मौका नहीं देते, तो आप उस व्यक्ति के बारे में कभी कुछ जान नहीं पाएँगे।

नंबर नौ है--बोली में अशुद्धता। जरूरी नहीं कि आपका व्याकरण बिल्कुल सही हो, लेकिन आपको कम-से-कम इतना तो पता होना ही चाहिए कि भाषा का उपयोग सही रूप में करें। यदि आप जनता के साथ जुड़े हैं तो यह बात विशेष रूप से लागू होती है, क्योंकि आपका संपर्क नियमित रूप से लोगों से होता रहता है।

नंबर दस है, बातचीत पर एकाधिकार जमा लेना और सामनेवाले को एक शब्द भी बोलने न देना। बातचीत में आप बजोड़ हो सकते हैं, आपके पास दुनिया भर की दिलचस्प बातें हो सकती हैं, लेकिन आपको यह मालूम न हो कि कहाँ रुकना है और आप अगर दूसरे व्यक्ति को बीच में एकाध बार भी कुछ कहने का मौका नहीं देते, तो आप उस व्यक्ति के बारे में कभी कुछ जान नहीं पाएँगे। आप कभी नहीं जान पाएँगे कि आपके प्रति उसकी राय क्या है। एक अच्छा सेल्समैन कभी इस बात पर गौर करने से नहीं चूकता कि उसकी बातों का सुननेवाले पर क्या असर हो रहा है। एक खराब सेल्समैन अपनी बातों को रट लेता है और उसे रटंत विद्या की तरह सामनेवाले के सामने उगलने लगता है और यह देखने के लिए रुकता भी नहीं कि सुननेवाले पर उसका क्या असर हो रहा है।

"देवियो, मैं आप सभी से एक प्रश्न पूछना चाहता हूँ। मैं जानना चाहता हूँ कि मेरे या आपके साथ क्या गड़बड़ है। मैं जानता हूँ कि मुझमें या आपमें से किसी एक में कोई कमी है, क्योंकि मैं जो कुछ कह रहा हूँ, उसमें आपकी दिलचस्पी बिल्कुल भी नहीं है।"

अगर आप चाहते हैं कि आपका व्यक्तित्व आकर्षक हो, तो इतना देख लीजिए कि आप जिससे कह रहे हैं, वह सुन रहा है और दिलचस्पी लेकर सुन रहा है। मान लीजिए, आप लैक्चरर बनना चाहते हैं, तो जीवन में आप कभी तब तक सफल लैक्चरर नहीं बन सकते, जब तक कि आप अपनी उँगली सभी श्रोताओं की नब्ज पर नहीं रखते। आप हर पल महसूस करेंगे कि आपकी बातचीत का असर हो रहा है और उस क्षण भी भाँप लेंगे, जब ऐसा नहीं हो रहा और अगर उस पर ध्यान नहीं दिया जा रहा है तो आप अपनी बातचीत की दिशा को मोड़ लेंगे।

मैंने कई बार ऐसे लैक्चर दिए, जब मुझे बातचीत की दिशा को तीन या चार बार मोड़ना पड़ा। एक बार मैं जॉर्जिया के अटलांटा में नर्सों के एक समूह को लौकिक प्रवृत्ति बल के विषय पर संबोधित कर रहा था। अभी मुझे दस मिनट हुए थे कि मैंने देखा कि मैं अपनी बातचीत को लक्ष्य के आस-पास भी नहीं पहुँचा पा रहा था, लक्ष्य को भेदने की तो बात ही दूर थी। मैं एकदम वहीं रुक गया और मैंने कहा, "देवियो, मैं आप सभी से एक प्रश्न पूछना चाहता हूँ। मैं जानना चाहता हूँ कि मेरे या आपके साथ क्या गड़बड़ है। मैं जानता हूँ कि मुझमें या आपमें से किसी एक में कोई कमी है, क्योंकि मैं जो कुछ कह रहा हूँ, उसमें आपकी दिलचस्पी बिल्कुल भी

नहीं है।" यह बात कारगर साबित हुई और फिर हमने बातचीत को 'किसी कठिन पेशे में कैसे सफल हों', इस पर मोड़ दिया और भाइयो-बहनो! क्या मुझे तब ध्यान से सुना गया। हाँ, बिल्कुल वैसा ही हुआ था।

नंबर ग्यारह पर है—श्रेष्ठता के भाव को दिखाना, जिसे 'क्या नहीं करें' की सूची में डाला गया है। आप दूसरे लोगों से श्रेष्ठ हो सकते हैं और इसकी संभावना है कि आप सभी किसी ऐसे व्यक्ति से बेहतर हों, जिन्हें आप जानते हैं, लेकिन उसका बखान करना अच्छी बात नहीं है, इसे अच्छी आदत नहीं कहते, यह काम ठीक नहीं होता, यह भाईचारा बढ़ाने में कारगर नहीं होता कि आप किसी को बताएँ कि आप उससे बेहतर हैं। इससे फर्क नहीं पड़ता कि वह आदमी कितना विनम्र है, उसे भी यह बात अच्छी नहीं लगती कि कोई उसे इस तरीके से बताए कि वह उससे बेहतर है।

नंबर बारह पर है—धोखेबाजी, जिसे 'क्या नहीं करें' में शामिल कर लीजिए। नंबर तेरह है बातचीत को चुगली का मोड़ देना, जो क्या नहीं करें की लिस्ट में है। मैं नहीं जानता कि आपने कभी किसी ऐसे व्यक्ति के बारे में सुना है या नहीं, जिसने ऐसा किया, या जो ऐसा करता है, या नहीं करता है, लेकिन मैं इतना कह सकता हूँ कि अगर आपके बारे में उसने ऐसा किया तो वह आज आपके दोस्तों में शामिल नहीं होगा। वे ऐसे लोग होते हैं, जो हमारे बारे में बातें करते हैं और बातचीत को घटिया चुगली का मोड़ दे देते हैं। आप अपना जीवन ऐसी बातें करते हुए बरबाद कर सकते हैं, जिनसे न आपको लाभ मिलेगा, न किसी और को।

मुझे याद है कि आज तक मेरी सबसे बड़ी तारीफ मेरे एक साथी डॉ. विलियम पी जैकब्स ने की थी, जो साउथ कैरोलिना स्थित प्रेसबिटेरियन कॉलेज के अध्यक्ष हैं, जिनके साथ मैं उस वक्त जुड़ा था, जब उस कॉलेज के स्टाफ का हिस्सा था। मुझे पहचाने हुए जब उन्हें छह महीने हो गए थे, तब उन्होंने कहा था, "डॉ. हिल, तुम जानते हो, मुझे तुम्हारी कौन सी बात सबसे अच्छी लगती है?" मैंने कहा, "नहीं डॉ. जैकब्स, मैं नहीं जानता, लेकिन मैं जानना चाहूँगा।" उन्होंने कहा, "तुम ओछी बातें नहीं करते।" मैंने कहा, "आपका शुक्रिया। मुझे लगा कि शायद मैं कभी-कभी करता हूँ।" उन्होंने कहा, "अगर तुम करते हो तो मैंने तुम्हें ऐसा करते कभी नहीं सुना।"

मेरा मतलब यह नहीं कि आप हमेशा उच्च कोटि की या गहरी बातें ही करें, लेकिन आपको चुगलीवाली बातचीत से बचना चाहिए।

चौदह, किसी व्यक्ति और कुल मिलाकर दुनिया भर में गलतियाँ ढूँढ़ते रहना क्या नहीं करनेवाली बातों में शामिल है। आप किसी भी शहर की गंदी बस्ती में चले जाइए और आप जान जाएँगे कि प्रेसीडेंट में क्या खराबी है, उनके प्रशासन में क्या गड़बड़ है, अमेरिकी सरकार क्या गलत कर रही है और भगवान् में भी क्या कमी है। आप जो भी जानना चाहते हैं, बस्ती के लोग सबकुछ बता देंगे, लेकिन गंदी बस्ती में कौन रहना चाहता है? मैं तो वहाँ से गुजरना भी नहीं चाहता, उन लोगों से बातचीत करने का तो सवाल ही नहीं है। वे ऐसे लोग हैं, जिन्होंने जीवन को बरबाद कर लिया है। उन्हें सबकुछ में और हर किसी में खामी नजर आती है और उन्हें लगता है कि कोई उन्हें पसंद नहीं करता। यही वजह है कि वे गंदी बस्तियों में रहते हैं। वे जीवन के बेहतर पहलू को नहीं देखते।

और अगला तथा आखिरी है नंबर पंद्रह, जो उन लोगों को चुनौती देने की आदत है, जो आपसे सहमत नहीं होते। जो लोग आपसे सहमत नहीं होते, उन्हें आपको चुनौती देने की जरूरत नहीं है। उन्हें चुपचाप सुनिए कि वे क्या सोचते हैं और जो सोचते हैं, उस पर क्या कहते हैं, तब तक, जब तक कि उन्हें चुनौती देना आपकी जिम्मेदारी न हो और फिर आप जब ऐसा करें तो इसे आराम से करें।

जो लोग आपसे सहमत नहीं होते, उन्हें आपको चुनौती देने की जरूरत नहीं है। उन्हें चुपचाप सुनिए कि वे क्या सोचते हैं और जो सोचते हैं, उस पर क्या कहते हैं, तब तक, जब तक कि उन्हें चुनौती देना आपकी जिम्मेदारी न हो और फिर आप जब ऐसा करें तो इसे आराम से करें।

आज की शाम और पिछली बार आपने मुझे ध्यान से सुना, इसके लिए आपका धन्यवाद। मैं आशा करता हूँ कि मैंने आपको कुछ जानकारी दी है कि कैसे एक आकर्षक व्यक्तित्व बनाएँ। मैंने आपको कई सारे 'क्या करें और क्या न करें' भी बताए, जिन पर आप विचार कर सकते हैं। कृपया उन पर चिंतन कीजिए और उन पर अपने आपको ईमानदारी से परखिए। आप यह देखकर हैरान रह जाएँगे कि आप कहाँ खड़े हैं। कृपया अगली बार मेरे साथ जुड़िए, जब इस ब्रह्मांड के सर्वोच्च नियम लौकिक प्रवृत्ति बल पर आधारित दो प्रसारणों में से पहले का प्रसारण किया जाएगा।

□

12

लौकिक प्रवृत्ति बल

इस प्रसारण का तथा पेरिस में इसके बाद होनेवाले हमारे आखिरी कार्यक्रम के प्रसारण का विषय लौकिक प्रवृत्ति बल है। मैं नहीं चाहता कि आप इस भारी-भरकम नाम को सुनकर डर जाएँ। पहले मुझे अपनी बात पूरी करने दें। मैं आशा करता हूँ कि आपको बता सकूँगा कि यह सबसे महत्त्वपूर्ण नहीं, पर सफलता इस पूरी श्रृंखला के सबसे महत्त्वपूर्ण सिद्धांतों में से एक अवश्य है।

कुछ साल पहले 'थिंक एंड ग्रो रिच' के प्रकाशन के कुछ ही समय बाद, मुझे दुनिया भर से उस पुस्तक के लिए बधाई देने वाले पत्र और तार मिलने लगे। उन पत्रों और तारों की संख्या इतनी अधिक हो गई कि मैंने अपनी सेक्रेटरी को उस किताब की एक प्रति लाने के लिए भेजा। डेढ़ साल पहले मैंने उसे लिखा था और उसके बाद उसे कभी पढ़ा नहीं था। मैं बैठा और उसे पढ़ने लगा। मैंने उसे ध्यान से पढ़ा। मैं जब उसे पढ़ रहा था तो मैंने पाया कि उस पुस्तक में जो लिखा था, उसके पीछे एक बेहतरीन विषय छिपा था, जिस पर आज की शाम हम बातचीत कर रहे हैं। यह था—'लौकिक प्रवृत्ति बल का नियम'।

मैं आपसे कहना चाहता हूँ कि मेरी सभी पुस्तकों का, जिनमें 'थिंक एंड ग्रो रिच' भी शामिल है और मेरे व्यक्तिगत व्याख्यानों का मुख्य उद्‌देश्य यह नहीं कि लोगों को यह बताया जाए, जो वे नहीं जानते, बल्कि उन्हें अपने दिमाग के इस्तेमाल के लिए प्रेरित करना तथा उन बातों का बेहतर उपयोग करना है, जिन्हें वे पहले से ही जानते हैं। मैं आपको बताना चाहता हूँ कि आज शाम की इस बातचीत का उद्‌देश्य यही है।

लौकिक प्रवृत्ति बल इस ब्रह्मांड का वह नियम है, जिसमें अन्य सभी प्राकृतिक नियम मिल जाते हैं और उसका हिस्सा बन जाते हैं। आप कहें तो यह सभी प्राकृतिक नियमों का नियंता है। मैं आपको बताना चाहूँगा कि तीन कारक होते हैं, जो इसमें

शामिल होते हैं और काफी महत्त्व रखते हैं। ये तीन कारक हैं, जिसमें सबसे पहले, जैसा कि मैंने पहले भी कई बार आपका ध्यान आकर्षित किया है, प्रकृति ने प्रत्येक व्यक्ति को वह सबसे कीमती चीज दी है, जो मनुष्य के लिए उपलब्ध है और प्रकृति ने मानवता को जो चीज दी है, वह अन्य किसी भी जीव को नहीं दी है। यह अपने मन पर नियंत्रण रखने की शक्ति है, जो न अधिक है, न कम। दूसरा, प्रकृति ने मानवता को ऐसे साधन दिए हैं, जिनसे वह अपने मन के उपयोग के विशेष लाभ को अपनी इच्छा के किसी भी उद्देश्य की ओर मोड़ सकता है। वह साधन, जिसकी सहायता से वह ऐसा कर सकता है, वह है—लौकिक प्रवृत्ति बल का नियम। इसका तीसरा कारक यह है कि इस नियम का उपयोग करने के लिए कोई तकनीक, कोई योजना, कोई पद्धति होनी चाहिए।

मैं नहीं जानता कि मेरी योजना दुनिया में सबसे अच्छी है या नहीं, लेकिन मेरे अपने जीवन और अपने काम के लिए यह सफल रही है। मैं इसे 'आठ मार्गदर्शक राजकुमार' कहता हूँ। उन आठ मार्गदर्शक राजकुमारों में से पहला है वित्तीय समृद्धि का राजकुमार। आज तक मैंने कभी नहीं देखा कि पैसों के बिना जीवन में कोई स्थान मिले या औसत दर्जे से बढ़कर कोई काम हो जाए और मुझे नहीं लगता कि कोई भी पैसों के बिना कुछ बड़ा कर सकता है।

मैं नहीं जानता कि मेरी योजना दुनिया में सबसे अच्छी है या नहीं, लेकिन मेरे अपने जीवन और अपने काम के लिए यह सफल रही है। मैं इसे 'आठ मार्गदर्शक राजकुमार' कहता हूँ। उन आठ मार्गदर्शक राजकुमारों में से पहला है वित्तीय समृद्धि का राजकुमार। आज तक मैंने कभी नहीं देखा कि पैसों के बिना जीवन में कोई स्थान मिले या औसत दर्जे से बढ़कर कोई काम हो जाए और मुझे नहीं लगता कि कोई भी पैसों के बिना कुछ बड़ा कर सकता है। मैं इसमें अपने आपको थोड़ा दुरुस्त करूँगा। मैं एक ऐसे व्यक्ति को जानता हूँ, जिसके पास पैसे नहीं थे, न ही कोई सैन्य टुकड़ी थी, न अपने कपड़े थे, लेकिन उसके बाद भी उसने एक महान् देश को आजादी दिलाई। वे व्यक्ति थे—महात्मा गांधी। वे पैसों के बिना भी जीवन बिता रहे थे, लेकिन मैं व्यक्तिगत रूप से कभी ऐसा नहीं कर सका। इसलिए वित्तीय समृद्धि का राजकुमार इन मार्गदर्शक सिद्धांतों की सूची में सबसे ऊपर है, जिसे मैंने इस लौकिक प्रवृत्ति बल के महान् नियम का लाभ उठाने के लिए अपने दिमाग में बनाया है और जो एक बार मन में बस जाए तो अपने आप ही

उस उद्देश्य को पूरा कर देता है, जिसमें आप इसे लगा देते हैं।

इन राजकुमारों में नंबर दो पर है—अच्छी सेहत का राजकुमार। मैं जिस काम को कर रहा हूँ, उसके लिए मेरा स्वास्थ्य हमेशा अच्छा रहना चाहिए। मैं जो भी काम करता हूँ, उसमें अपनी पूरी ताकत लगाता हूँ, खासतौर पर अपने लेखन में। मैं प्रेरित होकर लिखता हूँ। मुझे अपने आपको चालू करना पड़ता है और आपको बता दूँ कि जब मैं अपने आपको बंद करता हूँ, तब तक अकसर थक जाता हूँ। इसलिए मेरा स्वास्थ्य काफी अच्छा होना चाहिए।

इन राजकुमारों में तीसरा है—मन की शांति का राजकुमार। मैंने बरसों पहले यह सीखा कि चीजों को लेकर चिंता करने, परेशान होने या उनसे डरने पर अपनी ऊर्जा नष्ट करने का कोई लाभ नहीं होता। इसलिए मैंने अपने मन को साफ रखने और जो चीजें लोगों को काफी परेशान करती हैं, उनसे दूर रखने के लिए मन की शांति के राजकुमार को बनाया। मुझे लगता है कि जिस बात ने मन की शांति को महत्त्व देने की ओर मेरा इतना ध्यान खींचा, वह एक छोटा सा वाक्य था, जिसे मैंने एक बार पढ़ा था। उसमें कहा गया था कि एक आदमी उन चीजों से बड़ा नहीं होता, जिन्हें वह अपने आपको परेशान करने देता है। मैंने मन-ही-मन तय कर लिया कि अपने दिमाग में यह बात बिठा लूँगा कि जो छोटी-छोटी बातें, मामूली परिस्थितियाँ लोगों को परेशान करती हैं, उन्हें अपने आप से दूर रखूँगा।

मुझे लगता है कि जिस बात ने मन की शांति को महत्त्व देने की ओर मेरा इतना ध्यान खींचा, वह एक छोटा सा वाक्य था, जिसे मैंने एक बार पढ़ा था। उसमें कहा गया था कि एक आदमी उन चीजों से बड़ा नहीं होता, जिन्हें वह अपने आपको परेशान करने देता है। मैंने मन-ही-मन तय कर लिया कि अपने दिमाग में यह बात बिठा लूँगा कि जो छोटी-छोटी बातें, मामूली परिस्थितियाँ लोगों को परेशान करती हैं, उन्हें अपने आप से दूर रखूँगा।

इन आठ राजकुमारों में से अगले दो जुड़वाँ हैं। उन्हें 'आशा का राजकुमार' और 'विश्वास का राजकुमार' कहते हैं। उनका उद्देश्य मेरा प्रेरणादायी मार्गदर्शन करना है। वे मुझे बताते हैं कि क्या करना है और क्या नहीं। मैं आपको बता दूँ कि मैं हमेशा उनकी बात नहीं मानता। मैं जब नहीं मानता हूँ, तब अकसर मुश्किल में पड़ जाता हूँ।

अगले दो भी जुड़वाँ हैं। वे हैं—प्रेम और रोमांस के राजकुमार। उनका काम बस मुझे शरीर और दिमाग से जवान रखना है और अब जब भी मेरा जन्मदिन आता है, तो मैं एक साल बढ़ाता नहीं, एक साल उसमें से कम कर देता हूँ और मैं आपसे कह सकता हूँ कि मैं अपने दूसरे बचपन में पहले ही प्रवेश कर चुका हूँ।

इन आठ मार्गदर्शक राजकुमारों में आखिरी और सबसे महत्त्वपूर्ण राजकुमार है—सकल ज्ञान का राजकुमार। सकल राजकुमार का उद्देश्य और इरादा अन्य सात राजकुमारों को मेरे लिए काम पर लगाए रखने तथा मुझे उन सभी परिस्थितियों से जोड़े रखने का है, जो मेरे जीवन को प्रभावित करती हैं और जिनसे मुझे लाभ मिले।

मैं जिस कारण इन आठ राजकुमारों की पहचान और इनकी भूमिका के बारे में बता रहा हूँ, उसका उद्देश्य आपको वह खास तकनीक बताना है, जिसे मैंने लौकिक प्रवृत्ति बल के महान् नियम का उपयोग करने के लिए चुना है। यह नियम बताता है कि किस प्रकार हमारे जीवन में प्रवृत्तियाँ बनती हैं। अभी ज्यादा दिन नहीं हुए, जब मैंने छोटा सा हिस्सा पढ़ा था, जो कहता है, "दुर्गुण इतना भयंकर दिखने वाला राक्षस है कि उससे नफरत होती है, लेकिन उसे भी देखने की जरूरत है। अकसर उसे देखा भी जाता है, जिसका चेहरा जाना-पहचाना लगता है, हम उससे पहले बचते हैं, फिर दया आती है और फिर उसे अपना लेते हैं।" बुरी आदतें भी इसी तरह बनती हैं, थोड़ा-थोड़ा करके।

> *यह नियम बताता है कि किस प्रकार हमारे जीवन में प्रवृत्तियाँ बनती हैं। अभी ज्यादा दिन नहीं हुए, जब मैंने छोटा सा हिस्सा पढ़ा था, जो कहता है, "दुर्गुण इतना भयंकर दिखने वाला राक्षस है कि उससे नफरत होती है, लेकिन उसे भी देखने की जरूरत है। अकसर उसे देखा भी जाता है, जिसका चेहरा जाना-पहचाना लगता है, हम उससे पहले बचते हैं, फिर दया आती है और फिर उसे अपना लेते हैं।"*

कुछ समय पहले ही एक पत्रिका में मैंने कुछ देखा था, जो आज रात के इस सबक में अच्छी तरह फिट बैठता है। एक वाक्य में लेखक लिखता है कि आदत पहले एक मकड़जाल की तरह होती है। फिर यह मजबूत तार बन जाती है, जिससे कई लोग खुद को जीवन भर के लिए बाँध लेते हैं। यह कितना दिलचस्प और सही कथन है।

इस प्रसारण और अगले का उद्देश्य उस नियम

को बताना है, जिससे कोई व्यक्ति आदतों को बनाता है। इस नियम का दायरा और इसकी क्षमता अपने आप में इतनी विशाल है कि इसे समझना आसान नहीं, सिवाय उन लोगों के, जिनके पास विज्ञान का गहरा ज्ञान है। इस नियम को लौकिक प्रवृत्ति बल के नाम से जाना जाता है, यानी वह परम सिद्धांत, जो इस ब्रह्मांड और उसे नियंत्रित करनेवाले नियमों से संबंधित है। यह ऐसा नियम है, जिससे पूरे ब्रह्मांड का संतुलन स्थापित आदतों के माध्यम से व्यवस्था के रूप में बनाए रखा जाता है। यह नियम प्रत्येक जीव तथा तत्त्व के प्रत्येक निर्जीव कण को अपने पर्यावरण की पद्धति के अनुसार चलने और उसका पालन करने के लिए विवश करता है, जिनमें मनुष्य की शारीरिक आदतें और सोचने की आदतें शामिल रहती हैं।

लौकिक प्रवृत्ति बल की कुछ निश्चित आदतें इस प्रकार हैं—सबसे पहले, तारे और उपग्रह हैं, जो अपने-अपने निश्चित स्थानों पर आसमान में स्थापित हैं। क्या इस पूरे ब्रह्मांड की सुव्यवस्था पर विचार करना और इसकी पहचान करना अद्‌भुत नहीं कि उनकी आदतें इतनी निश्चित हैं, यानी तारों और उपग्रहों की आदतें, जिनका अनुमान खगोलशास्त्री लगा सकते हैं और सैकड़ों बरस पहले ही किन्हीं दो तारों या उपग्रहों के बीच के सटीक संबंध को तय कर सकते हैं? प्रकृति कोई भी चीज अनुभव सिद्ध नियम के अनुसार नहीं करती। उसके पास हर चीज को करने के निश्चित तरीके होते हैं। उसके नियम होते हैं, जिनसे वह इस ब्रह्मांड को नियंत्रित करती है और ऐसे नियम व्यक्तियों पर भी लागू होते हैं।

प्रकृति कोई भी चीज अनुभव सिद्ध नियम के अनुसार नहीं करती। उसके पास हर चीज को करने के निश्चित तरीके होते हैं। उसके नियम होते हैं, जिनसे वह इस ब्रह्मांड को नियंत्रित करती है और ऐसे नियम व्यक्तियों पर भी लागू होते हैं।

हमें लौकिक प्रवृत्ति बल का यह नियम वर्ष की ऋतुओं के दौरान प्रभावी होता दिखता है। वे नियमित रूप से आते और जाते हैं तथा कभी-कभी हम पहले ही यह अनुमान लगा लेते हैं कि वे किस प्रकार के होनेवाले हैं, लेकिन ऐसा हमेशा नहीं कर पाते, कम-से-कम यहाँ इस विशेष समुदाय में तो नहीं कर सकते और हम इसे उन सभी चीजों के प्रजनन और विकास में देखते हैं, जो इस धरती की मिट्टी से पैदा होती है, जिसमें प्रत्येक बीज एकदम अपनी ही किस्म की चीज, बिना फेरबदल के पैदा करता है और सभी चीजों की पुनरुत्पत्ति, जिनमें सबसे छोटे

कीट और माइक्रोस्कोपिक कण से लेकर मनुष्य तक शामिल हैं। आपने कभी नहीं सुना होगा कि किसी किसान ने गेहूँ के बीज बोए और उनसे मक्के की फसल उग आए, या मक्के के बीज से गेहूँ पैदा हो जाए। आपने चीड़ के बीज से कभी बलूत का पेड़ निकलते नहीं देखा होगा। प्रकृति में निश्चित आदतों के अनुसार सभी चीजों को करने के तरीके होते हैं, जो अलंघ्य होता है और उसमें फेरबदल नहीं किया जा सकता, उन्हें टाला नहीं जा सकता।

तत्त्व, जो अणु के इलेक्ट्रॉन और प्रोटोन होते हैं, उनके सूक्ष्मतम रूप से लेकर सबसे विशाल रूप में, जिस रूप में वे आसमान में तारों के रूप में होते हैं, हम इन तत्त्वों की रासायनिक क्रियाओं में इसे देखते हैं। तत्त्व की सभी क्रियाएँ और प्रतिक्रियाएँ लौकिक प्रवृत्ति बल की निश्चित आदतों पर आधारित होती हैं।

मनुष्य के सिवाय इस संसार में जितनी भी चीजें सजीव हैं, वे अपनी जीवन अवधि के साथ जन्म लेती हैं और उनकी क्रियाएँ और प्रतिक्रियाएँ एक निश्चित पद्धति के अनुसार होती हैं, जिसे हम प्रवृत्ति कहते हैं। सिर्फ मनुष्य ही है, जो जीवन में किसी निश्चित पद्धति के साथ नहीं आता और उसमें अपने आपको इस महान् लौकिक प्रवृत्ति बल के अनुकूल बनाकर अपनी ही पद्धति को स्थापित करने और लागू करने की क्षमता होती है।

मनुष्य के सिवाय इस संसार में जितनी भी चीजें सजीव हैं, वे अपनी जीवन अवधि के साथ जन्म लेती हैं और उनकी क्रियाएँ और प्रतिक्रियाएँ एक निश्चित पद्धति के अनुसार होती हैं, जिसे हम प्रवृत्ति कहते हैं। सिर्फ मनुष्य ही है, जो जीवन में किसी निश्चित पद्धति के साथ नहीं आता और उसमें अपने आपको इस महान् लौकिक प्रवृत्ति बल के अनुकूल बनाकर अपनी ही पद्धति को स्थापित करने और लागू करने की क्षमता होती है। फिर भी यह नियम आखिरकार व्यक्तियों के सोचने की आदतों तक को नियंत्रित करता है, जो स्वतः निश्चित होती हैं और लौकिक प्रवृत्ति बल द्वारा स्थायी बना दी जाती हैं, फिर चाहे वे नकारात्मक हों या सकारात्मक। व्यक्ति किसी भी दिए गए विषय पर अपने विचारों की पद्धति को दुहराकर बनाता है, लेकिन लौकिक प्रवृत्ति बल इन पद्धतियों को वश में करता है और तब तक के लिए स्थायी बना देता है, जब तक कि व्यक्ति उन्हें अपनी इच्छा से न तोड़े।

मनुष्य एकमात्र जीव है, जिसमें इन्हें अपनी

इच्छा के अनुसार व्यवस्थित करने की शक्ति है। इस कारण हम संक्षेप में ऐसे कुछ व्यावहारिक प्रयोगों पर विचार करते हैं, जो व्यक्ति इसका लाभ उठाकर कर सकता है। चलिए, कुछ मूल बिंदुओं पर विचार करते हैं, जिन पर आपको अपनी बनाई कुछ आदतों को स्थापित करना चाहिए और इस प्रकार आप इन आदतों को प्रयोग में लाकर लौकिक प्रवृत्ति बल के नियम का लाभ उठा सकते हैं।

मैं आपसे इतना कह सकता हूँ कि आज आप जो हैं, वह उन आदतों का परिणाम है, जिन्हें आप अतीत से इकट्ठा करते चले आ रहे थे। संभवत: उनमें से बहुत सारी आदतें योजना के अनुसार आपके साथ नहीं जुड़ी थीं, बल्कि आप जिस माहौल में थे, उसमें पैदा हुई परिस्थितियों में विभिन्न प्रभावों के कारण बनी थीं। यदि आप अद्भुत और असाधारण नहीं हैं, तो प्रकृति की ओर से मिले इस उपहार का, जिसने आपको अपने मन पर नियंत्रण रखने का अधिकार दिया, जिसमें आप अपने मन को जैसा चाहें, बना लें, आपने शायद कभी अपने मन का पूर्ण रूप से उपयोग नहीं किया होगा। शायद आपने इस बात को कभी नहीं समझा होगा कि यदि आप ऐसा करते हैं तो कई प्रकार के लाभ आपकी प्रतीक्षा कर रहे होंगे और आपने ऐसा नहीं किया तो भारी क्षति भी आपकी राह देख रही होगी।

अपने मन पर काबू पाने के लिए और अपने भाग्य को जिस दिशा में ले जाना चाहते हैं, उस ओर इसे निर्देशित करने के लिए लौकिक प्रवृत्ति बल का प्रयोग इन निश्चित परिस्थितियों में किया जाना चाहिए। मैं चाहता हूँ कि आप काफी ध्यानपूर्वक यह देखें कि यह सिद्धांत कितनी अच्छी तरह उन सिद्धांतों के उपयुक्त है, जिनकी चर्चा पिछले प्रसारणों में की गई थी, विशेष रूप से उद्देश्य की निश्चितता। ऐसा इस कारण, क्योंकि वह स्थान, जहाँ आप पहली बार लौकिक प्रवृत्ति बल के नियम का उपयोग करना चाहते हैं, वह उद्देश्य की निश्चितता से संबंधित है। आप अपने आप से

अपने मन पर काबू पाने के लिए और अपने भाग्य को जिस दिशा में ले जाना चाहते हैं, उस ओर इसे निर्देशित करने के लिए लौकिक प्रवृत्ति बल का प्रयोग इन निश्चित परिस्थितियों में किया जाना चाहिए। मैं चाहता हूँ कि आप काफी ध्यानपूर्वक यह देखें कि यह सिद्धांत कितनी अच्छी तरह उन सिद्धांतों के उपयुक्त है, जिनकी चर्चा पिछले प्रसारणों में की गई थी, विशेष रूप से उद्देश्य की निश्चितता।

पूछिए और उस निश्चित प्रमुख उद्देश्य पर निर्णय लीजिए तथा अपने अवचेतन मन से उसी प्रकार बात कीजिए, जैसे कि वह कोई दूसरा व्यक्ति हो।

मैं अपने जीवन में किसी लक्ष्य के संबंध में जब आठ राजकुमारों से बात करना शुरू करता हूँ, तो मेरा व्यवहार उनसे इस प्रकार का होता है, जैसे वे सचमुच में इनसान हों। मैं हमेशा जोर से नहीं बोलता, जहाँ लोग मुझे सुन लें, क्योंकि मैं नहीं चाहता कि वे अपनी उँगलियाँ अपने माथे पर नचाते हुए बोलें, 'लो, एक और अच्छा खासा आदमी पागल हो गया।' अकसर ही मैं अपने आठ राजकुमारों को चुपचाप निर्देश देता हूँ, जो आमतौर पर मैं सोने जाने से पहले करता हूँ। मैं उनसे इस प्रकार बात करता हूँ, मानो वे मेरी ओर से नौकरी पर रखे गए मेरे सेवक हों और उनके साथ बुरा बर्ताव नहीं करता, क्योंकि मुझे नहीं लगता कि इससे किसी का भला हो सकता है। बहुत अधिक हुआ तो मैं उनका ध्यान अपनी जरूरतों की ओर ले जाता हूँ और उनके प्रति पहले ही इस बात के लिए आभार प्रकट कर देता हूँ कि उन्होंने मेरी बात सुनी और आग्रह के अनुसार उन पर कार्य किया। यह बेहद जरूरी है।

उद्देश्य की निश्चितता शुरुआती बिंदु है, जहाँ आप लौकिक प्रवृत्ति बल के इस महान् नियम का सबसे लाभप्रद उपयोग करना सीखेंगे। आप जीवन में जो प्राप्त करना चाहते हैं, जिस प्रकार के व्यक्ति बनना चाहते हैं, जिस स्थान पर घूमने जाना चाहते हैं, उसकी एक स्पष्ट तसवीर बना लें और फिर अपने दिमाग में उसे एक दिन में सैकड़ों बार तब तक दुहराएँ, जब तक कि लौकिक प्रवृत्ति बल को उस तसवीर को चुनने तथा अपने आप ही उसे एक आदत में बदलने का अवसर न मिल जाए। आप देखेंगे कि जब ऐसा हो जाता है, तब सचमुच में हर चीज और हर परिस्थिति, जिसका आप सामना करते हैं, वह आपको अपने उद्देश्य के करीब से करीब लाती चली जाएगी, फिर चाहे वह उद्देश्य कुछ भी हो।

यह न केवल प्रमुख या सकल या असाधारण उद्देश्य पर लागू होता है, बल्कि यह आपके छोटे उद्देश्य पर भी लागू होता है। इस संसार में बहुत बड़ी संख्या में लोगों का कोई निश्चित उद्देश्य नहीं होता। वे कम मुश्किल रास्ते पर चलते हुए भटकते रहते हैं। वे किसी कटोरे में गोल्डफिश की तरह गोल-गोल घूमते हैं और हमेशा उसी जगह पर लौट आते हैं, जहाँ से शुरुआत की थी और वह भी खाली हाथ। आपको इस पर लंबे-चौड़े प्रमाण की आवश्यकता नहीं, आपको बस आस-पास नजर दौड़ानी है और उन लोगों को देखना है, जिन्हें आप बहुत अच्छी

तरह जानते हैं तथा आप पाएँगे कि यह बात सही है।

यदि आप किसी ऐसे व्यक्ति को परखेंगे, जो किसी भी क्षेत्र, किसी भी नौकरी, किसी भी पेशे, किसी भी कारोबार, किसी भी उद्योग में असाधारण है, तो आप पाएँगे कि उस व्यक्ति का एक निश्चित प्रमुख उद्देश्य है और वह अपने समय का बड़ा हिस्सा उस उद्देश्य को पूरा करने पर लगाता है। वह इसे खाता है, इसे सोता है, इसके बारे में सोचता है, इसे अपने साथ बिस्तर पर ले जाता है, उसके साथ ही सुबह में जागता है। वह नौकरी पर उसे साथ ले जाता है। यह उसका अंतरंग साथी बन जाता है। सिर्फ ऐसा करने पर ही आप इस बात को लेकर पूरी तरह निश्चिंत हो सकते हैं कि लौकिक प्रवृत्ति बल आपके उद्देश्य को अपने अंतर्गत ले रहा है और इसे प्राप्त करने में आपकी मदद के रास्ते निकाल रहा है।

इस संसार में एक नियम है, जिसे सौहार्दपूर्ण आकर्षण का नियम कहा जाता है। यह नियम कहता है कि दो समान चीजें एक-दूसरे को आकर्षित करती हैं। यदि आप नकारात्मक सोचवाले व्यक्ति हैं, तो आप अन्य नकारात्मक सोचवाले व्यक्तियों की ओर आकर्षित होंगे। हे भगवान्, क्या कहूँ, दोनों जब भी साथ मिलते हैं तो न जाने इधर-उधर की कितनी बातें करते हैं। यदि आप सकारात्मक सोच वाले व्यक्ति हैं, तो शायद आपके पड़ोसी और मित्र कम होंगे, लेकिन वे सिर्फ सकारात्मक सोचवाले व्यक्ति ही होंगे। आप नकारात्मक लोगों को आकर्षित नहीं करेंगे। वह माध्यम, जिसके अंतर्गत यह नियम कार्य करता है, कोई और नहीं, बल्कि यह सकल और महान् लौकिक प्रवृत्ति बल का नियम है।

इस संसार में एक नियम है, जिसे सौहार्दपूर्ण आकर्षण का नियम कहा जाता है। यह नियम कहता है कि दो समान चीजें एक-दूसरे को आकर्षित करती हैं। यदि आप नकारात्मक सोचवाले व्यक्ति हैं, तो आप अन्य नकारात्मक सोचवाले व्यक्तियों की ओर आकर्षित होंगे। हे भगवान्, क्या कहूँ, दोनों जब भी साथ मिलते हैं तो न जाने इधर-उधर की कितनी बातें करते हैं। यदि आप सकारात्मक सोच वाले व्यक्ति हैं, तो शायद आपके पड़ोसी और मित्र कम होंगे, लेकिन वे सिर्फ सकारात्मक सोचवाले व्यक्ति ही होंगे।

लौकिक प्रवृत्ति बल का अगला उपयोग स्वास्थ्य की चेतना विकसित करने के लिए निश्चित दिनचर्या स्थापित करने के लिए किया जा सकता है।

सिर्फ स्वास्थ्य की इच्छा रखने से आप स्वास्थ्य के प्रति जागरूकता पैदा नहीं कर सकते, क्योंकि हर कोई स्वस्थ रहना चाहता है। नहीं, माफ कीजिए, यह सच नहीं है। ऐसे कई लोग हैं, जो खराब स्वास्थ्य का आनंद लेते हैं और हम उन्हें रोगभ्रमी कहते हैं, लेकिन सामान्य रूप से बात करें तो रोगभ्रमियों के अलावा अधिकांश लोग अच्छी सेहत चाहते हैं, लेकिन उन्हें इतनी जानकारी नहीं होती कि इसे प्राप्त कैसे किया जाए।

यदि आप अच्छी सेहत चाहते हैं, तो आपको सेहत के हिसाब से सोचना पड़ेगा। यह कल्पना करना बंद कर दीजिए कि आप तमाम तरह की बीमारियों से घिरे हैं, जैसा कि रोगभ्रमी लोग करते हैं। आपको इस पर ध्यान देना होगा। आपको दिन-रात इस पर विचार करना होगा। ऐसा कभी नहीं होता कि मैं सोने से पहले अपने बिस्तर के किनारे बैठकर अच्छी सेहत के राजकुमार के प्रति इतनी अच्छी तंदुरुस्ती देने के लिए आभार प्रकट न करूँ। खुदा न खास्ता मैं कभी सुबह भारी सिरदर्द लेकर उठा, जो शायद ही कभी होता है, तो मैं तुरंत उसका कारण ढूँढ़ने लगता हूँ और तुरंत अच्छी सेहत के राजकुमार से बात करता हूँ, पूछता हूँ कि इस तकलीफ को दूर करने के लिए कुछ करे। अब तक उसने मुझे निराश नहीं किया है।

मैंने लोगों को कहते सुना है, "क्या बताऊँ, एक आदमी था, उससे आज ऐसी बहस हुई कि मुझे बहुत जोर का गुस्सा आ गया।" देवियो और सज्जनो, मैं जब तक गुस्सा न करना चाहूँ, तब तक कोई मुझे गुस्सा नहीं दिला सकता है, क्योंकि मेरे भीतर एक प्रणाली है, जिससे मैं अपने दिमाग को सकारात्मक रखता हूँ, उन चीजों को अपने दिमाग से बाहर रखता हूँ, जो सामान्य रूप से लोगों को परेशान करती हैं या गुस्सा दिलाती हैं।

लौकिक प्रवृत्ति बल का अगला व्यावहारिक उपयोग एक सकारात्मक मनोवृत्ति के विकास और उसे बनाए रखने में होता है। देवियो और सज्जनो! आप तब तक सकारात्मक मनोवृत्ति नहीं पा सकते, जब तक आप चाहे-अनचाहे जीवन की सारी परिस्थितियों की घेराबंदी में फँसे रहते हैं। मैंने लोगों को कहते सुना है, "क्या बताऊँ, एक आदमी था, उससे आज ऐसी बहस हुई कि मुझे बहुत जोर का गुस्सा आ गया।" देवियो और सज्जनो, मैं जब तक गुस्सा न करना चाहूँ, तब तक कोई मुझे गुस्सा नहीं दिला सकता है, क्योंकि मेरे भीतर एक प्रणाली है,

जिससे मैं अपने दिमाग को सकारात्मक रखता हूँ, उन चीजों को अपने दिमाग से बाहर रखता हूँ, जो सामान्य रूप से लोगों को परेशान करती हैं या गुस्सा दिलाती हैं। मैं उन पर प्रतिक्रिया नहीं करता। मैं प्रतिक्रिया करता हूँ, लेकिन वैसे ही, जैसे कि कुछ हुआ ही न हो। मैं उन्हें अपने सकारात्मक सोच की प्रणाली को तबाह करने नहीं देता।

इस विशेष सिद्धांत के कारण आप यह जानना चाहते होंगे कि पिछले चौदह वर्षों के दौरान, जब से मैंने लौकिक प्रवृत्ति बल के नियम की खोज की और उसका प्रयोग करना शुरू किया है, तब से मैंने अपने आपको जीवन में ऐसे स्थान पर रखा है, जहाँ मेरे पास इस दुनिया में सबकुछ है, जिसे मैं चाहता हूँ या जिसकी मुझे जरूरत है या शायद मैं इस्तेमाल करना चाहूँगा। इसमें अच्छी सेहत, लोगों की सेवा करने, किताबें लिखने और व्याख्यान देने की खुशी शामिल है। उस समय से पहले, मुझे सफलता के इस विज्ञान का इतना ही ज्ञान था, जितना कि अभी है, लेकिन मेरे पास मन की शांति नहीं थी, मेरा स्वास्थ्य इतना अच्छा नहीं था, मेरे पास बहुत सारी चीजें नहीं थीं; क्योंकि मैं मनोवृत्ति को सकारात्मक बनाने और इसे हमेशा सकारात्मक बनाए रखने के निश्चित तरीके नहीं ढूँढ़ पाया था।

लौकिक प्रवृत्ति बल का अगला प्रयोग समय-समय पर व्यक्तिगत धन-संपत्ति की सूची बनाने में होता है। जो संभवत: प्रत्येक छह महीने पर किया जाता है, ताकि आप मूर्त और अमूर्त समेत अपनी सभी संपत्तियों और देनदारियों की सटीक लिस्ट बना सकें। यदि आप अपने आपको समझना चाहते हैं, यदि आप समृद्ध बनना चाहते हैं और यदि आपको मन की शांति चाहिए, तो आपको जानकारी होनी चाहिए कि आपकी संपत्ति कितनी है और देनदारियाँ कितनी हैं। मैं केवल बैंक में जमा दौलत और कर्ज की बात नहीं कर रहा हूँ। मैं ऐसी चीजों के बारे में बात कर रहा हूँ, जो ऐसी किसी भी चीज से महत्त्वपूर्ण हैं, जिन्हें बैंक में रखा जा सकता है। आपको बता दूँ कि मैं आपकी पहचान के बारे

यदि आप अपने आपको समझना चाहते हैं, यदि आप समृद्ध बनना चाहते हैं और यदि आपको मन की शांति चाहिए, तो आपको जानकारी होनी चाहिए कि आपकी संपत्ति कितनी है और देनदारियाँ कितनी हैं। मैं केवल बैंक में जमा दौलत और कर्ज की बात नहीं कर रहा हूँ। मैं ऐसी चीजों के बारे में बात कर रहा हूँ, जो ऐसी किसी भी चीज से महत्त्वपूर्ण हैं, जिन्हें बैंक में रखा जा सकता है।

में बात कर रहा हूँ। वह अनुपम उपहार, जो परमात्मा ने आपको दिया है, जिससे आप जैसे चाहें, अपने दिमाग का इस्तेमाल कर सकते हैं। मैं आपकी उस विशेषता के बारे में भी बात कर रहा हूँ, जिससे आप अपने मन को, जो कुछ प्राप्त करना चाहते हैं, उसकी दिशा में लगा देते हैं, जिसमें यह भरोसा होता है कि आप उसे प्राप्त कर सकेंगे। मैं आज तक कभी किसी पेशे में किसी ऐसे सफल व्यक्ति से नहीं मिला, जिसने इस बात को नहीं समझ लिया था कि वह अपने मन का स्वामी है और यह नहीं जान लिया था कि उसके पास उस मन को अपने किसी भी लक्ष्य को प्राप्त करने की दिशा में लगाने की शक्ति है।

मैं जब पहली बार हेनरी फोर्ड से मिला था, तब काफी आश्चर्यचकित हुआ था। मैंने देखा कि उनका व्यक्तित्व काफी कमजोर था, मुझे पता चला कि उनकी औपचारिक स्कूली शिक्षा काफी कम है, मैंने पाया कि उनके विचार विचित्र हैं और मैं सोचकर हैरान हो रहा था कि आखिर कैसे इस जैसे व्यक्ति को इतनी सफलता मिल गई। कहने का अर्थ है कि मैं तब तक हैरान था, जब तक मैं मिस्टर फोर्ड से नहीं मिला था और मुझे पता चला कि अचानक ही उन्हें अपने मन की शक्ति को पहचानने का अवसर मिला तथा इस खोज का उपयोग करते हुए उन्होंने एक योजना के तहत वे जो चाहते थे, उसकी दिशा में उसे लगा देते थे। मैंने एक बार मिस्टर फोर्ड से पूछा था कि क्या वास्तव में और सच में उन्होंने कुछ चाहा और उसे प्राप्त नहीं कर सके थे। अपने चेहरे पर चालाकी भरी मुसकान के साथ उन्होंने कहा, "हाँ, एक बार हुआ था। मैं जब हाईस्कूल में था और एक लाल बालोंवाली लड़की से शादी करना चाहता था, एक दूसरा ही लड़का उसे ले गया।" मैंने कहा, "बस इतनी सी बात थी?" उन्होंने कहा, "हाँ, बस इतनी सी बात थी। इसके अलावा मैंने जो कुछ चाहा, उसे पाया है।" मैंने कहा, "क्या आपने जो भी चाहा, उसे हमेशा बिना संघर्ष के पा लिया?" उन्होंने कहा, "नहीं, मुझे नहीं लगता कि कोई भी उस स्थान तक पहुँच पाता है।" लेकिन उन्होंने कहा, "मेरे लिए संघर्ष ताकतवर

> ***मैंने एक बार मिस्टर फोर्ड से पूछा था कि क्या वास्तव में और सच में उन्होंने कुछ चाहा और उसे प्राप्त नहीं कर सके थे। अपने चेहरे पर चालाकी भरी मुसकान के साथ उन्होंने कहा, "हाँ, एक बार हुआ था। मैं जब हाईस्कूल में था और एक लाल बालोंवाली लड़की से शादी करना चाहता था, एक दूसरा ही लड़का उसे ले गया।"***

बनने का एक तरीका भर है और मैं देखता हूँ कि जब भी मैं संघर्ष के आगे हथियार डालने से इनकार करता हूँ, तब अगली बार मैं उसी परिस्थिति में और ताकतवर हो जाता हूँ।" मैंने ऐसी ही कहानी मि. एडिसन से और मि. वानामेकर से सुनी थी, जो डिपार्टमेंट स्टोर के अमीर मालिक थे। मैंने संघर्ष और सफलता की ऐसी ही कहानियाँ उन पाँच सौ असाधारण अमरीकियों में से कम-से-कम चार सौ हस्तियों से सुनीं, जिन्होंने सफलता के इस शास्त्र की रचना करने में मदद की। इन लोगों ने परमात्मा की ओर से मिली उस महान् शक्ति को, यानी अपने मन को वश में रखने, उसका इस्तेमाल करने, उस मन में अपनी ही पसंद के विचारों के स्वरूप को बनाने तथा उसका साथ तब तक देने के अपने अधिकार को पहचाना, जब तक कि लौकिक प्रवृत्ति बल विचार के उन तरीकों को लागू करने के रास्तों और साधनों की दिशा में निर्देशित न कर दे।

लौकिक प्रवृत्ति बल का अगला व्यावहारिक प्रयोग एक ऐसी प्रणाली विकसित करना है, जिससे अतिरिक्त परिश्रम के सिद्धांत को आप अपनी नौकरी या अपने पेशे या लोगों के साथ सामान्य व्यवहार में लागू कर सकें। देवियो और सज्जनो! आपके लिए अतिरिक्त परिश्रम को समझना और यह कहना ही पर्याप्त नहीं है, "हाँ, मैं इसमें विश्वास करता हूँ।" इतना काफी नहीं है। आप जानते हैं कि लगभग हर कोई इस सुनहरे नियम में विश्वास करता है, लेकिन जिस प्रकार से कुछ लोग इसे समझते हैं, उसके लिए अनुसार इसका मतलब होता है—दूसरे व्यक्ति के लिए काम करना और उसके लिए इतनी कोशिश करना कि उसके बाद वह आपके लिए करे। हाँ, वे अतिरिक्त परिश्रम को मानते हैं, लेकिन जो व्यक्ति सफलता की विद्या का छात्र है, वह जानता है कि अतिरिक्त परिश्रम के इस सिद्धांत को ईमानदारी और सही ढंग से लागू करने के लिए आपकी एक प्रणाली, एक तकनीक होनी चाहिए। एक चीज आप यह करते हैं कि उस सिद्धांत पर जहाँ हैं, वहीं से काम करना शुरू कर देते हैं, चाहे कैसी भी परिस्थिति ने आपको घेर रखा हो। इसे बिना

दूसरे व्यक्ति के लिए काम करना और उसके लिए इतनी कोशिश करना कि उसके बाद वह आपके लिए करे। हाँ, वे अतिरिक्त परिश्रम को मानते हैं, लेकिन जो व्यक्ति सफलता की विद्या का छात्र है, वह जानता है कि अतिरिक्त परिश्रम के इस सिद्धांत को ईमानदारी और सही ढंग से लागू करने के लिए आपकी एक प्रणाली, एक तकनीक होनी चाहिए।

यह सोचे ही शुरू कर दीजिए कि बदले में आपको क्या मिलने वाला है।

मैं आपको बताना चाहता हूँ कि मैं सफलता के जितने भी नियमों के विषय में जानता हूँ, उनमें से मैंने किसी के एक के बारे में भी यह नहीं सुना, जो इतने प्रकार के लाभ इतनी बड़ी मात्रा में लेकर आता है, जितना कि अतिरिक्त परिश्रम के इस सिद्धांत से प्राप्त होता है, लेकिन आपको इसे लागू कर देना चाहिए और बिना यह सोचे इस पर अमल करते रहना चाहिए कि आपको इससे कितना लाभ मिलनेवाला है। यदि आप आज अतिरिक्त परिश्रम के इस सिद्धांत को लागू करते हैं और फिर यह आशा करते हैं कि कल आपको इनाम मिल जाएगा, तो यह उस किसान की तरह ही होगा, जिसने जाकर आज ही खेत में गेहूँ बोया और अगले दिन वह फसल काटनेवाली मशीन लेकर खेत में पहुँचे तथा फसल काटने के लिए तैयार हो जाए, लेकिन खेत में फसल न देख हैरान हो जाए। किसान यह जानता है कि बीज बोने और फसल काटने के बीच टाइमिंग का एक मामला होता है। यह बात अतिरिक्त परिश्रम में आपकी ओर से की जानेवाली सेवा पर भी लागू होती है।

आपको जब एक बार ऐसा करने की आदत हो जाती है, जब आप तुरंत परिणाम की उम्मीद किए बिना अतिरिक्त सेवा देते हैं, तो सौहार्दपूर्ण आकर्षण का वह महान् नियम, बढ़ती आय का वह प्रसिद्ध नियम आपके पक्ष में काम करने लगता है। आप चाहें या नहीं, ऐसी चीजें, जो आपके लिए अच्छी हैं, ऐसी चीजें, जिन्हें आप सबसे ज्यादा चाहते हैं, वे आपके पास आने लगती हैं और अकसर ऐसे स्रोतों से आती हैं, जिनकी आपको उम्मीद नहीं होती; क्योंकि लौकिक प्रवृत्ति बल का नियम उस ढर्रे पर चलने लगता है, जिसे आपने अपने दैनिक कार्यों में अतिरिक्त परिश्रम के लिए तय किया है और उसे लागू करने लगे हैं। यह नियम इस प्रकार से लागू करता है।

देवियो और सज्जनो! आज के लिए हमारा समय समाप्त होता है। कृपया अगले हफ्ते मेरे साथ लौकिक प्रवृत्ति बल के नियम पर और अधिक चर्चा के लिए अवश्य जुड़िए।

□

13

लौकिक प्रवृत्ति बल के नियम के अन्य उपयोग

पेरिस में मेरे आखिरी प्रसारण के साथ जुड़ने के लिए आप सबका धन्यवाद। आज शाम मैं इस सर्वोच्च सिद्धांत, लौकिक प्रवृत्ति बल पर चर्चा को पूरा करूँगा।

मैंने आपको बताया है कि किस प्रकार इस नियम को व्यावहारिक रूप से लागू करें। लौकिक प्रवृत्ति बल का उपयोग आपके द्वारा समय को लेकर बजट बनाने और उसका सदुपयोग करने की एक प्रणाली विकसित करने में होता है। टालमटोल और आलस्य पर काबू पाया जा सकता है और जैसा कि आप जानते हैं—आलस्य पूरी मानवता का एक बड़ा शत्रु है।

आपमें से कई देवियो और सज्जनो ने मुझे मेरे दूसरे बेटे ब्लेयर के रोग के बारे में कहते सुना होगा, जो पैदा हुआ तो उसके कान ही नहीं थे। जब ब्लेयर का जन्म हुआ था, तो जिन डॉक्टरों की देख-रेख में उसका जन्म हुआ था, उन्होंने मुझे बताया था कि वह जीवन भर सुन नहीं सकेगा और न बोल सकेगा। मैंने विधाता के इस लेख को कभी कबूल नहीं किया। मैंने शुरुआत में इसे कबूल नहीं किया, मैंने उसके बाद भी कभी इसे स्वीकार नहीं किया। मैंने लौकिक प्रवृत्ति बल के नियम को लागू किया और उसका नतीजा यह हुआ कि भले ही उस समय मुझे पता नहीं था कि ऐसा कोई नियम होता है, लेकिन मैंने अपने बेटे को सामान्य बनाने की दिशा में अपने जो नौ वर्ष लगाए, उसका लाभ यह मिला कि मैंने प्रकृति को उसके लिए सुनने की एक प्रणाली तैयार करने पर प्रेरित किया, जिसने उसे पैंसठ फीसदी कुदरती रूप से सुनने की क्षमता दे दी। मैं आपसे कहना चाहता हूँ कि उसके लिए न केवल इस लौकिक प्रवृत्ति बल के

नियम को लागू करने की जरूरत पड़ी, बल्कि व्यावहारिक विश्वास के सिद्धांत को भी लागू करना पड़ा। मुझे यह विश्वास करना पड़ा कि ऐसा किया जा सकता है। मुझे इसके बारे में सोचना पड़ा और उस पर ध्यान केंद्रित करना पड़ा। मैंने जिस तरीके को अपनाया, उसमें उसके अवचेतन मन के जरिए निर्देश देना था।

मैंने टालमटोल नहीं की। मैंने इंतजार नहीं किया। हर रात, लगभग तीन साल तक, मैं उसके पालने के पास बैठा और उसके अवचेतन मन के माध्यम से यह कहा कि प्रकृति सुनने के किसी-न-किसी तरीके को बनाएगी, जो उसे किसी सामान्य व्यक्ति की तरह सुनने के काबिल बना दे। कई साल बाद, जब वह अमेरिका के एकोस्टिकोन हियरिंग एड कॉरपोरेशन से, कंपनी के डॉक्टरों, दुनिया के छह या सात सबसे विख्यात कान के रोग के विशेषज्ञों से जुड़ा, जिन्होंने ब्लेय की खोपड़ी के सैकड़ों एक्स-रे किए और उन्होंने कहा कि मैंने उसका जो मनोवैज्ञानिक इलाज किया, उसने स्पष्ट रूप से प्रकृति को मस्तिष्क के केंद्र से या उसके किसी हिस्से से खोपड़ी की अंदरूनी दीवारों तक तंत्रिकाओं के समूह को विस्तार देने के लिए प्रेरित किया, जिससे वह उस माध्यम से अब सुन सकता है, जिसे बोन कंडक्शन या अस्थि चालन कहते हैं। उस समय उन्हें अस्थि चालन के बारे में कुछ भी पता नहीं था।

> ***मैंने टालमटोल नहीं की। मैंने इंतजार नहीं किया। हर रात, लगभग तीन साल तक, मैं उसके पालने के पास बैठा और उसके अवचेतन मन के माध्यम से यह कहा कि प्रकृति सुनने के किसी-न-किसी तरीके को बनाएगी, जो उसे किसी सामान्य व्यक्ति की तरह सुनने के काबिल बना दे।***

मैं पिछले पैंतीस वर्षों के दौरान इस दर्शन पर काम करता रहा और मैंने इतनी बार असंभव को संभव होते देखा है कि मैं 'असंभव' शब्द को अब नहीं मानता।

मैंने सीखा है कि यदि आप सच में सही मायने में अपने मन को वश में कर लेते हैं, यदि इसकी शक्ति को पहचान लेते हैं और लौकिक प्रवृत्ति बल के नियम का प्रयोग सीख लेते हैं, तो आप इस संसार में अपना भाग्य खुद तय कर सकते हैं।

आप इस संसार में जब आए तो आपको भी पता नहीं था या आपकी मर्जी नहीं थी और आप जाते भी इसी तरीके से हैं, लेकिन आप जब तक यहाँ हैं, काम करने का आपका दायरा असीम है और इस दौरान अपने मन को जैसे

चाहें, रचनात्मक रूप से या अन्यथा अच्छे या बुरे प्रयोजन के लिए उपयोग में ला सकते हैं। यह सब व्यक्ति पर निर्भर करता है। आप सफल हो सकते हैं या असफल और आप सफल हो सकते हैं, अपने मन की शक्ति को पहचानकर, ऐसे तरीके बनाकर जिन्हें आप लागू करना चाहते हैं और अपने मन को तब तक उन तरीकों पर लगाए रखकर, जब तक कि लौकिक प्रवृत्ति बल का यह महान् नियम अपने आप ही उन तरीकों को अपना नहीं लेता और उन्हें उनकी परिणति तक नहीं पहुँचा देता है।

कुछ लोगों को यह सनुकर बेतुका लग सकता है कि मैं हर रात अपने बिस्तर के किनारे पर बैठकर अदृश्य, अनदेखे लोगों से बातें करता हूँ, जिन्हें मैं आठ मार्गदर्शक राजकुमार कहता हूँ। यह काल्पनिक और अव्यावहारिक लग सकता है। इस पर मेरा यह कहना है कि देवियो और सज्जनो! मेरे लिए यह कारगर है और उन सैकड़ों लोगों के लिए भी, जिन्हें मैंने अपनी प्रणाली के बारे में बताया है तथा वही अपने आप में पर्याप्त है।

इन मार्गदर्शक राजकुमारों को लेकर मैं किसी भुलावे में नहीं हूँ। जहाँ तक मैं जानता हूँ, वे पूरी तरह से मेरे अपने दिमाग की कल्पना हैं, लेकिन मेरे ऊपर उनका प्रभाव वास्तविक है। मैं जब उनसे कुछ माँगता हूँ, तो अकसर मुझे अपनी माँगों का सकारात्मक जवाब मिलता है।

जैसा कि आपमें से कई लोग जानते हैं, इन पैंतीस या चालीस वर्षों के दौरान, जब से मैं लोगों के बीच हूँ, मैंने इस सभ्य संसार के दो-तिहाई लोगों के बीच अपनी एक ख्याति बना ली है। इस विषय पर जिन लोगों ने सर्वेक्षण किए हैं, उनका कहना है कि वर्तमान में जीवित किसी भी अन्य व्यक्ति से कहीं अधिक लोगों को सफल बनने में मैंने मदद की है। यह एक दावा है, एक कथन है। मैं दूसरे लोगों को उद्धृत कर रहा हूँ। फिर भी मैं यह मानता हूँ कि यह बात सही है। देवियो और सज्जनो, मैंने लोगों को सफल बनने में मदद की है तो इसका कारण है कि मैंने अपनी सफलता के लिए तरीके और रास्ते बनाए और मैंने अपने फॉर्मूले को उन शब्दों में बदल दिया है, जिन्हें हर कोई समझ सकता है। सिर्फ इस कारण कि आपने इनमें से कुछ फॉर्मूले के बारे में नहीं सुना होगा, आपको हक है कि आप शक करें कि वे कारगर होंगे या नहीं। आप इतना कर सकते हैं कि उन्हें स्वीकार करें, उनका अक्षरश: पालन करें। उन्हें बदलने का प्रयास न करें। आप वही करें, जो आपसे कहा जाए और उसे इस भावना के साथ करें कि

आपको परिणाम मिलेंगे। यदि आप ऐसा करते हैं, तो आप उन्हें प्राप्त कर लेंगे।

विख्यात लौकिक प्रवृत्ति बल के अगले व्यावहारिक प्रयोग से एक ऐसी प्रणाली का विकास किया जाता है, जो आपको बाहर के नकारात्मक प्रभावों से बचाती है। देवियो और सज्जनो! क्या आप इस बात को मानते हैं कि आप सारी टिप्पणियों, सारे प्रभावों, उन सारे नकारात्मक विचारों को खुले दिल से स्वीकार नहीं कर सकते, जो इस धरती पर दिन-रात व्यक्त किए जा रहे हैं? यदि मैं नकारात्मक टिप्पणियों से मुक्त नहीं होता, तो मुझे नहीं लगता है कि मैं कभी रेडियो के इन कार्यक्रमों के लिए पेरिस लौटकर आता। मुझे अपने जीवन में जितनी भी जगहों पर जाने का सौभाग्य मिला है, वहाँ लोग मेरे बारे में कई तरह की बातें करते हैं, जिनका सच्चाई से कोई लेना-देना नहीं होता। यहाँ भी मुझे ऐसा ही अनुभव हुआ था। इन बातों का मेरे ऊपर रत्ती भर भी असर नहीं हुआ। बिल्कुल भी नहीं। ऐसा इस कारण, क्योंकि मैं यह समझता हूँ कि लोगों का स्वभाव ही ऐसा होता है कि वे किसी भी नई चीज को लेकर संदेह करते हैं और आमतौर पर ऐसे किसी भी नए व्यक्ति को लेकर शंका में रहते हैं, जो पड़ोस में आता है। मैं हैरान तब होता, जब मैं इस समुदाय में आता और कोई भी मुझ पर संदेह नहीं करता। मुझे लगता कि सही मायने में कुछ-न-कुछ गड़बड़ है।

> *मुझे अपने जीवन में जितनी भी जगहों पर जाने का सौभाग्य मिला है, वहाँ लोग मेरे बारे में कई तरह की बातें करते हैं, जिनका सच्चाई से कोई लेना-देना नहीं होता। यहाँ भी मुझे ऐसा ही अनुभव हुआ था। इन बातों का मेरे ऊपर रत्ती भर भी असर नहीं हुआ। बिल्कुल भी नहीं।*

लौकिक प्रवृत्ति बल के इस महान् नियम का मतलब है कि आपके पास सारे बाहरी प्रभावों, विशेष रूप से जो नकारात्मक हैं और आपको नुकसान पहुँचा सकते हैं, उनसे अपने आपको मुक्त रखने के तरीके और रास्ते हैं। यदि आप इस दर्शन के सच्चे छात्र बन जाते हैं और इसे लागू करना सीख लेते हैं, तो न तो आलोचना, न ही अन्य नकारात्मक टिप्पणियों का आप पर किसी भी प्रकार का असर होगा। सार्वजनिक जीवन में मैंने आज तक कभी ऐसा कोई व्यक्ति नहीं देखा, जिसने कुछ हद तक उपलब्धि प्राप्त की हो और उसकी आलोचना न की गई हो। सच कहूँ तो एक बड़ा महान् व्यक्ति था, जो बरसों पहले इस रास्ते से गुजरा था और उसका नाम था ईसा मसीह। मैं जब इसकी तुलना करता हूँ

कि मेरे मुकाबले उनकी कितनी आलोचना हुई, तो मुझे लगता है कि मैं उनसे काफी बेहतर हूँ।

लौकिक प्रवृत्ति बल के इस नियम को आप काफी आसानी से तय कर सकते हैं, जिससे आप उन नकारात्मक चीजों से, जिनमें लोग विश्वास करते हैं और जिस प्रकार की बातें लोग फैलाते हैं, उनसे सुरक्षित रहेंगे। मैंने इसे तय कर लिया है। मैं इसे सुरक्षा की तीन दीवारें कहता हूँ। मेरे चारों ओर एक ऊँची दीवार और कुछ हद तक चौड़ी दीवार है, जिसे पार कर मुझसे जो भी कुछ कहना चाहता, वह कूद सकता है। मेरे मित्र ने जब मुझे यहाँ पेरिस में लाने का फैसला किया, ताकि मैं रेडियो पर आ सकूँ, तो वह उस दीवार को कूदकर आया। वह बड़ी आसानी से इसे पार कर पहुँचा, लेकिन तुरंत ही उसके सामने एक और दीवार थी, जो काफी ऊँची थी और एक जो इतनी चौड़ी नहीं थी। मैंने उसे इतनी आसानी से उस दीवार को पार करने नहीं दिया। कोई भी उस दीवार को तब तक पार नहीं कर सकता, जब तक कि उसके पास ऐसा कुछ नहीं, जो मैं चाहता हूँ, कुछ ऐसा, जो मुझे भी चाहिए। इससे वह भीड़ काफी कम हो जाती है। उसने छलाँग लगाई, ठीक है और मैं यहाँ हूँ, लेकिन तुरंत ही, उसके सामने एक और दीवार थी, जो इतनी ऊँची थी कि जिसका कोई छोर नहीं था और उसे न तो वह, न ही कोई अन्य जीवित व्यक्ति कभी पार कर सकता है, न कर पाएगा यहाँ तक कि मेरी पत्नी भी नहीं। वही ऐसा स्थान है, जहाँ मैं एकांतवास के लिए जाता हूँ और केवल परमात्मा से बात करता हूँ। उस दीवार के जरिए मैं अन्य किसी से बात नहीं करता। उस दीवार पर मैं सारे प्रभावों को रोक देता हूँ, जो मेरे अंदर की चेतना तक पहुँचने का प्रयास करते हैं। मैं बस इसे यहाँ से गुजरने नहीं देता।

लौकिक प्रवृत्ति बल के इस नियम को आप काफी आसानी से तय कर सकते हैं, जिससे आप उन नकारात्मक चीजों से, जिनमें लोग विश्वास करते हैं और जिस प्रकार की बातें लोग फैलाते हैं, उनसे सुरक्षित रहेंगे। मैंने इसे तय कर लिया है। मैं इसे सुरक्षा की तीन दीवारें कहता हूँ। मेरे चारों ओर एक ऊँची दीवार और कुछ हद तक चौड़ी दीवार है, जिसे पार कर मुझसे जो भी कुछ कहना चाहता, वह कूद सकता है।

मैं किसी से भी अपनी इच्छा से तब तक संबंध नहीं बनाता, जब तक कि

उनका मेरे ऊपर किसी प्रकार का अच्छा प्रभाव न हो। मैं उस व्यक्ति से अपने आपको तुरंत अलग कर लेता हूँ, जो केवल नकारात्मक प्रभाव लेकर आता है। इसकी परवाह नहीं करता कि वह कौन है। वे मेरी सास हो सकती हैं या कोई करीबी रिश्तेदार भी हो सकता है। मुझ पर यकीन कीजिए, कई बार ऐसा हुआ, जब मुझे अपने करीबी रिश्तेदारों से खुद को अलग करना पड़ा।

अगला है अपने सांसारिक उद्देश्यों को प्राप्त करने के लिए अपनी क्षमता पर विश्वास पैदा करनेवाली प्रणाली विकसित करने के मकसद से लौकिक प्रवृत्ति बल के नियम का उपयोग। आपको यह जानकर आश्चर्य हो सकता है कि इस महान् देश में भी, जहाँ लोगों की जरूरत की चीजें इतनी पर्याप्त मात्र में है, उसके बावजूद, अठानबे प्रतिशत लोगों को अपनी क्षमता पर विश्वास नहीं है कि वे जो चाहते हैं, उसे प्राप्त कर सकते हैं या नहीं। उनमें आत्मविश्वास की कमी होती है। व्यावहारिक विश्वास के सिद्धांत का उपयोग उस अत्यधिक आवश्यक चीज को विकसित करने के लिए करने का एक तरीका होता है, जिसे आत्मविश्वास कहते हैं। यदि बरसों पहले मैंने इस सच्चाई को नहीं जाना होता, तो इस संसार के दो-तिहाई हिस्से के 65 मिलियन लोगों का साथ मुझे नहीं मिला होता। आज की शाम मैं यहाँ खड़ा होकर आपसे बात नहीं कर रहा होता। सच कहूँ तो मैं 'लॉ ऑफ सक्सेस' को कभी पूरा नहीं कर पाता, इसे कभी शुरू तक नहीं कर पाता। ऐसा इस कारण, क्योंकि एंड्रयू कार्नेगी ने जब मुझे व्यक्तिगत उपलब्धि की दुनिया के पहले व्यावहारिक दर्शन को व्यवस्थित रूप देने की जिम्मेदारी सौंपी, तो मुझे लगा, जैसे मेरी जान ही निकल जाएगी। मुझे 'शास्त्र' शब्द का अर्थ भी मालूम नहीं था। मुझे इसका अर्थ समझने के लिए लाइब्रेरी में जाना पड़ा।

व्यावहारिक विश्वास के सिद्धांत का उपयोग उस अत्यधिक आवश्यक चीज को विकसित करने के लिए करने का एक तरीका होता है, जिसे आत्मविश्वास कहते हैं। यदि बरसों पहले मैंने इस सच्चाई को नहीं जाना होता, तो इस संसार के दो-तिहाई हिस्से के 65 मिलियन लोगों का साथ मुझे नहीं मिला होता।

लेकिन मेरे भीतर विश्वास की एक जन्मजात क्षमता थी। मैंने अपने दिमाग में ही काम शुरू कर दिया। मैं अपने आपको तैयार करने लगा। मैं यह मानने लगा कि यदि मि. कार्नेगी ने कहा कि मैं कर सकता हूँ तो मैं इस काम को कर

सकता हूँ और आप भी देख लीजिए कि वह समय भी आया, जब लोगों ने हँसना बंद कर दिया, खाँसना बंद कर दिया और इस दुनिया के सबसे कुशाग्र बुद्धि वाले लोगों ने इस दर्शन को अपनाया, इसका उपयोग किया और इसकी सिफारिश की। भारत में इसे बड़े पैमाने पर अपनाया गया है, क्योंकि महान् व्यक्तित्ववाले महात्मा गांधी को मेरे सफलता के दर्शन की जानकारी हुई। उन्होंने इसे प्रकाशित कराने और पूरे भारत में इसका प्रसार करने का आदेश दिया। अपनी शर्तों और अपनी खूबियों के कारण, इसने अपना प्रसार दुनिया के दो-तिहाई से भी अधिक हिस्से में कर लिया है।

जीवन शिक्षा का एक शाश्वत कार्य है। आपकी शिक्षा कभी पूरी नहीं होती। यदि आप इस पहल का, उस विशेषाधिकार का, जो परमात्मा ने आपको अपने मन के उपयोग के रूप में दिया है, सर्वाधिक लाभ वास्तव में और सही मायने में लेना चाहते हैं, तो आपको यह समझना होगा कि हर दिन स्कूली पढ़ाई का दिन है।

उस दर्शन में कुछ ऐसा है, जो केवल मेरे द्वारा विश्वास को लागू करने, मेरे द्वारा अपने आपको आगे बढ़ाने की मेरी प्रणाली से तथा अपने आपको शिक्षित करने और इस काम करने के लिए मेरे द्वारा खुद को तैयार करने से संभव हुआ। आपको भी ऐसा ही करना है। जीवन शिक्षा का एक शाश्वत कार्य है। आपकी शिक्षा कभी पूरी नहीं होती। यदि आप इस पहल का, उस विशेषाधिकार का, जो परमात्मा ने आपको अपने मन के उपयोग के रूप में दिया है, सर्वाधिक लाभ वास्तव में और सही मायने में लेना चाहते हैं, तो आपको यह समझना होगा कि हर दिन स्कूली पढ़ाई का दिन है। कहा जाए तो यह एक स्कूल है, इससे फर्क नहीं पड़ता कि आपके पास कितनी डिग्रियाँ हैं, आप तब तक शिक्षित नहीं हो सकते, जब तक कि आप प्रकृति के नियम को समझते और अपनाते नहीं, विशेष रूप से सारे प्राकृतिक नियमों के इस महालेखाकार को, जिसे लौकिक प्रवृत्ति बल के नियम के रूप में जाना जाता है।

फिर आपको एक ऐसी प्रणाली को विकसित करने के लिए लौकिक प्रवृत्ति बल के नियम को लागू करना चाहिए, जिससे आप अपने दिमाग को अपने पसंद की चीजों को प्राप्त करने के तरीके और साधनों पर लगाने में इतना व्यस्त रखें कि फिजूल की चीजों पर आपका ध्यान न जाए। जब तक मैंने उस विशेष विषय पर विस्तृत टिप्पणी नहीं की, तब तक आप इसे अनदेखा कर सकते हैं। देवियो

और सज्जनो, आप यह जानना चाहते होंगे कि इस दुनिया में अधिकांश लोग अपने मन में गरीबी का भय, खराब स्वास्थ्य का भय, आलोचना का भय, अपने किसी प्रियजन को खो देने का भय, स्वच्छंदता का भय, बुढ़ापे का भय और मौत का भय लेकर जीते हैं और पूरा जीवन बिता देते हैं। उनमें कम-से-कम सात भय, और शायद उनसे भी कुछ अधिक होता है, जिनके विषय में बताने के लिए मेरे पास समय नहीं है। उनका अधिकांश समय इस प्रकार के भय ही बरबाद कर देते हैं, जब वे उन्हें अपने दिमाग के इस्तेमाल के अपने विशेष अधिकार का लाभ उठाने से हतोत्साहित करते हैं।

आप ही बताइए कि ऐसे लोगों को अपने जीवन से क्या मिलता होगा? उन्हें वही सबकुछ मिलता है, जिन पर वे अपने मन को विचार करने देते हैं। उन्हें बिल्कुल वही मिलता है और कुछ भी नहीं। मुझे लगता है कि इस कमरे में शायद ही कोई ऐसा व्यक्ति हो, जिसे कभी-न-कभी इन सभी सात भय में से किसी एक या दूसरे ने सताया न हो। अपने मन पर नियंत्रण करने के अधिकार की जिस महान् चीज के साथ आपने जन्म लिया है, अगर उसका सर्वाधिक उपयोग नहीं कर रहे, तो जब भी भय प्रकट हो आपको ऐसा करना सीखना पड़ेगा, आपकी सोच में कुछ है, जिसमें सुधार की आवश्यकता पड़ेगी। भय वैसा ही होता है, जैसे शरीर में कोई कष्ट हो। यह संकेत देता है कि कोई समस्या है, जिससे निपटने की आवश्यकता है।

प्रकृति का सबसे उत्कृष्ट उपकरण शारीरिक कष्ट का उपकरण है। यह अनेक सार्वभौमिक भाषाओं में से एक है, जिससे प्रकृति प्रत्येक जीव से बात करती है और जिसका सम्मान प्रत्येक जीव करता है। आप जब किसी भी प्रकार के कष्ट से मानसिक पीड़ा को झेलते हैं, तब इसका अर्थ होता है कि आपके व्यक्तित्व में, आपके स्वरूप में कुछ ऐसा है, जिसे आपने वहाँ प्रवेश दे दिया है और उसे बाहर निकालने की आवश्यकता है। देवियो और सज्जनो, ऐसे भय अपने आप ही बाहर नहीं निकलेंगे। आपको उन्हें निकालना होगा। आपको कारण ढूँढ़ना होगा, आपको उस कारण को नष्ट करने की योजना बनानी होगी, चाहे वह कुछ भी हो।

अगला है, लौकिक प्रवृत्ति बल के नियम का उपयोग एक ऐसी प्रणाली विकसित करने के लिए करना, जो यौन भावना को उन रचनात्मक आदतों के माध्यम से परिवर्तित कर दे, जो जीवन में आपके प्रमुख उद्देश्य से जुड़े हैं। मुझे

वह वक्त याद है, जब लोगों के बीच 'सेक्स' शब्द तक का इस्तेमाल नहीं किया जा सकता था। निस्संदेह रूप से वह शक्तिशाली भावना प्रकृति का रचनात्मक उपकरण है, जिसके माध्यम से वह सभी जीवों में वृद्धि करती चली जाती है। लेकिन आजतक मुझे ऐसा उत्कृष्ट व्यक्ति नहीं मिला, चाहे पुरोहित के कार्य में, कानून के क्षेत्र में, चिकित्सा में, लेखन में, सार्वजनिक संबोधन में, कला में या किसी अन्य किसी भी पेशे में, जिसने यह नहीं सीखा कि कैसे यौन भावना को अपने जीवन के प्रमुख उद्देश्य को प्राप्त करने के लिए आवश्यक रचनात्मक कार्य में परिवर्तित किया जा सकता है। इस विषय पर मैं और अधिक गहराई में नहीं जा सकता, क्योंकि कोमल आयु वर्ग के श्रोताओं को मैं किसी प्रकार शर्मसार करने का जोखिम नहीं उठाना चाहता, लेकिन यह आप वयस्कों पर निर्भर है कि आप प्रकृति की उस महान् सृजनात्मक भावना को लौकिक प्रवृत्ति बल के नियम के उपयोग से उन चीजों में परिवर्तित करना सीखते हैं या नहीं, जिन्हें आप इस जीवन में प्राप्त करना चाहते हैं।

लौकिक प्रवृत्ति बल का उपयोग एक प्रणाली के लिए करना, जो एक या अधिक मास्टरमाइंड समूह तैयार करे, जिससे आप दूसरों से शिक्षा, व्यक्तित्व, विशेष ज्ञान, अनुभव तथा ऐसी आध्यात्मिक शक्तियाँ प्राप्त करें, जिनका सहयोग आपको अपनी ओर से निर्धारित सांसारिक लक्ष्य की प्राप्ति में लेना पड़ सकता है।

अगला है, लौकिक प्रवृत्ति बल का उपयोग एक प्रणाली के लिए करना, जो एक या अधिक मास्टरमाइंड समूह तैयार करे, जिससे आप दूसरों से शिक्षा, व्यक्तित्व, विशेष ज्ञान, अनुभव तथा ऐसी आध्यात्मिक शक्तियाँ प्राप्त करें, जिनका सहयोग आपको अपनी ओर से निर्धारित सांसारिक लक्ष्य की प्राप्ति में लेना पड़ सकता है। देवियो और सज्जनो, याद रखिए, मिसौरी स्थिति इस पेरिस में विभिन्न प्रकार के अमेरिकी लोग रहते हैं। यहाँ आप लगभग अपनी किसी भी इच्छा को पूरा करने के लिए मास्टरमाइंड समूह बना सकते हैं, और मुझे आशा है कि आपमें से हर एक व्यक्ति को उस अवसर का लाभ उठाना चाहिए। एक व्यक्ति जो अकेले हासिल कर सकता है, वह अपेक्षाकृत छोटा होता है। जीवन की बड़ी-बड़ी चीजें, जिनके लिए बड़े और अधिक उपयोगी कार्य करने पड़ते हैं, अकसर दो या अधिक मन के मित्रतापूर्ण और पूर्ण सौहार्द की भावना के साथ सहयोग का परिणाम होते हैं।

आप में से जो लोग बाइबिल के छात्र हैं, वे उन कथनों से भलीभाँति परिचित होंगे, जो बाइबिल में कई जगहों पर मिलते हैं और जिनमें उस शक्ति के विषय में बताया गया है, जो दो या अधिक लोगों से मिलने से पैदा होती है और जब वे ईश्वर से चीजों की कामना करते हैं। बाइबिल के वैसे उद्धरणों का संकेत उसी बात की ओर है, जिनकी चर्चा मैंने मास्टरमाइंड सिद्धांत के विषय में बताते हुए की थी। ऐसा इस कारण, क्योंकि जब भी दो या अधिक मन सौहार्द की भावना के साथ जुड़ते हैं और किसी निश्चित लक्ष्य की ओर निर्देशित होते हैं, तब उस प्रकार के मन के मिलने से एक बाहरी, अदृश्य शक्ति पैदा होती है, जो उनमें से प्रत्येक व्यक्ति के लिए उपलब्ध रहती है। आज तक मैंने किसी कारोबार की जबरदस्त सफलता या पेशेवर सफलता के विषय में नहीं सुना, जो मास्टरमाइंड को लागू किए जाने का परिणाम न हो।

लौकिक प्रवृत्ति बल के नियम, एक ऐसी प्रणाली को विकसित करना, जो आपको कभी किसी दूसरे व्यक्ति के विषय में अपमानजनक भाषा का प्रयोग करने से बचाएगा, फिर चाहे वह ऐसी ही भाषा का हकदार क्यों न हो। यदि आपको किसी पर लांछन लगाना ही हो, तो उसे बोलिए मत, बल्कि लिख लीजिए। लिखिए, लेकिन समंदर के किनारे की रेत पर ही, और तब तक वहाँ से मत जाइए, जब तक कि लहरें उसे मिटा न दें।

अगला है, लौकिक प्रवृत्ति बल के नियम, एक ऐसी प्रणाली को विकसित करना, जो आपको कभी किसी दूसरे व्यक्ति के विषय में अपमानजनक भाषा का प्रयोग करने से बचाएगा, फिर चाहे वह ऐसी ही भाषा का हकदार क्यों न हो। यदि आपको किसी पर लांछन लगाना ही हो, तो उसे बोलिए मत, बल्कि लिख लीजिए। लिखिए, लेकिन समंदर के किनारे की रेत पर ही, और तब तक वहाँ से मत जाइए, जब तक कि लहरें उसे मिटा न दें। लोगों को बदनाम करने का धंधा, विशेष रूप से ऐसे लोगों को बदनाम करना, जिन्हें आप नहीं जानते, जैसे इस शहर में कुछ लोगों ने मुझे बदनाम किया, वह गलत है। इससे मुझे ठेस नहीं पहुँची। मुझे बुरा नहीं लगा। मैं भयभीत नहीं हूँ। मैं डरा नहीं। मुझे गुस्सा नहीं आया। मुझे उन पर तरस आता है। उन्होंने जीवन के महान् नियमों को नहीं सीखा है। उन्होंने यह नहीं सीखा है कि जब आप किसी दूसरे व्यक्ति की आलोचना करते हैं, तो आप अपना ही नुकसान कर रहे होते हैं, चाहे वह

व्यक्ति आलोचना का हकदार हो या नहीं।

आप मुझसे पूछेंगे, क्या मैं इस मामले में बेदाग हूँ? मैंने हमेशा इस उपदेश का पालन किया है? मैं आपसे कहूँगा, नहीं। बेशक मैंने नहीं किया है। लेकिन मैं आपसे एक बात कहूँगा—मैं जब भी इस उपदेश का पालन करने में विफल हुआ हूँ, जब भी मैंने किसी की आलोचना की है, तब मुझे किसी-न-किसी प्रकार के दुःख को भुगतना पड़ा है। ऐसी कई अच्छी चीजें हैं, जो आप लोगों के विषय में सोच और कह सकते हैं, बजाय इसके कि आप उनके बारे में बेहद बुरी चीजों की चर्चा करें, जैसा करने का कई लोगों का इरादा होता है। ऐसी गलती से वचने के लिए, आपके भीतर अपने आपको नियंत्रित करने की एक प्रणाली होनी चाहिए। अपनी जीभ में अंदर रखना, अपने मुँह को बंद रखना तथा अपनी आँखों और कान को खुला रखना बहुत अच्छी आदत है, और फिर इसे लौकिक प्रवृत्ति बल के नियम के भरोसे छोड़ दीजिए, जो अपने आप ही इसे लागू कर देता है। यह किसी के लिए भी काफी मददगार हो सकती है।

अगला है, लौकिक प्रवृत्ति बल के नियम का उपयोग प्रार्थना के दैनिक कार्य के संबंध में, जिसके माध्यम से आप एक-एक कर उनका नाम लेते हुए अपनी सारी खुशियों के लिए आभार प्रकट करेंगे। आप अपनी खुशियों को अपने ही शब्दों से चुन सकते हैं। आपकी खुशियों की सूची मेरी सूची जैसी नहीं होगी, लेकिन निश्चित रूप से ईश्वर ने आपको भी कुछ दिया होगा। स्टूडियो में मौजूद आप सभी को एक आशीर्वाद मिला है, जिसके विषय में मैं आपको अभी बता सकता हूँ—आप सभी की सेहत बहुत अच्छी है। आप यहाँ आए, और मैं जब बोल रहा हूँ, तब आपको नींद नहीं आई, और आप अपनी कुरसियों से नहीं गिरे। मैंने आपमें से किसी को भी गुस्से से पागल होते और यहाँ से जाते नहीं देखा, क्योंकि मैं आपको ऐसी बात बता रहा था, जिससे आप सहमत नहीं थे। इसलिए आपको एक चीज का शुक्रगुजार होना चाहिए। ऐसे लोग जो यहाँ नहीं आ सके, उनका पता लगाने के लिए आपको ज्यादा दूर नहीं जाना पड़ेगा। वे इसके काबिल नहीं थे। वे बीमार हैं या भयभीत हैं। इसी शहर में ऐसे लोग हैं, जो इस भीड़ में पकड़े जाने से डर रहे होंगे। बेशक उनके साथ ऐसा होगा। ऐसे भी लोग होंगे, जिन्हें पकड़े जाने का डर नहीं होगा।

देवियो और सज्जनो, याद रखिए, जब तक आपका मन परमात्मा से नहीं मिलेगा, तब तक आप समृद्ध नहीं हो सकते और मन की शांति प्राप्त नहीं कर

सकते। यह पूर्वनिश्चित निष्कर्ष है। आपको उस महान् सिद्धांत के साथ सौहार्दपूर्ण संबंध बनाने के तरीके और साधन ढूँढ़ने पड़ेंगे, जिसे परमात्मा कहते हैं। आप चाहें तो इसे किसी और नाम से पुकार सकते हैं। लेकिन आपने यदि ऐसा किया, तब भी आप और मैं एक ही चीज के बारे में बात कर रहे होंगे।

आप जिस प्रकार की आदतों को देखना चाहते हैं, उन्हें निश्चित करने के लिए आपके अपने जीवन में तरीके और साधन होते हैं। लेकिन पहल आपको ही करनी होगी। परमात्मा ने आपको जहाँ अपनी इच्छा से अपने मन के उपयोग की शक्ति दी है, वहीं उसने यह नहीं बताया कि इसका उपयोग कैसे करें। वह कभी बताएगा भी नहीं। यह आपके ऊपर है। यदि आप गलतियाँ करते हैं, तो आप उसका दंड भुगतते हैं। जैसा कि हम कभी-कभी कहते हैं, दिमाग की बत्ती जल गई, और आप प्रकृति के इन महान् नियमों को अपना लेते हैं, तो आपको लाभ मिलता है। ऐसे लाभ से कोई दूसरा नहीं, बल्कि खुद आप अपने आपको दूर रख सकते हैं।

अगला है, लौकिक प्रवृत्ति बल के नियम का उपयोग एक ऐसी योजना को बनाने में करना, जिससे आप उस दर्शन की शिक्षा देना प्रारंभ करते हैं, जैसी शिक्षा आपको इन व्याख्यानों में दी गई है, जिसकी शुरुआत उनसे होती है, जो आपके घर के सबसे करीब रहते हैं, आप जहाँ कारोबार चलाते हैं या जो आपके पड़ोसी हैं। दीजिए और बदले में आपको भी मिलेगा। आप चाहे कुछ भी दीजिए, आपको उस जैसी चीज ही मिलेगी। किसी दूसरे तरीके से आप इस दर्शन को नहीं सीख सकते। यह तब तक आपको समझ नहीं आएगा, जब तक कि आप इसे दूसरे लोगों को देना शुरू नहीं करते। इस बात को गाँठ बाँध लीजिए। जरूरी नहीं कि आप इसके महान् शिक्षक हों, आपके लिए वक्ता होना भी जरूरी नहीं। आपको बस एक ऐसे व्यक्ति हों, जो इस दर्शन के सही होने की बात को समझता हो और जो इसकी शुरुआत वहाँ से करता है, जहाँ से आप इसे किसी ऐसे व्यक्ति को देते हैं, जिसे इसकी आवश्यकता हो सकती है। यदि आप आस-पास देखें, तो मुझे यकीन है कि आपको इस समुदाय में ऐसे कई लोग मिलेंगे, जिन्हें इस दर्शन का और विशेष रूप से सकारात्मक सोच रखने पर मेरे प्रसारण का लाभ मिल सकता है।

आखिरी और सबसे महत्त्वपूर्ण बात। हमें यह याद रखना चाहिए कि मन जो भी सोचता और समझता है, उसे प्राप्त कर सकता है। मैं चाहूँगा कि आप

इसे लिख लें। किसी अच्छे कागज पर, इसे अक्षरों का रूप दें, जो शायद एक इंच ऊँचे हों। यह काम किसी कलाकार को सौंप दीजिए। इनके तीन या चार कार्ड बनवा लीजिए। एक को बाथरूम में रख दीजिए, जहाँ आप इसे हर दिन देख सकें। दूसरे को डाइनिंग रूम में रखिए, जहाँ आप सुबह नाश्ता करते समय हर दिन देख सकेंगे और तीसरे को बेडरूम में रखिए, जहाँ आप रात को सोते हैं। मन जो भी सोचता और समझता है, उसे प्राप्त कर सकता है।

यह बात सच कैसे हो सकती है ? यह बात सच हो सकती है, क्योंकि यदि आपने कुछ सोचा और उसमें विश्वास करते हैं और अपने मन में उसकी एक निश्चित तसवीर बना लेते हैं, तो लौकिक प्रवृत्ति बल का नियम उस तसवीर को अपने कब्जे में ले लेता है और आपको उस चीज के भौतिक समतुल्य की दिशा में ले जाता है, चाहे वह कुछ भी क्यों न हो। इस प्रकार से यह सच होता है। आप यह जानकर हैरान रह जाएँगे कि ऐसी कितनी ही चीजें, जिन्हें आप पहले चाहते थे, जिसके लिए आपने कठिन परिश्रम किया; लेकिन प्राप्त नहीं कर सके, वे आपके पास आ जाती हैं, जब आप अपने मन में उन चीजों की निश्चित तसवीर को बिठा देते हैं, जो आपके जीवन में सफलता को दरशाती हैं।

प्रकृति ने नदियों के लिए ऐसी योजना बनाई है कि वे सबसे कम विरोध के रास्ते को अपनाती हैं। टेढ़ी-मेढ़ी नदियाँ उर्वर डेल्टा बनाती हैं। यदि नदी सीधे समंदर तक जाती तो उनका बनना संभव नहीं था। सारी नदियाँ कम-से-कम विरोध के रास्ते को अपनाती हैं और अच्छा ही है कि वे ऐसा करती हैं लेकिन प्रकृति नहीं चाहती थी कि मनुष्य ऐसे किसी रास्ते पर चले।

प्रकृति ने नदियों के लिए ऐसी योजना बनाई है कि वे सबसे कम विरोध के रास्ते को अपनाती हैं। टेढ़ी--मेढ़ी नदियाँ उर्वर डेल्टा बनाती हैं। यदि नदी सीधे समंदर तक जाती तो उनका बनना संभव नहीं था। सारी नदियाँ कम-से-कम विरोध के रास्ते को अपनाती हैं और अच्छा ही है कि वे ऐसा करती हैं लेकिन प्रकृति नहीं चाहती थी कि मनुष्य ऐसे किसी रास्ते पर चले। दुर्भाग्य से, कुछ मनुष्य ऐसा करते हैं, जिसके लिए उन्हें आखिरकार पछताना पड़ता है। भटकने और भागने से सफलता नहीं मिलती। सफलता के सीधे और सँकरे मार्ग पर चलने के लिए आपको लौकिक प्रवृत्ति बल की शक्ति का उपयोग करना ही होगा। विफलता उन लोगों के साथ चलती है, जो इस मार्ग पर नहीं चलते।

देवियो और सज्जनो, आपने गौर किया होगा कि मैंने इन प्रसारणों में अकसर नदियों का जिक्र किया है। शायद इस प्रकार के संदर्भ के पीछे सुहानी साल्ट नदी थी, जिसकी तीन शाखाएँ मिसीसिपी नदी में गिरती हैं और मिडल साल्ट पेरिस के बीचोबीच बहती है। यह आलस भाव से मुड़ती और घूमती है, जिससे उर्वर खेतो की जमीन के साथ ही मछली पकड़ने और मनोरंजन की अच्छी संभावना पैदा हो जाती है। पेरिस के लोग इस नदी का आनंद उठा सकते हैं, लेकिन उन्हें इसके उदाहरण को बिल्कुल नहीं अपनाना चाहिए। यदि पेरिस को तरक्की करनी है, तो इसके लोगों को एक उद्देश्य और योजना के साथ सीधी रेखा में इस प्रवृत्ति के साथ बढ़ना चाहिए, जो उन्हें सीधे वहाँ ले जाए, जहाँ वे जाना चाहते हैं।

देवियो और सज्जनो! इसके साथ ही मिसौरी के पेरिस में, सफलता के सिद्धांतों पर मेरे प्रसारणों की श्रृंखला पूरी होती है। इस समुदाय के सदस्यों ने अनेक कठिनाइयों का सामना किया है, आज़ भी कर रहे हैं। मुझे इस शहर के एक दूरदर्शी व्यवसायी ने यहाँ आने का न्योता दिया था, जिसने मेरी शिक्षा का उपयोग सफलता प्राप्त करने के लिए किया है। उसे लगता था कि मेरे व्याख्यानों से आप सभी उन बाधाओं को पार कर सकेंगे, जिनका सामना आप कर रहे हैं। मैं आशा करता हूँ कि इन प्रसारणों से आप इन कठिनाइयों को दूर कर सकेंगे और सफलता तथा प्रसन्नता को प्राप्त कर पाएँगे।

पेरिस में मेरा स्वागत करने के लिए आप सभी का बहुत-बहुत धन्यवाद। शुभरात्रि व शुभकामनाएँ!

□□□